Overspel

Van Nicolet Steemers verschenen eerder bij L.J. Veen

Het hart en de moordkuil
Zachte heelmeesters
Lichtval

Van Frank Ketelaar verscheen eerder bij L.J. Veen

Avond aan avond

Nicolet Steemers

Overspel

Literaire thriller

Gebaseerd op karakters en verhaal van Robert Kievit & Frank Ketelaar
en een scenario van Frank Ketelaar

Uitgeverij L.J. Veen
Amsterdam/Antwerpen

© 2011 Nicolet Steemers, Frank Ketelaar,
Robert Kievit, VARA en uitgeverij L.J. Veen
Omslag Roald Triebels
Omslagbeeld Hollandse Hoogte

ISBN 978 90 204 1082 2
D/2011/0108/718
NUR 305

ljveen.nl

Proloog

Het kunstlicht is fel. Pijnlijk aan de ogen. De vrouw die met beide handen de tas op haar schoot omklemt, vermijdt oogcontact, zowel met de mensen in de zaal als met degenen op de publieke tribune. Voor haar kon de mensheid tot voor kort in tweeën verdeeld worden: zij die het zich kunnen permitteren aan de goede kant te staan en zij die van jongs af aan niet beter weten dan te moeten vechten om te overleven. Inmiddels beseft ze dat het anders zit: er bestaat een derde categorie: diegenen die altijd dachten tot de eerste soort te behoren, maar er met het verstrijken van de tijd achter komen een naïef geloof te hebben gekoesterd in de maakbaarheid van het leven.

Van de griffier flitst haar blik naar de rechter; pas dan durft ze naar haar ex-geliefde te kijken. Stil en bleek zit hij naast zijn advocaat, zijn ogen neergeslagen. Als ze aan de toekomst denkt ziet ze een vlak, kleurloos landschap voor zich. Het rumoer uit de zaal dringt nauwelijks tot haar door, totdat er een bandopname klinkt van een telefoongesprek. Een gesprek dat begint met het uitwisselen van mededelingen, maar plotseling wordt onderbroken door de stem van een derde. Het zijn slechts acht woorden, maar elk woord voelt als een klap in haar gezicht. Alles had ze voor hem over, en nu? Met één vingerknip, zoals je dat doet met een lastige vlieg, heeft hij haar uit zijn leven verwijderd. Had ze echt gedacht die tas dicht te kunnen laten? Waarom zou zij als enige moeten lijden?

Met trillende handen opent ze de tas en haalt een pistool tevoor-

schijn. Als ze overeind komt bonkt haar hoofd. Haar wijsvinger glijdt langs het magazijn, ze spant de haan. Een vrouw op de tribune gilt en een bekende stem roept haar naam. Iemand baant zich een weg in haar richting, dwars door de mensenmenigte.

Ze richt het pistool. Hij schrikt, de man met wie ze oud had willen worden, zijn mond valt open. Het metaal wordt warm in haar hand en even ziet ze alles in een mist. Dan haalt ze diep adem. Een schaduw valt over haar heen. Er wordt een hand naar haar uitgestoken, hij raakt haar arm, maar het is te laat. Het schot is al gevallen.

Mooie foto's

1

Dit is de dag.

'De dag dat je definitief gaat doorbreken,' heeft Pepijn Iris bezworen. 'Welke fotograaf lukt het tegenwoordig nog zijn of haar werk tentoon te stellen in een van de beste galeries van Amsterdam?'

Hij heeft gelijk. Ze heeft alle reden zich op de feestelijke opening te verheugen. Desondanks betrapt ze zichzelf op de hoop dat het publiek het en masse zal laten afweten. En dat Pepijn nu eindelijk eens klaarkomt. Het geluid van neerstortend water mengt zich met zijn gekreun. Ze beweegt haar hoofd in de richting van de douchedeuren en spitst haar oren.

'De bel,' zegt ze.

'Nee,' hijgt Pepijn, 'ik hoor niks.' Zijn rechterhand begint haar borst te kneden, het ritme van zijn stoten versnelt. Haar borst doet pijn. Ze sluit haar ogen en probeert alsnog in de stemming te raken, maar ze is er helemaal uit, wat van haar man niet gezegd kan worden. Zijn handen omklemmen haar heupen; de mengkraan komt in onzachte aanraking met haar ribben. Dan slaakt hij een lange, diepe zucht, waarna hij haar van zich af duwt en onder de douche vandaan springt nog voor ze met haar ogen heeft kunnen knipperen. Door het matglas ziet ze hoe hij zich haastig afdroogt en in zijn kleren schiet. Haar handen vallen slap langs haar lichaam. Ze staart naar het water dat even rond haar voeten kolkt voordat het in het afvoerputje verdwijnt.

'Tess is er al,' hoort ze Menno in de verte roepen. 'We gaan schaken.'

'Heel goed, knul,' antwoordt Pepijn. 'We komen eraan.' Zijn silhouet doet een stap opzij. Hoewel ze hem niet meer ziet, weet ze dat hij met zijn stropdas voor de spiegel staat te hannesen. Even later hoort ze hem vanuit de kamer roepen: 'Iris! Schiet je op? Tess is er al!'

Ze draait de kraan dicht en legt, voor ze uit de douche stapt, haar voorhoofd een moment tegen de nog warme tegels. Pas als ze de handdoek van het rek heeft gepakt en haar rug afdroogt, ziet ze Menno in de slaapkamer staan.

'Opschieten, zegt papa.' Ernstig kijkt haar zevenjarige zoon haar aan.

Iris verstrakt. 'O, ja? Zeg maar dat papa...' Ze weet zich tijdig in te houden, tilt hem op en wrijft haar neus tegen de zijne. 'Ga je lief zijn voor Tess?'

De tentoonstellingsruimte is groot en licht en wordt in het midden gedomineerd door enorme, stalen trappen. Zelfs de portretten op posterformaat vallen in het niet. Helaas geldt dat niet voor het aantal belangstellenden. Mensen, overal waar ze kijkt zijn mensen. Iris zoekt dekking bij een betonnen pilaar. Bloemen worden in haar armen gedrukt, een enkeling kust haar rechtstreeks op de mond, parfums wolken haar tegemoet, kleuren schetteren. Handen, armen, strelingen, schouderklopjes. Lijkt het zo of zuigen ze met z'n allen de ruimte vacuüm? Haar moeder heeft ze nog niet gezien. Ze heeft haar wel een uitnodiging gestuurd, maar de kans is groot dat ze op een of ander artsencongres in het buitenland zit. Misschien maar beter ook, denkt ze. Hoewel ze al bijna een jaar met Pepijn en Menno in een van de verbouwde pakhuizen aan het Entrepotdok woont, heeft haar moeder haar daar nog nooit bezocht. Het is beter zo;

de kritische blikken van Robine Hoegaarde konden de foto's wel eens doen kromtrekken.

Pepijn staat naast haar, plaatsvervangend trots te stralen. Ze concentreert zich op zijn gezicht, probeert de mensenmassa buiten te sluiten. Heeft ze het niet getroffen met hem? En hebben ze geen fantastisch kind samen? Wat kan haar nou eigenlijk gebeuren?

'Iris?' Een frons verschijnt tussen zijn wenkbrauwen. 'Gaat het wel?'

Voor ze een antwoord kan bedenken ziet ze dat Jill, met haar vrouwentijdschrift een van haar belangrijkste opdrachtgevers, haar kant op komt. De springerige, geblondeerde krullen kriebelen tegen haar wang terwijl de vrouw de lucht naast haar gezicht kust.

'Wat een mooie foto's. Wel voor ons blijven werken, hè, nu je wereldberoemd wordt,' ginnegapt Jill.

'Als jullie haar nog kunnen betalen,' reageert Pepijn prompt.

Jill lacht. 'We vragen subsidie voor je aan.' Ze geeft haar nog een kneepje in haar arm en loopt door. Geen woord heeft Iris gezegd. Haar glimlach zakt weg.

'Gaat het niet?' vraagt Pepijn.

Ze slikt. Waarom zou ze er omheen draaien? 'Nee. Het gaat helemaal niet.'

'Alleen maar mensen die je bewonderen, complimenteren, van je houden,' probeert hij haar gerust te stellen. 'Geen enkele reden om in paniek te raken. En trouwens, je wist toch van tevoren dat het druk zou worden?'

'Ik moet even weg,' piept ze. 'Zeg maar dat ik naar het toilet ben.'

'Maar... al die mensen!'

Ja, dat is het 'm dus juist. Ze doet of ze hem niet hoort en loopt in de richting van de uitgang, waar ze, terwijl ze haar vestje van de kapstok grist, links en rechts nog een enkeling de hand schudt en complimenten in ontvangst neemt.

Buiten miezert het; ze heeft het koud in haar dunne feestjurk. Ze kijkt naar de boten die door het water glijden en naar de immense hijskranen die als gestolde geschiedenis aan de waterkant staan. Haar hartslag daalt. Ineens ziet ze een paar meter verderop een man staan. Een aantrekkelijke man, strak in het pak, een lange jas eroverheen. Hij rookt. Hij zou zomaar een van de gasten op haar expositie kunnen zijn, wat hij natuurlijk ook is. Of het moet hier de gewoonte zijn glazen champagne op straat uit te delen.

Hij doet een stap in haar richting. 'Hé, ben jij niet...' Op zijn gezicht verschijnt een peinzende uitdrukking.

'Het feestvarken, ja,' helpt ze hem.

Goedkeurend neemt hij haar op. 'Mooie foto's. Erg mooie foto's.' Hij aarzelt een moment. Dan steekt hij zijn hand uit. 'Willem Steenhouwer.'

'Iris. Hoegaarde.' Zijn hand voelt stevig en warm.

'Moet je niet binnen zijn dan?' vraagt hij.

'Even frisse lucht,' antwoordt ze, en begint onmiddellijk te hoesten. Glimlachen, naar adem happen en praten gaan niet goed samen. Hij biedt haar zijn glas aan. Ze neemt een slok champagne. Het begint zacht te regenen. Hij trekt zijn jas uit en legt die met zo'n vanzelfsprekend gebaar om haar schouders dat het niet eens in haar opkomt te protesteren.

'Heb je kinderen?' vraagt ze als ze hem zijn glas teruggeeft.

'Ja.'

'Dan moet je daarmee stoppen,' vervolgt ze, wijzend naar de sigaret tussen zijn vingers.

'Je hebt gelijk. Het vlees is wel gewillig, maar de geest is zwak. Heb jij kinderen?'

'Eentje. Klein nog.'

'Foto?'

'Eh... niet bij me.'

Willem trekt zijn wenkbrauwen op. 'Een fotografe zonder foto's?'

Ze grimast. 'En jij?' informeert ze. 'Wat doe jij?'

'Advocaat,' antwoordt hij.

Mijn man is officier van justitie, zou ze nu kunnen zeggen. Een logisch bruggetje, maar ze voelt geen enkele behoefte het over Pepijn te hebben. Ze wendt haar blik af, kijkt naar het grijze water, dat in de verte naadloos in de horizon overgaat. De fijne regendruppels doen haar gezicht opgloeien. Ze zou hier wel altijd zo willen blijven staan. Een merkwaardige gedachte voor iemand die binnen haar finest hour zou moeten beleven. Langzaam laat ze haar adem ontsnappen. 'Ik moet weer terug.'

Hij knikt. Hoge jukbeenderen, een gevoelige mond en ogen waar zowel melancholie als humor uit spreekt. Tientallen foto's zou ze van hem kunnen nemen, hij zou er op geen enkele hetzelfde uitzien. Ergens boven hen gaat een raam open en de lucht vult zich plotseling met orkestklanken. Frank Sinatra valt in. *It had to be you*, zingt hij.

Ze kijken elkaar aan.

'Oké, je moet dus weer terug,' zegt Willem, en trapt zijn sigaret uit met de punt van zijn schoen.

'Hoe eh... kom je zo op mijn expositie verzeild?' vraagt ze snel.

Hij maakt een wegwuivend gebaar. 'Relaties van relaties. En daar weer relaties van. Maar ik vind het heel mooi, echt waar.'

Zich vermannend: 'Dank je. Ik moet terug. Dag, Willem Steenhouwer.'

Hij neemt haar hand in de zijne en zegt zacht: 'Dag, Iris Hoegaarde, fotografe zonder foto.'

Snel maakt ze zich los en draait zich om. Drie, vier stappen zet ze. Dan realiseert ze zich dat zijn jas nog als een cape om haar schouders ligt. Opnieuw draait ze zich om, laat hem van haar schouders glijden en reikt hem de jas aan. Ze loopt terug. Zijn ogen branden in haar rug. De eerste die ze ziet als ze weer binnenkomt is Pepijn, iets terzijde van de toiletten.

'Gaat het al wat beter?' vraagt hij zodra ze haar vestje heeft opgehangen.

'Ja.'

Hij legt een arm om haar heen en voert haar terug, de expositieruimte in. 'Je bent een hit, weet je dat? Iedereen vindt het geweldig. Ik hou van je.' Hij zoent haar.

Persfotografen leggen hun omhelzing vast. Links van een van de pilaren ziet ze Willem Steenhouwer lopen. Iemand zegt iets tegen hem en hij lacht, waarna hij zijn blik door de ruimte laat dwalen. Als hij haar, Iris, gevonden heeft, lijken zijn ogen zich in de hare te haken.

Wat is ze mooi. Willem doet niet eens een poging zijn ogen van Iris af te houden. Ongetwijfeld zijn al die portretfoto's van haar hand prachtig, treffend, transparant en welke superlatieven er verder ook maar mogen rondzingen in de zaal, maar als je hem zou vragen: gaat je voorkeur uit naar een drieluik van een oude vrouw in een bushokje, haar gezicht een samenraapsel van rimpels, of concentreer je je liever op de maakster van de portretten, dan wist hij het wel. Zie haar daar nou staan in haar rode jurk, met die opgeschrikte hertenogen. Beeldschoon, maar doodongelukkig. Ze roept in hem zowel heftige begeerte op als de neiging haar te willen beschermen. 'Iris Hoegaarde,' mompelt hij in zichzelf, 'je ziet eruit alsof je gaat flauwvallen. Misschien kan ik maar beter in de buurt zijn om je zo nodig op te vangen.' Hij staat op het punt zich in haar richting te begeven als hij een hand op zijn elleboog voelt.

'Waar was je nou? Ik heb me een ongeluk naar je gezocht.' Hij kijkt in het gezicht van Elsie, zijn vrouw. Ze wacht niet op zijn antwoord. 'Eigenlijk wou ik zo weer gaan,' zegt ze, op haar horloge tikkend. 'Ik heb nog ontzettend veel te doen. Heb je mijn oom al gesproken?'

'Eh, nee.' Hij lacht schaapachtig. Dat is waar ook, ze zijn op deze expositie omdat die bloedmooie fotografe een portret van Elsies oom gemaakt schijnt te hebben.

'Hij is apetrots op die foto,' zegt Elsie. 'Laten we hem even de hemel in prijzen, dan kunnen we 'm daarna met goed fatsoen smeren.'

Schielijk werpt Willem een laatste, spijtige blik op Iris en laat zich vervolgens door zijn vrouw meetronen naar een uithoek, waar haar oom en tante bij een foto aan de muur staan te stralen alsof ze zojuist de loterij hebben gewonnen. Het portret is lang niet gek. In het gelooide gezicht van Elsies oom komen alle karakteristieke kenmerken goed tot hun recht. 'Louis Karelse, captain of industry,' staat eronder.

'Knappe snuiter, ome Louis,' zegt Elsie, waarna ze eerst hem en daarna haar tante Beppie omhelst.

Karelse heft een champagneglas en grijnst breed. 'Ja, hoe groter hoe mooier, die kop van mij, vind je niet?' Hij tuurt over haar schouder. 'Is je vader er ook?' Als Elsie niet direct antwoordt, verplaatst hij zijn aandacht naar Willem.

Willem schraapt zijn keel. Die vraag had hij kunnen verwachten. Waarom heeft hij nou geen antwoord voorbereid? Daarnet nog, in de auto op weg hiernaartoe, heeft hij Elsie in korte bewoordingen verteld dat haar vader en oom Louis mot hebben, maar de reden heeft hij verzwegen. Gebruikelijke procedure, Elsie is de karige informatiestroom gewend. Wat er aan de hand is wil ze trouwens ook helemaal niet weten. Het laatste waarin ze gemengd wenst te worden, zijn de zaken van haar vader. Maar ze is natuurlijk niet op haar achterhoofd gevallen: de naam Couwenberg duikt steeds vaker op in het nieuws, en dan meestal in combinatie met woorden als schikking en vastgoedfraude. Ze vindt het al erg genoeg dat haar man zijn advocaat is, iets waarover ze vroeger geregeld woorden hadden. Gelukkig kunnen ze het onderwerp de laatste tijd wat meer laten rusten.

De loodgrijze ogen van Louis Karelse richten zich weer op die van Elsie. 'Denk je dat hij nog komt?'

'Mijn vader? Ik zou het niet weten,' antwoordt ze luchtig. 'Maar dat portret van u is erg goed gelukt, ome Louis.'

De man zit aan zijn bureau. Hij bladert door een tijdschrift en wrijft een appel langs de mouw van zijn overhemd. Links van hem zit een collega te typen. De collega rechts heeft zijn dienst erop zitten en is bezig zijn spullen bij elkaar te zoeken. Op het moment dat de collega een afscheidsgroet mompelt, begint er een rood lampje te knipperen. De man legt de appel neer, zet zijn koptelefoon op en maakt verbinding.

'Ja, met mij,' zegt een stem, onmiskenbaar die van de vastgoedmagnaat Huub Couwenberg. 'Hij komt morgen langs, die klootviool.'

De man begint te typen.

'Als jij denkt dat het verstandig is,' klinkt het aan de andere kant van de lijn. Couwenbergs advocaat. 'Doe je wel rustig, alsjeblieft?'

Couwenberg antwoordt dat hij natuurlijk rustig zal blijven, hoewel de klank van zijn stem de boodschap lijkt te logenstraffen.

Nadat het gesprek wordt beëindigd, typt de man het volledig uit en slaat het document op in een file met de naam 'Couwenberg', om vervolgens van de geluidsopname een cd te branden. Hij schrijft er de woorden 'Openbaar Ministerie, zeer vertrouwelijk' op en stopt de cd in een la die hij met een code afsluit.

Zijn collega rechts is vertrokken. Hij pakt de appel weer op en begint hem opnieuw langs de mouw van zijn overhemd te wrijven.

2

United Enterprise. Huub Couwenberg zou bijna wensen dat hij de facturen gewoon de facturen had gelaten en dat hij de naam United Enterprise nooit onder ogen had gekregen; dan zou hij nu fluitend plannen maken voor een leuk uitje met zijn zoon Björn, of wie weet, kon hij Elsie met een bezoekje vereren, in de hoop dat ze nu eindelijk gaat inzien dat hij heus niet alleen langskomt als er zaken te bespreken zijn met Willem. Het wordt hoog tijd de banden met zijn dochter aan te halen. Maar wat is hij aan het doen? Verdomme het dure parket in zijn dure villa in Buitenveldert aan het verslijten door als een gekooid dier heen en weer te lopen en het glazuur van zijn tanden te knarsen. United Enterprise, het bederft zijn eetlust, het achtervolgt hem in zijn slaap. Van de boekenkast loopt hij naar zijn platencollectie, en van de platencollectie naar het raam. Gefrustreerd schopt hij een bijzettafeltje omver. Het tafeltje met het eikenhouten blad, dat zijn vrouw kocht in een Zweeds antiekzaakje, in diezelfde zonovergoten vakantie waarin ze Elsie verwekt hebben. Met een bons valt het op het parket. Geschrokken haast hij zich het weer overeind te zetten.

Buiten spat het grind op de oprijlaan op. De Mercedes van zijn zwager Louis glijdt langs het raam en komt bij de rododendrons tot stilstand. Even later hoort hij hoe Björn de deur opent voor Louis en zijn adviseur. Buitengewoon verstandig dat hij zijn financieel adviseur heeft meegenomen. En veelzeggend bovendien. Hij probeert zijn kaken te ontspannen – een glimlach is te veel gevraagd – en wacht de heren op.

'Ga zitten,' zegt Couwenberg als ze binnenkomen. En kortaf, tegen zijn zoon: 'Björn, koffie.'

Björn maakt rechtsomkeert. Louis werpt een blik op de verzameling oude draaitafels en blijft even staan bij de kast met jarenzestigsingletjes voordat hij aan de grote vergadertafel gaat zitten.

'Heb je nog leuke nieuwe plaatjes?' vraagt zijn schijnheilige zwager, die voor zover Couwenberg weet geen moer om muziek geeft. 'Ik begrijp dat vinyl weer enorm in de mode is, en dat iedereen tegenwoordig weer...'

'Louis,' onderbreekt Couwenberg hem, 'ben ik Pietje Pik?'

Zijn zwager zet grote ogen op. 'Sorry?'

'Ben ik een lulletje rozenwater? Denk jij zo over mij?'

Louis slikt. 'Waar heb je 't over?'

'Ik heb het budget nog eens bestudeerd.'

Louis doet er het zwijgen toe.

'Vraag jij: welk budget?' gaat Couwenberg verder. 'Zeg ik: van de Haagse Veste, beste Louis. Zeg jij: de Haagse Veste? Zeg ik: ja, de Haagse Veste. Achtduizend vierkante metertjes, die mijn zwager Louis Karelse en ik vorig jaar samen verkocht hebben aan Chrisje van den Houwert van het BBP.'

Louis bestudeert de punten van zijn schoenen. Onverbiddelijk gaat Couwenberg verder: 'Waarop jij weer zegt: wat was er dan met dat budget? En ik: nou, in dat boekwerk zat een factuur van een bedrijf United Enterprise.' Hij laat een veelbetekenende stilte vallen. Björn is binnengekomen met een dienblad met drie koppen koffie. Geruisloos zet hij het op tafel.

'Ik heb gezocht in alle handelsregisters van Europa,' vervolgt Couwenberg ijzig kalm. 'Niemand die United Enterprise kent. Maar wel een rekening van drie miljoen euro.'

'Als ik het regel, dan regel ik het ook,' antwoordt Louis. 'Er moest nog van alles verspijkerd worden aan dat gebouw, en als ik het me goed herinner heeft United Enterprise de bouwbegeleiding gedaan.'

Couwenberg leunt voorover. 'Waarom kent niemand dat bedrijf dan?'

'Weet ik veel? Jezus, drie miljoen op een totaal van...'

'Er wordt gefluisterd dat het van jou en Chrisje samen is, en dat het om een fakefactuur gaat.'

Onaangenaam verrast kijkt Louis hem aan. 'Bullshit. Bel Chris maar.'

Hij speelt het spel met overtuiging, en dat maakt Couwenberg zo mogelijk nog triester. 'Chris bellen?' antwoordt hij grimmig. 'Nee, dat is een goed idee. En die gaat mij dan gewoon vertellen...'

'Zeg, ben ik hier gekomen om voor leugenaar uitgemaakt te worden, godverdomme?'

Uit zijn ooghoeken ziet Couwenberg hoe Björn en de financieel adviseur het gesprek volgen alsof ze naar een tenniswedstrijd zitten te kijken. 'Waarom, Louis?' Zijn stem schiet de lucht in. 'Waarom? Kan je niet genoeg worst kopen voor op brood? Gaan ze je gas en licht afsluiten? Of wil je nog zes auto's erbij?'

Met een ruk staat zijn zwager op, onmiddellijk gevolgd door de adviseur. Zijn ogen vernauwen zich. 'Als je mij niet vertrouwt, dan...'

'Durf jij mij recht in mijn gezicht te zeggen dat je mij niet genaaid hebt?' Onwillekeurig balt Couwenberg zijn vuisten. Het gelaat van zijn zwager is als een burcht. In zijn slaap klopt een ader.

'Nou?' dringt hij aan.

Louis kijkt naar een punt ergens schuin achter Couwenberg. 'Ik weet niks van United Enterprise,' antwoordt hij uiteindelijk. 'Ik naai je niet.'

Met moeite houdt Couwenberg zijn stem onder controle. 'Nee, recht in mijn gezicht.'

Zijn zwager bevochtigt zijn lippen. Dan kijkt hij hem strak aan. 'Ik Naai Je Niet.'

Zo onderhand moet Couwenberg de laatste restjes glazuur wel van zijn tanden geschraapt hebben. Hij ademt diep in en weer uit. Dan: 'Oké. Lazer maar op. En een beetje snel graag. Ik ga erachter komen, Louis, daar kun je op rekenen.'

Björn springt overeind en haast zich de deur open te houden voor zijn oom. Louis lijkt een moment in elkaar te krimpen, maar herstelt zich snel. 'Als het zo moet...' Na deze woorden beent hij weg, op de voet gevolgd door zijn adviseur.

Als de voordeur dichtgaat, laat Couwenberg zijn adem langzaam ontsnappen. Hij staart voor zich uit en ontdekt pas dat hij tranen in zijn ogen heeft als zijn zoon terugkeert en hem geschokt aanstaart. Snel veegt hij ze weg.

Zoals altijd is het een drukte van belang op het schoolplein. Ouders wachten op hun kroost, dat, zodra de dubbele deuren opengaan, als een stroom lava naar buiten komt. Iris zorgt ervoor op afstand van het gedrang te blijven. Ze leunt tegen een muur bij de zijingang en kijkt reikhalzend uit naar haar zoon.

Menno komt de school uit. Als hij haar ziet, breekt een brede grijns door op zijn gezicht. Hij rent naar haar toe en springt in haar armen. Ze drukt haar neus in zijn haar en snuift zijn jongensgeur op.

'Hoi, schatje, hoe was het vandaag?' vraagt ze, terwijl ze hem weer neerzet.

'Ik kan de hoofdletter B!' roept hij enthousiast.

'Wat goed! Dan kan je voortaan Barbara en Bennie en...'

'Bribra schrijven!' Hij huppelt aan haar hand.

'Bribra? Wat is Bribra?' Zijn antwoord hoort ze niet, haar mobiel gaat. Het nummer van de redactie licht op in het display van de telefoon. Dom, ze is helemaal vergeten de foto's bij het artikel over een nieuw op te richten symfonieorkest te versturen. Ze neemt op en zegt: 'Jill? Sorry. Ik mail je vanmiddag direct die foto's van...'

'Ja, ja, komt goed,' klinkt Jills sussende stem. 'Daar gaat het niet over. Er heeft iemand gebeld die om jouw nummer vroeg.'

'Sorry?'

'Er heeft iemand gebeld voor je nummer. Een man.'

'Bribra, bribra!' roept Menno, aan haar hand trekkend.

'Wie dan?'

'Beetje gek, dat wou hij niet zeggen,' antwoordt Jill. 'Maar hij zei dat jij hem wel kende. Je hebt champagne uit zijn glas gedronken op je expositie. Dan wist je het wel, zei hij.'

Iris blijft staan. Haar hart schakelt over op een sneller ritme.

'Bribra!'

'Kan je het volgen?' zegt Jill.

'Eh, ik geloof het wel.'

'Of ik hem je nummer mag geven... zal wel om een opdracht gaan, denk ik.'

Iris aarzelt.

'Bribrabribrabribra!'

'Zeg, ik heb nog meer te doen,' merkt Jill op.

Iris slikt. 'Doe maar,' antwoordt ze.

Haar e-mail is opgeschoond, de opdrachtmappen zijn gerangschikt op alfabetische volgorde, alle pennen zijn recht gelegd, en nog steeds heeft hij niet gebeld. Ja, haar telefoon is één keer gegaan, maar dat was de moeder van Siem, die wilde weten of Menno vrijdagmiddag kwam spelen. Ongedurig loopt ze naar de keuken, maakt het aanrecht schoon en rangschikt de vleeswaren, die Pepijn weer eens zonder nadenken op een hoop in de groentela heeft gegooid. Die blikken croissantdeeg achterin, daar zou ze nog steeds eens een gehakttaart mee maken; waarom niet nu? Even meent ze de telefoon in de huiskamer te horen, maar het is de televisie. Ze rolt het deeg uit op het aanrecht. Wat gaat ze tegen hem zeggen als hij belt? Het is volkomen perspectiefloos, dat weet ze nu al. Of wil ze zichzelf soms wijsmaken dat een onbekommerde vriendschap tot de mogelijkheden behoort? Ze begint het deeg te kneden. Haar mobieltje gaat. Zonder zich ook maar één moment te bedenken laat ze de deegbal uit haar handen vallen en neemt op.

'Iris...'

'Met Willem. Willem Steenhouwer.' Zijn stem baant zich een weg via glasvezelkabels, rechtstreeks haar oor in. En haar buik.

'O, hoi,' antwoordt ze.

'Ik dacht... eh... ik bel je 's. Hoe gaat het?'

Snel werpt ze een blik om de hoek van de keuken. Menno ligt in de kamer op zijn buik naar een tekenfilm te kijken. 'Goed. Goed wel. Ja, goed.' Geniaal. Wat een welbespraaktheid. Zo lost het probleem zich natuurlijk vanzelf op. Als hij nu ter plekke de verbinding verbreekt, zou ze er niet van opkijken. Hij verbreekt de verbinding niet, maar informeert of de expositie een succes was. Ze stamelt iets over goede publiciteit en dat ze ook nog een paar foto's verkocht heeft.

'Kunnen we elkaar nog 's zien?' vraagt hij.

'Graag.'

Het is even stil aan de andere kant. 'Graag? Zeg je nou graag?'

Het zweet breekt haar uit. 'Zei ik graag? Nee, dat zei ik niet.' Ze hapt naar adem. 'Misschien zei ik het wel.'

3

Björn is gewend aan de driftbuien van zijn vader, die meestal net zo snel afzakken als ze opkomen. Ook nu weer zwaait hij onbeheerst met zijn bestek; als hij niet oppast hangt er zo meteen een oog aan zijn vork. Die drift, daar kan Björn mee uit de voeten. Waar hij meer moeite mee heeft, is de pijn en het ongeloof in zijn stem.

'Het kan me niks schelen,' herhaalt zijn vader voor de derde keer. 'Als ie me wil naaien, dan moet ie dat maar doen. Laat hem stikken in die anderhalf miljoen. Ik ben klaar met die man.'

Björn bijt een hoekje uit zijn duimnagel. 'Maar misschien wist ome Louis niet...'

'De hele dag hoor ik die praatjes.' Zijn vader prikt een stuk rookworst aan zijn vork. 'Gouwen bergen, rendementen, deals waar niks mis mee kan gaan. Maar de broer van je moeder! Die ik z'n allereerste duizend gulden nog heb voorgeschoten. Op de markt stond ie nog! En het ergste is: hij weet dat ik erachter kom. En toch doet ie het. Waarom? Wat denkt ie nou?'

Koortsachtig denkt Björn na. Hij moet iets aardigs zeggen over ome Louis. Misschien dat zijn vader dan weer wat vrolijker wordt. Iets aardigs, iets aardigs. Van de zenuwen kan hij niets bedenken.

Zijn vader legt de vork met rookworst en al neer en staat abrupt op. 'Ik heb geen trek. Ik ga vroeg liggen en ik gooi d'r een dvd in.' Zijn mond vertrekt als hij Björn aankijkt. Even lijkt het of hij nog meer wil zeggen, dan maakt hij een wegwerpgebaar en zegt: 'Ga je nog naar de club vanavond?'

Björn knikt stom.

'Doe je voorzichtig?'

Lief, zacht en mooi zijn ze. Op andere momenten komt Björn handen tekort om Carla en Mireille te strelen, zeker als ze met z'n drieën in het bubbelbad zijn geweest; nu ligt hij apathisch op het kingsizebed in de rode kamer in Club Baccara. Carla heeft hem afgedroogd. Ze veegt iets weg achter zijn oor.

'Een vlokje zeepsop,' giechelt ze.

Mireille gaat tegen hem aan liggen. Alleen al de druk van haar stevige borsten zou zijn bloed naar de juiste plek moeten jagen, maar de enige plek waar zijn bloed zich momenteel ophoudt, is achter zijn ogen, waar het bonkt alsof er een grondverzetbedrijf zijn intrek genomen heeft. En dat terwijl hij geen druppel alcohol heeft gedronken.

'Wat is er toch, schatje,' fluistert Mireille in zijn oor.

'Niks.'

'Wil jij eerst nog wat drinken anders?'

Te bedenken dat haar Oost-Europese accent hem altijd opwindt, zeker als ze het speciaal voor hem nog iets aandikt en er van die grote, verbaasde ogen bij opzet. Ineens irriteert ze hem mateloos, met dat pruilmondje en die valse wimpers.

'Nee,' zegt hij kortaf.

'Filmpje kijken? Om te komen in de stemming?'

'Nee! Laat ook maar!' Bruusk staat hij op en kleedt zich aan.

Kaarsen op de tafels, de cocktailbar uitnodigend verlicht, de geur van gebraden vlees en kruiden; aan de ambiance zal het niet liggen. Waar het dan wel aan ligt dat er een kanon in haar restaurant afgeschoten kan worden? Elsie houdt zichzelf voor dat er betere tijden op komst zijn, en dat het publiek de weg binnenkort beslist weer zal weten te vinden; de economie trekt immers aan. En in het uiterste geval kan ze altijd nog gaan praten bij de bank. Ze recht haar schouders, plooit een glimlach om haar lippen en pakt een paar menukaarten van de stapel. Nog altijd voelt ze trots als ze de luxe kaart openslaat en haar gasten vertelt wat die dag de specialiteiten zijn. Dat heeft ze toch maar mooi zonder hulp van buitenaf – of misschien nog wel treffender geformuleerd: zonder hulp van binnenuit – voor elkaar gebokst.

Amper heeft ze de menukaarten aan het stel bij het raam overhandigd, of de jongen achter de bar maakt haar er met een gebaar op attent dat er telefoon voor haar is. Ze excuseert zich.

Het is Willem, met de mededeling dat hij de volgende dag de stad uit moet. 'Het wordt misschien laat,' zegt hij.

'Bel je me daarvoor?'

'Ja. Loopt het vandaag goed?'

'Gaat wel.' Roel, de chef-kok, wenkt haar vanuit de keuken. Zijn gezicht staat zorgelijk. 'Ik zie je straks,' sluit ze het gesprek af.

Tussen de bedrijvige koks en serveersters vangt ze een glimp op van de reden van het ongemak van de chef-kok: de vishandelaar Croon. Hij staat achter in de keuken een ijskast leeg te halen, de onafscheidelijke wollen muts tot net iets boven zijn ogen getrokken. Resoluut hevelt hij de vis over in kratten met ijs.

'Hé!' roept ze. In een paar passen is ze bij hem. 'Wat zijn we aan het doen?'

Uitdrukkingloos kijkt de visboer haar aan. 'De zeeduivel gaat wel goed,' meldt hij. 'Maar de heek wat minder. En de rivierkreeftjes zijn bijna op.'

Met alle zelfbeheersing die ze in zich heeft, bedwingt ze zich zijn onderarm te pakken. 'Luister, dat geld komt eraan.'

'Natuurlijk.'

'Het komt er echt aan.'

'Sorry, Elsie, je bent een leuke meid, ik lever graag aan je, maar er komt ook aan mijn geduld een keer een eind, dat snap je toch wel?'

Ze bijt op haar onderlip. 'Vrijdag. Uiterlijk vrijdag betaal ik.' Ze probeert de wanhoop uit haar stem te houden als ze hem duidelijk maakt dat ze niet zonder vis kan. Dat het de helft van haar kaart beslaat. Maar hij is onvermurwbaar. Ook hij moet zijn rekeningen betalen, zegt hij, en ja hoor, daar komen ze, de gevleugelde woorden die mensen er standaard uitgooien zodra ze beseffen wiens dochter ze is: 'Waarom ga je niet met je vader praten? Die kan je toch wel effe uit de brand helpen?'

Ze duwt een beslagkom aan de kant. 'Leg die vis nou terug. En morgen de gewone levering. Dan krijg je van mij je geld. Handje contantje.'

Vorsend kijkt hij haar aan. 'Kan ik daarvan op aan?'

Elsie knikt.

Zachtjes streelt Iris met de achterkant van haar wijsvinger over Menno's wang. Zijn ogen zijn gesloten. Ze slaat zijn lievelingsboek, *De blauwe krokodil*, dicht, en legt het op zijn nachtkastje. Pepijn opent de deur; de grote vlinder aan de muur beweegt op de luchtstroom. Pepijn kijkt alsof hij bijzonder met zichzelf is ingenomen.

'De Ruiter gaat met ziekteverlof,' bevestigt hij even later haar vermoeden, als hij in de zitkamer twee glazen wijn inschenkt. 'Burn-out. Heel modern.'

'Hoe bedoel je? Is het dan niet echt zo?' Iris ploft op de bank.

'O, jawel. Hij doet geen stap zonder zijn plastic zakjes.' Hij overhandigt haar een van de glazen en kruipt tegen haar aan.

'Hij lijkt míj wel,' zegt ze.

'Wat, hyperventilatie? Dat is toch iets heel anders?'

Ze staart voor zich uit. Na een tijdje zegt ze: 'Hé, ik ben morgen dus...'

'Ik ga misschien een grote zaak van hem overnemen.'

Ze kijkt hem aan. Dat verklaart die innig tevreden blik van daarnet. 'Heb je het eindelijk voor elkaar?'

'Het is nog niet zeker.'

'Welke zaak?'

Hij begint te vertellen over een vastgoedzaak waar De Ruiter zich kennelijk jarenlang in heeft vastgebeten, en waar hij maar niet verder mee leek te komen. Haar dijbeen strelend zegt hij: 'Maar je had het over morgen.'

'Ja. Dan moet ik een portretserie van een schrijver maken. In de buurt van Venlo.'

'Dat had je verteld. Venlo dus helemaal. Komt Tess?'

'Ze haalt Menno van school en ze eet met hem. Maar om acht uur moet ze weg. Ben je er dan?'

Hij leegt zijn glas en zet het op de grond. 'Natuurlijk.'

'Ik bedoel dus echt.'

'Jahaa. Hoe laat ben jij dan weer terug?'

Na een korte aarzeling zegt ze: 'Weet ik niet.'

Hij geeft haar een kus. 'No problem. Als je maar thuis komt slapen.'

Gelukkig kan hij in de schemerige kamer niet zien hoe ze van kleur verschiet.

De televisie schettert. Mannen dansen over het scherm met flesjes bier in hun hand; ze slaan elkaar op de schouders en bulderen alsof ze de beste mop sinds jaren hebben gehoord. Geërgerd kijkt Willem op van zijn tijdschrift. 'Mag het iets zachter?' vraagt hij aan zijn zoon, die languit op de bank ligt.

Marco werpt hem een meewarige blik toe, maar zet de televisie wel zachter.

Willem bladert verder in het tijdschrift. Zijn oog valt op een fotoreportage, 'Portretten van de elite' getiteld. Hij verstelt iets aan de lamp boven zijn fauteuil, en knijpt zijn ogen samen.

Het is het soort artikel dat een parodie suggereert te zijn op een roddelblad door op meewarige toon verslag te doen van BN'ers en andere ijdeltuiten, maar er intussen niet voor terugdeinst vijf pagina's te vullen met foto's van diezelfde ijdeltuiten. Meestal ergert hij zich aan de huichelachtigheid van opiniebladen die op deze manier het air van intellectuele superioriteit hoog denken te houden, maar vandaag laat het hem siberisch. Sterker nog: hij verslindt het artikel dat hij anders beslist ongelezen zou hebben gelaten. Er zijn namelijk meerdere foto's van Iris te bewonderen. Iris, verlegen lachend bij een van haar portretten op de expositie, haar lange, blonde haar als een sluier van goud over haar schouders, Iris met de arm van haar echtgenoot om haar hals. Hij brengt het tijdschrift dichter bij zijn gezicht, blokkeert de echtgenoot door één oog dicht te knijpen en concentreert zich op de vorm van haar lippen. Die prachtige lippen, die...

'Zeg, pa,' klinkt ineens de stem van Marco vanaf de bank. 'Je zegt wel dat ik zo lui ben, en dat we nodig eens weer moeten paintballen, maar wanneer had je dat dan willen doen?'

Hij schrikt op. 'Wanneer? Gauw, jongen. Heel gauw.'

De deur van de woonkamer gaat open. Elsie komt binnen. Snel slaat hij meerdere pagina's tegelijk om, en belandt in een interview met de bestuursvoorzitter van een groot levensmiddelenconcern.

'Hoi,' zegt Elsie mat.

'Hoi, schat,' antwoordt hij. Marco bromt, en ook zijn tweelingzus Marit, die inmiddels met haar laptop aan tafel is gaan zitten, mompelt iets.

Elsie gooit haar tas in een hoek, loopt naar de drankkast en schenkt zichzelf een glas wijn in. Daarna komt ze met een gezicht als een oorwurm bij hem op de leuning van zijn fauteuil zitten.

'Wat is er?' vraagt hij.

Ze werpt een blik op de tweeling. 'Niks. Ik ga vroeg naar bed. Kom je ook?'

Het licht uit de badkamer werpt grillige vlekken op de slaapkamergordijnen. Elke keer als Elsie zich boven de wasbak naar de spiegel buigt, verandert het patroon. Sommige patronen, vooral die op het plafond, doen Willem denken aan een dansende vrouw in een zwierige jurk. Iris in haar rode jurk. Hoe ze zich bewoog toen ze bij hem vandaan liep.

Elsie komt afgeschminkt de badkamer uit. Ze oogt vermoeid. Zeventien jaar getrouwd, ze hebben samen zoveel meegemaakt. Zou hij op haar vallen als hij haar vandaag voor het eerst was tegengekomen? In hoeverre kun je, na al die jaren, nog uitmaken of je aan iemand gebonden bent door een gezamenlijke geschiedenis of door liefde? Als een blok gevallen voor een jongere vrouw, hij is toch ook maar gewoon een wandelend cliché. Zijn armen onder zijn hoofd vouwend kijkt hij hoe Elsie haar kleren verwisselt voor haar blauwzijden nachthemdje. Ze is een mooie vrouw, met een gul lichaam. Het zou verschrikkelijk zijn haar verdriet te moeten doen. Hij schraapt zijn keel.

'Hoe was het op de zaak vanavond?'

'O, wel oké. Wat heb je gegeten?'

Het duurt even voordat hij zich herinnert wat er die avond op het menu heeft gestaan. Net voor het gênant kan worden schiet het hem te binnen. 'Pizzaatje met de kinderen.' Meteen ziet hij dat het blijkbaar het foute antwoord is. 'Voor een keertje is dat toch niet zo erg?' voegt hij er snel aan toe.

'Welnee,' zucht ze.

'Wat is er?'

'Niks.' Ze komt naast hem liggen.

'Ik ben morgen de hele dag weg, hè,' zegt hij voorzichtig.

Haar ogen sluitend: 'Dat had je toch al gezegd?'

4

Om vijf voor elf staat Iris voor de praktijk van de psychologe; klokslag elf uur belt ze aan. De psychologe doet zelf open. Professionele hulp, ze had niet gedacht het ooit nodig te hebben. Maar ja, ze had ook nooit gedacht ooit met een wildvreemde man een afspraak te maken op een station.

'Ik ben fotografe,' zegt ze, terwijl ze haar fotokoffers naast het bureau van de therapeute zet. 'En ik moet straks meteen door naar een opdracht.' De vrouw mocht eens denken dat ze van plan is te blijven logeren. Misschien staan er dagelijks hopeloze gevallen met hun koffers bij haar op de stoep. Maar de therapeute lijkt zich daar geen zorgen om te maken. Ze duwt een streng haar die uit de wrong op haar hoofd is ontsnapt terug, glimlacht vriendelijk en schenkt thee.

'Ik heb een probleem,' begint Iris. 'Ik... ik ben verder volkomen normaal, hoor, of tenminste, hoe zeg je dat, ik ben niet depressief, of ik heb geen problemen verder. Eigenlijk ben ik heel gelukkig, echt waar.'

'Dat is fijn voor u,' zegt de vrouw zonder ook maar een spoor van ironie.

'Zegt u maar Iris. Soms vind ik mezelf te normaal. Saai. Nooit niks aan de hand. Maar, eh, daar kom ik niet voor.'

'U kunt mij alles vertellen. En dat blijft tussen deze vier muren. Laat u zich dus niet...'

'Heel veel mensen bij elkaar,' flapt Iris eruit, 'daar kan ik echt niet tegen.' En voor ze zich kan bedenken vertelt ze het hele verhaal. Van het gevoel gewurgd te worden als ze een drukke winkel binnenstapt, tot de onverdraaglijke mensenmassa op het schoolplein. 'Ouders van vriendjes van mijn zoon denken vaak dat ik arrogant ben, dat ik niet met ze wil praten,' zegt ze. 'En ik ben weggevlucht van mijn eigen expositie.'

Begrijpend knikt de therapeute.

De middag loopt al ten einde als Iris een paar haltes voor Venlo uit de trein stapt. Ze gaat op een bankje zitten met haar gezicht naar de ingang, zodat ze Willem kan zien aankomen, en bekijkt de passanten door het oog van haar camera. Gelukkig zijn het er te weinig om benauwd van te worden. Wel spelen er andere dingen door haar hoofd waar ze het benauwd van zou kunnen krijgen. Neem nou de vraag wat ze hier in vredesnaam doet. Is ze eigenlijk wel helemaal goed bij haar hoofd? Staat ze echt op het punt met een wildvreemde man op stap te gaan? In een opwelling van schuldgevoel belt ze Menno, die enthousiast vertelt dat ze het vandaag op school over de C hebben gehad.

'Weet jij nog woorden die met een C beginnen, mama?'

'Eh, Charlotte... chocola...'

Ze kan nog terug. Weliswaar komt hij voor haar hier helemaal naartoe met de auto, maar dat mag geen reden zijn om met deze idiote vertoning door te gaan. Hij is, net als zij, getrouwd. Als hij een beetje een vent is wordt hij geplaagd door dezelfde twijfels. Maar ze beseft ook dat voor veel mensen vreemdgaan zoiets is als af en toe frisse lucht happen. Ze kunnen nooit lang zonder.

'Mama?'

'O, eh, wat? Cadeau, Carolien... wat zeg je? Ja, papa heeft beloofd om acht uur thuis te zijn. Natuurlijk doet hij dat.' Nadat ze de verbinding heeft verbroken pakt ze opnieuw de camera en bekijkt de foto's die ze een uur daarvoor van de Limburgse schrijver heeft gemaakt. Het is een nieuwe camera, die nog scherpere foto's oplevert dan haar oude, vertrouwde exemplaar. Wel moet ze nog wennen aan de nieuwe gebruiksaanwijzing. Ze richt de camera op de stationsklok en stelt de lens scherp. Op het moment dat ze afdrukt ziet ze Willem. Ze laat de camera zakken en drukt opnieuw af. Hij loopt langs de kiosk. Ze staat op en loopt naar hem toe. Als ze elkaar bijna kunnen aanraken, komen ze beiden abrupt tot stilstand.

'Ik heb een nieuwe camera,' zegt ze onbeholpen. Ze steekt haar hand uit maar laat hem weer vallen. 'Ik dacht,' vervolgt ze, 'misschien komt hij wel niet. Dat had gekund. Ik bedoel, dat had ik wel begrepen. Het was eigenlijk normaal geweest.'

'Ik ben er,' antwoordt hij eenvoudig. Even lijkt het of hij haar in zijn armen wil nemen, maar er gebeurt niets. Aan alle kanten is er activiteit. Mensen haasten zich langs hen heen, een trein loopt binnen, maar het is alsof iemand het geluid heeft uitgezet. Ze kijkt in zijn ogen. Merkwaardig vertrouwd.

'Kom,' zegt hij na een tijdje.

Over een fietspad dat zich parallel aan een asfaltweg door een heuvelachtig landschap slingert, lopen ze zwijgend in de richting van de stad. De berm is bezaaid met paardenbloemen. Als ze een kasteeltje passeren, neemt Willem een van haar fotokoffers over en doet een poging een normale conversatie te voeren. 'Die schrijver, wat voor boeken schrijft hij?'

'Ik heb er eentje gelezen. Met moeite,' antwoordt ze.

'Saai?'

Ze schudt haar hoofd. 'Nee, wel mooi. Maar veel noodlot, dood en ellende. Als je hem ziet: een heel lieve, zachte man, maar intussen...' Abrupt blijft ze staan. 'Wat zijn we eigenlijk aan het doen? Ik heb een man en een kind. Ik heb een prachtig leven. Ik moet naar huis.'

Heftig pakt ze hem beet en drukt haar lippen op de zijne. Hij aarzelt geen moment en beantwoordt haar kus vol overgave. Alle angsten en muizenissen verdampen als regen op zinderend asfalt, om pas weer terug te keren als ze met de armen om elkaar heen hun reflectie in de glazen pui van een hotel tegemoet lopen. Zien ze eruit als een getrouwd stel dat er een paar dagen tussenuit gaat? Of druipt de overspeligheid er aan alle kanten af? Zou Pepijn al thuis zijn, of vergeet hij de tijd weer eens, en begint Tess nu, op dit moment, het zoveelste partijtje schaak met Menno?

Willems hand brandt op haar schouder. Haar spieren verkrampen. Onderzoekend kijkt hij haar aan. 'Als je het niet wilt, doen we het niet.'

Ze stamelt iets onsamenhangends.

'Oké,' besluit hij, 'ik breng je naar de trein. Over twee uur ben je thuis.' Niet boos. Niet teleurgesteld. Gewoon begripvol. Het begint al te schemeren. In zijn ogen ziet ze de lampen weerspiegelen die de menukaarten aan de gevel verlichten.

'Mag ik je iets vragen?' zegt ze.

'Wat?'

'Doe je dit vaker?'

'Waarom denk je dat?'

'Omdat... het lijkt alsof het jou heel makkelijk afgaat.'

Hij haalt zijn hand van haar schouder en draait zich om. 'Kom,' zegt hij. 'We gaan terug.' Hij begint te lopen.

'Nee,' zegt ze. 'Nee, nee, nee.' Ze zet haar fotokoffer neer.

Door gotische, gebrandschilderde ramen valt het laatste daglicht de lobby van het hotel binnen. Terwijl Willem en Iris de eikenhouten trappen beklimmen, passeren ze levensgrote schilderijen met onheilspellende taferelen. Even vraagt Iris zich af of ze op de voorgrond van een van die schilderijen een boomstronk ziet of een onthoofd zoogdier. Ze knippert met haar ogen. Hier loopt ze, de brave Iris Hoegaarde, als betoverd achter een wildvreemde man in een surrealistisch, op Jeroen Bosch geïnspireerd hotel.

Zo uitgesproken als de lobby is, zo nietszeggend oogt de kamer. Iris loopt naar het raam en staart naar buiten. Grijsgroen akkerland zo ver het oog reikt.

Willem opent de minibar. 'Wil je iets? Wijn, wat sterkers?'

Ze geeft geen antwoord. Het voelt alsof er een kleerhanger in haar jas zit.

'We kunnen nog steeds gewoon weggaan,' oppert hij.

'Wil jij dat?'

'Nee. Wil jij het?'

Ze aarzelt maar schudt haar hoofd, haar blik nog altijd op het grauwe akkerland gericht. Hij opent een fles witte wijn, schenkt twee glazen in, en overhandigt haar er één. Ze toosten zonder woorden en nemen een slok. Dan geeft hij haar een voorzichtige kus.

De gordijnen zijn dicht, de glazen leeg. Willem maakt de knoopjes van Iris' blouse los terwijl zijn lippen haar hals verkennen. Ze rilt van lust. Haar handen schuiven onder zijn overhemd en ze begint zijn rug te strelen. Warm en stevig. Haar vingers cirkelen rond een kleine oneffenheid op zijn schouderblad en glijden via zijn wervels naar de spieren in zijn nek.

Plotseling klinkt een indringend melodietje. Haar mobiele telefoon. Verdomme, waarom heeft ze dat ding niet uitgezet? Gejaagd begint ze in haar tas te graven. Pepijn. Ze moet wel opnemen, misschien is er iets met Menno.

'Met mij,' zegt hij, zodra ze verbinding heeft gemaakt. 'We kunnen 't niet vinden.' Op de achtergrond hoort ze Menno drenzen.

'Wat?' zegt ze hees.

'Het boek.'

'Boek?'

'De blauwe krokodil!'

'Maar hij had allang moeten slapen!' Verontwaardigd, ja, dat is de toon die ze moet aanslaan.

'Jahaa.' Pepijn zucht. 'Ik was toch wat later dan gepland. Alles is een beetje uitgelopen, en hij moet en zal nog voorgelezen worden.'

Ze durft Willem, die zich berustend op het bed heeft neergelaten, niet aan te kijken. 'Achter het kussen op de stoel,' mompelt ze.

Er valt een korte stilte. 'Shit, ja,' mompelt Pepijn.

'Geen shit waar hij bij is!'

'Sorry, chips. Hoe gaat het? Ben je laat thuis?'

'Eh, ja.'

'Zit je in de trein?'

Ze kucht achter haar hand. 'Bijna.'

'Goed, zie je straks.' Hij verbreekt de verbinding. Iris blijft staan, het klamme zweet op haar voorhoofd.

'Sorry,' fluistert ze tegen Willems gebogen rug. Later, als ze gekleed naast elkaar op bed naar een vochtplek in het plafond liggen te staren, klinkt uit de kamer naast hen het piepen van beddenveren. Daar lukt het wel, wil Iris zeggen, maar als ze begint te praten, hoort ze zichzelf zeggen: 'De blauwe krokodil gaat over een krokodil die niet groen is, zoals alle andere krokodillen, maar blauw. En daar zit dat beest nogal mee.'

Willem vouwt zijn armen achter zijn hoofd. 'Begrijpelijk,' antwoordt hij met een uitgestreken gezicht.

Ze vat moed. 'Dus gaat hij op zoek naar andere krokodillen die ook blauw zijn.'

'Hm hm.'

'Maar die vindt ie niet. Wel groene apen, roze krokodillen en rode pinguïns. Ik heb het 'm al tien keer voorgelezen, maar hij kan er geen genoeg van krijgen… sorry.'

Van opzij kijkt hij haar aan. 'Ja. Om nog even op je vraag terug te komen…'

'Welke vraag?'

'Ik doe dit niet vaker.'

'Nee?'

‘Nee.’
‘Oké.’
‘Iris, het is geen probleem, we kunnen ook de volgende keer…’
‘De volgende keer?’
‘Komt er een volgende keer?’ vraagt hij hees.
Ze strijkt de plooien van het beddensprei glad. ‘Ik weet het niet,’ fluistert ze.

Buiten is het donker en koel.
‘Moet ik je naar huis brengen?’ vraagt hij. ‘Of ergens in de buurt?’
Hoe langer ze bij hem is, hoe minder makkelijk het afscheid wordt. Ze schudt haar hoofd. ‘Het station.’
Op het bijna verlaten perron raast een sneltrein voorbij. Ze prent de details van Willems gezicht in haar geheugen. De donkere ogen, het plooitje bij zijn mond. Hoe de huid om zijn kaken spant.
‘Luister,’ zegt hij, ‘het hangt van jou af, dit is mijn nummer. Als je me nog een keer wil zien bel je me, en anders niet.’ Hij geeft haar een kaartje.
Als hij aanstalten maakt weg te lopen, pakt ze hem bij de revers van zijn jas en kust hem, tot ze beiden buiten adem zijn.
Dan maakt hij zich los en haast zich het perron af.
Vijf minuten later zit ze in een lege coupé naar buiten te kijken. Het akkerland gaat over in mistige weilanden, die op hun beurt weer overgaan in braakliggende lapjes grond met hier en daar een donker gebouw. Ze haalt haar fototoestel tevoorschijn en bekijkt in het display de foto die ze van Willem heeft gemaakt. Net zolang kijkt ze tot ze zijn beeltenis zou kunnen uittekenen, dan drukt ze op de wisknop. In het display verschijnt de tekst: ‘Ook rawfile wissen?’ Ze drukt nogmaals op de knop.
Weg. Einde. Exit. Voorbij.

5

Alle mogelijkheden heeft Elsie nu wel zo'n beetje uitgeprobeerd, en overal heeft ze nul op het rekest gekregen. De boodschap is duidelijk: geen bank is bereid haar in deze tijd een lening te verstrekken. Prachtige praatjes over betere omstandigheden in de toekomst, maar wat schiet ze ermee op? Ze zal de visboer vanavond weer nee moeten verkopen, en het is zonneklaar dat ze er deze keer niet mee wegkomt. Met een vermoeid gebaar legt ze de telefoon neer, wrijft haar ogen uit en loopt naar de keuken, waar Marco de inhoud van de koelkast inspecteert.

'Ik moet zo weg,' zegt ze, haar tas pakkend. 'Voor jou en Marit is er vis.'

'Eten we nou alweer niet samen?' roept Marit, die de trap af komt.

'Sorry, schat, ik heb de hele dag aan de telefoon gezeten, en nu moet ik werken.'

Marco trekt een vies gezicht. 'Jezus, niet weer forel, hè.'

Elsie houdt zich in. 'Er is ook nog pompoensoep, ingevroren,' zegt ze luchtig. 'En afbakstokbrood, een bak caprese, keus genoeg.'

'We bestellen wel wat,' zegt Marco.

Kalm blijven, de kinderen hoeven niet onder haar humeur te lijden. Maar voor ze het weet schiet haar stem toch uit. 'Hé, hallo, wat zeg ik nou? Er is nog van alles dat alleen maar warm gemaakt hoeft te worden. Is dat al te veel moeite? Er wordt niks besteld, begrepen?'

'Oké, oké, wind je niet zo op.'

Elsie keert zich om naar Marit. 'Wil jij erop letten dat er een beetje fatsoenlijk gegeten wordt?'

Haar dochter rolt met de ogen. 'O, nou moet ik erop letten?'

Kijken alle zestienjarige meisjes alsof ze vermoeden dat ze via tussenkomst van een smoezelig adoptiebureau bij hun enge ouders terecht zijn gekomen?

Met het lood in de schoenen stapt Elsie over de drempel van haar restaurant. Misschien is Croon er nog niet, houdt ze zichzelf voor. Of misschien is hij al geweest en heeft hij de vis gewoon afgeleverd. Ja, en misschien staat Sinterklaas wel in zomertenue cadeaus uit te delen. Ze zet haar nagels in haar handpalmen en bereidt zich voor op de confrontatie. In de drukke keuken staat Croon te wachten, een krat verse vis in zijn handen. Als hij haar ziet, glimlacht hij en zet het krat op tafel.

'Het is niet gelukt,' zegt ze vlak.

De glimlach zakt af. 'Hoe bedoel je, niet gelukt?'

'Ik ben naar de bank geweest en het is me niet gelukt. Ik heb geen geld voor je. Maar morgen ga ik naar een andere...'

'Oké, de ballen dan.' Zonder omhaal pakt hij zijn krat weer op en loopt weg.

Elsie leunt zwaar op een aanrechtblad en bijt op haar onderlip. Als ze zichzelf weer een beetje onder controle heeft, draait ze zich om en gaat het restaurantgedeelte in. Roel komt haar achterna. Ze vreesde al dat hij alles had meegekregen, en dat is ook wel goed, waarom zou ze er nog langer omheen draaien? Als iemand het als eerste moet weten, is hij het. Hopelijk slaat hij geen troostende arm om haar heen, want als iets haar op dit moment slecht uitkomt, is het een huilbui. Maar ze hoeft niet bang te zijn: ook zijn hoofd staat allerminst naar troost.

'En nu?' vraagt hij scherp.

'Ik regel het,' antwoordt ze.

'Kan je niet...' Met zichtbare moeite gaat hij verder. 'Jullie hebben toch zo'n groot huis? Een extra hypotheek...'

'Nee. Maar ik zeg toch dat ik het regel.' Haar stem klinkt hol.

'Sorry, Elsie, maar dat hoor ik nu al zo lang. Ik heb een reputatie hoog te houden. Zonder vis kan ik geen kaart voeren.'

'Ik regel het! Godverdomme!'

Roel verstrakt. 'Oké. Als jij het zegt. Maar als het volgende week niet veranderd is, zoek je maar een andere chef-kok.'

Niets zo lekker als een Big Mac met een biertje erbij. Marco werkt het staande aan het aanrecht naar binnen. Maar helaas, goede momenten duren altijd kort. Zijn brave zus komt zijn humeur naar de gallemiezen helpen. Al voor ze de drempel over is roept ze uit: 'Weet mama dat je bier drinkt?'

Hij haalt zijn schouders op. Dan ziet hij dat Marit niet alleen is. Haar boezemvriendin, Rosie Hartman, komt achter haar de keuken binnen. Lang en slank, donkere krullen, alle rondingen op de goede plaatsen. Bij nader inzien valt zijn humeur reuze mee: naar Rosie kijken is een heel acceptabele manier om een smakelijke maaltijd af te sluiten. Jammer alleen dat ze hem nooit ziet staan.

'Ha, Rosie, hoe gaat ie?'

'Goed. Met jou?'

'Prima.' Hij aarzelt een moment. Dan zet hij zijn glas neer en veegt zijn mouw langs zijn lippen. 'En met Michael?' informeert hij achteloos.

Ze haalt haar schouders op. 'Het is uit.'

'O?' Van de weeromstuit pakt hij het lege glas weer van het aanrecht.

Marit fronst haar wenkbrauwen. 'Kom, we gaan naar boven,' zegt ze tegen Rosie.

'Al lang?' vraagt Marco snel.

'Een paar weken.'

Het lukt hem zijn gezicht in de plooi te houden tot de meisjes de trap op gaan. Als ze uit het gezicht zijn, glimlacht hij breed.

6

Björn heeft zijn auto schuin tegenover de villa van zijn ome Louis geparkeerd, maar hij stapt niet uit. Als hij aanbelt en tante Beppie doet open, zit hij zo meteen geheid aan de appeltaart en de koffie en komt het niet van een gesprek van man tot man. Op de een of andere manier moet hij zijn oom alleen te spreken zien te krijgen. Vanochtend al, toen hij met de thee zat te wachten op zijn vader, wist hij dat er iets mis was. Björn kan zich niet herinneren dat zijn vader het ontbijt ooit eerder oversloeg. Hij was naar zijn slaapkamer gegaan. 'Pap? Weet je hoe laat het is? De thee wordt koud.'

'Misschien blijf ik vandaag maar eens in bed,' had het lusteloos vanonder de dekens geklonken.

'Maar de thee dan?' had Björn geprotesteerd.

'Ik heb vandaag geen zin. In niks. Neem jij ook maar vrij. Ga wat leuks doen.'

'Wat leuks?'

'Wat leuks, ja. En laat me nu met rust.' Hij was de hele dag niet uit bed gekomen.

Uren had Björn op zijn Playstation zitten gamen. Toen zijn vader ook voor het avondeten niet verscheen, en met zijn gezicht naar de muur alleen iets vaags had gemompeld toen Björn hem riep, nam hij een besluit. Hij kon het niet meer aanzien. Het moest iets met dat United Enterprise te maken hebben, want sinds het gesprek met ome Louis, gisteren in het kantoor, was hij al zo. En daarom zit Björn nu in de auto voor het huis van zijn oom en tante. Ooit zal ome Louis toch naar buiten moeten komen? Hoelang zit hij hier nu al? Hij heeft dorst, maar als hij nu weggaat, zul je net zien dat... wacht, gaat daar de voordeur open? Ja, de voordeur gaat open. Hoewel het onwaarschijnlijk is dat hij op deze afstand zichtbaar is, duikt hij in elkaar achter het stuur. Ome Louis komt inderdaad naar buiten. Shit, tante Beppie is bij hem. Ze draagt een smetteloos witte jas. Ze lopen naar de Mercedes op de oprit, waar ome Louis galant het portier openhoudt voor zijn vrouw. Nadat ze zijn weggereden, wacht Björn een paar seconden voor hij de achtervolging inzet.

De rit gaat naar de stad. Van een afstandje ziet hij hoe ome Louis de parkeermeter met zijn mobiele telefoon activeert en als ze even later in de richting van het centrum beginnen te lopen, zet Björn zijn auto lukraak op de gracht, achter de Mercedes.

Een plan. Hij moet iets bedenken, voor hij 't weet gaan ze ergens naar binnen en kan hij het wel schudden. Oké, dan maar geen plan.

'Hé!'

Ome Louis draait zich om. Zijn wenkbrauwen schieten omhoog. 'Wat doe jij dan hier?' vraagt hij verbaasd.

'Mijn vader...'

'Wat?' Zijn oom fronst zijn wenkbrauwen. 'Stuurt je vader je?' Als hij geen antwoord geeft: 'Wat is er, gozer?'

Björn slikt iets weg. Zijn mond gaat open, maar er komt niets. Dat heeft hij nou altijd als iemand zijn stem tegen hem verheft. Zijn vader kan ook zo ongeduldig tegen hem praten; daar wordt hij altijd zo zenuwachtig van, dan kan hij alleen nog maar stotteren.

'Hoor 's, jongen, wij hebben gereserveerd in een restaurant, kan het ook morgen?'

'N... nee.'

Zijn oom stopt zijn handen in zijn broekzak, kijkt naar tante Beppie en haalt ze er weer uit. 'Ga maar vast,' zegt hij tegen haar. 'Ik kom eraan. Vijf minuutjes.'

'Goed. Dag, Björn.' Ze lacht vrolijk en zwaait even naar hem voor ze in de richting van het restaurant loopt. Tante Beppie wordt tenminste nooit boos op hem, dat was vroeger al zo. Hij kijkt haar na tot ze uit het zicht verdwenen is.

Ome Louis slaat een arm om hem heen. 'Nou. Wat is er zo dringend, man?'

Zo heeft Louis zijn neef nog nooit meegemaakt, zo onvoorspelbaar. De jongen mag dan geestelijk niet helemaal jofel zijn, door de bank genomen is hij zo gelijkmatig als de dieselmotor van een Mercedes. Dat wil zeggen: tot vijf minuten geleden.

'Björn, voor de honderdste keer: er is geen geld onder tafel gegaan. Ik ga mijn eigen familie toch niet besodemieteren? Geloof me nou.'

'Papa zegt dat u liegt.'

Vertwijfeld gooit hij zijn handen in de lucht. 'Weet je wat: ik bel hem morgen op, dan maak ik een afspraak en dan gaan we erover praten.'

'Met Van den Houwert?'

Björn mag dan het postuur van een beer hebben, daarbinnen, in zijn hoofd, zit gewoon een kind. Beppie zegt altijd dat hij te veel tegen hun neef praat als tegen een kleuter, maar wat moet hij anders? Hem bij deze zaak betrekken? Met die ouwe valt niet te praten op dit moment, maar om nou de communicatie via het jong te laten verlopen, dat gaat hem echt te ver.

'Met Van den Houwert?' herhaalt Björn.

'Nee, met je vader. Je vader en ik.'

'Maar waarom liegt u, ome Louis?'

'Ik lieg niet.'

'Papa zegt van wel.'

Louis kijkt op zijn horloge. 'Het is niet zo. En ik ga er met hem over praten. Oké?'

'Ik heb papa nog nooit zo gezien,' houdt zijn neef aan. 'Zo van slag. Zo is ie niet.'

'Björn, ga lekker naar huis.'

'Hij is de hele dag in bed gebleven.' De stem van de jongen schiet de hoogte in. 'Dat heeft ie nog nooit gedaan. En hij is niet ziek.'

'Björn...'

'Als hij ziek zou zijn, was hij verkouden, of zou hij koorts hebben. Maar dat heeft ie niet.'

'Hé, tante Beppie zit te wachten.'

'En hij heeft ook de dokter niet gebeld.'

O, nee. Nou begint het joch ook nog met zijn hoofd te trekken. En waarom veegt hij steeds met zijn handen over zijn jas? Het lijkt wel of hij een soort nerveuze aanval gaat krijgen. Ze zijn alleen op de brug. In de verte lonkt de verlichting van het Griekse restaurant.

Louis maakt zich los van de brugleuning. 'Björn, ik ga nu. Oké? Ik heb honger en tante Beppie weet niet waar ik blijf.'

Björn lijkt hem niet te horen. 'Waarom liegt u tegen papa?'

Zeg je geduld, dan zeg je Beppie Karelse, maar dit wordt zelfs haar te gortig. Ze kent de menukaart inmiddels uit het hoofd, heeft een praatje met de ober gemaakt en al een droge witte wijn achter de kiezen. Of ze er nog eentje wil, vraagt de ober. Dat kan ze beter niet doen. Twee wijntjes op de nuchtere maag hebben de uitwerking van een langdurige opvlieger. En dat terwijl ze de overgang ruimschoots achter zich heeft.

'Nee, dank u,' antwoordt ze. 'Ik ga maar eens kijken waar mijn man toch blijft. Hij staat buiten te praten met zijn neef.'

De ober knikt beleefd.

Ze excuseert zich, trekt haar jas aan en met een 'zo terug' loopt ze naar buiten. Het is stil op straat en op de brug. Het miezert. Van Louis noch van Björn een spoor te bekennen. Na een tijdje verbaasd rondgekeken te hebben, haalt ze haar mobiel uit haar tas en belt Louis. Als ze zijn voicemail hoort, verbreekt ze de verbinding zonder iets in te spreken. Wat kan er gebeurd zijn? Is Louis met Björn meegegaan? Waarom heeft hij niks gezegd? In verwarring gaat ze het restaurant maar weer binnen. Ooit zal hij toch wel komen. Ze eet een schaaltje olijven leeg en bestelt nog een wijntje.

Als ze voor de derde keer buiten gaat kijken, krijgt ze de schrik van haar leven. De brug staat vol politieauto's met blauwe zwaailichten. Agenten zijn druk doende een lichaam uit het water te halen. Zwikkend op haar hoge hakken rent ze naar de politiemannen op de brug, en al voor ze ter plekke is, herkent ze de man die op het droge wordt gehesen. Ze zakt in elkaar.

Couwenberg ligt naar een oude western te kijken als de deur van zijn slaapkamer opengaat.

'Pap?'

Hij kijkt op en ziet Björn staan, zijn haren als zeewier op zijn voorhoofd geplakt, zijn kleren doorweekt. 'Papa...'

Verschrikt richt Couwenberg zich op, zijn hoofd stotend aan de vergulde lijst van het schilderij boven zijn bed.

Björn huilt. Het water druipt uit zijn kleren en vormt een plasje op het Perzisch tapijt.

7

Willem stapt uit zijn auto, ontwijkt de plassen op de oprit en tikt de code bij de deur in die hem toegang verleent tot de monumentale villa van zijn schoonvader. Hij loopt rechtstreeks naar het kantoor, dat zich achter de woonkamer bevindt. Hoewel Couwenberg weinig losliet aan de telefoon, klonk hij behoorlijk aangeslagen. Iets met Björn, meer kon hij niet uit de korte boodschap destilleren.

Zodra hij het kantoor binnenkomt en Björn daar met natte haren en in badjas verweesd voor zich uit ziet staren, krijgt hij een schok, niet in de laatste plaats vanwege de herinneringen die het oproept aan een zwarte dag in zijn leven. Even ziet hij een jaren jongere Björn voor zich, van top tot teen doorweekt, met zo'n zelfde blik.

Hij schraapt zijn keel. 'Wat is er gebeurd?'

Het gezicht van Couwenberg staat op onweer. 'Van der Pik hier is helemaal van de pot gerukt geworden, en heeft ons in de aller-aller-allerdiepste stront gestort. Ik word er geen wijs uit. Hij raaskalt aan een stuk door over een brug en over Louis.' Zijn gezicht vertrekt. 'Louis is dood.'

'Wat?' Willem tast naar een stoel en gaat zitten. Verbijsterd staart hij de rillende Björn aan. 'Dood? Maar hoe... heb jij hem vermoord, Björn?'

Er komt geen antwoord. Björn rilt in zijn badjas.

'Björn, godverdomme!' schreeuwt Couwenberg.

Zijn zoon krimpt in elkaar. 'Nee,' hakkelt hij, 'we... het was... op de brug stonden we... en ineens lagen we in het water... o zo koud... zo koud... hij... hij heeft mij klaverjassen geleerd... ik snapte eerst niet wat troef was... ik vond 't zo'n raar woord, troef...'

Couwenberg ontploft. Hij haalt uit en verkoopt Björn een klap. 'Weet je wel wat je gedaan hebt! Je hebt alles verkankerd. Nou breekt de pleuris uit!' Opnieuw slaat hij hem.

Snel grijpt Willem in. 'Hou op, hij is helemaal in de war,' roept hij, zijn schoonvader bij de bovenarmen pakkend.

'In de war?' roept Couwenberg. 'In de war? Weet je wie er godverdomme in de war is? Ik! Omdat die lul alles verkloot heeft.'

'Ophouden!' Willem verstevigt zijn greep en leidt hem naar een hoek in de kantoorruimte. Op gedempte toon vraagt hij: 'Getuigen?'

'Weet ik veel. Die gozer raaskalt alleen maar. Geen touw aan vast te knopen.'

'Is Louis echt dood?'

'Het was al op het nieuws,' antwoordt Couwenberg. Zijn stem breekt. 'Wat ik niet allemaal met die man heb meegemaakt. En nou ligt ie met z'n reet in een vrieskist.'

Op het moment dat Willem iets wil zeggen, gaat zijn telefoon. Een onbekend nummer. Hij loopt bij zijn schoonvader vandaan en neemt op.

'Met Iris. Kan je praten?'

'Eh, ja.' Hij loopt de vergaderkamer uit, de donkere gang in.

'Ik voel me schuldig,' zegt ze. 'Je bent helemaal naar Limburg gekomen. Voor niks.'

De emotie schroeft zijn keel dicht. 'Helemaal niet voor niks.'

Hij kan haar bijna horen glimlachen als ze zegt: 'Nee? Vind je dat?'

'Dat vind ik.'

Opgelucht heradem ze. 'Als jij het ook wil, kunnen we dan nog een keer afspreken?'

Een paar meter verderop, in het kantoor, hoort hij Couwenberg opnieuw een keel opzetten.

'Mag ik je morgen bellen?' vraagt Willem.

'Oké.'

Er valt een stilte.

'Nou, eh, slaap lekker. Tot morgen,' zegt Iris zacht.

'Jij ook. Tot morgen.'

'Björn mag niet op die brug geweest zijn,' zegt Couwenberg zodra Willem het kantoor weer binnenkomt. Nerveus masseert hij zijn slapen met zijn vingertoppen. 'Kan jij niet wat regelen?'

Resoluut schudt Willem zijn hoofd. 'Dat kan ik niet doen en dat weet je. Laat Joachim het regelen.'

'Maar wat moet ik doen, wat moet ik in godsnaam bedenken?' kreunt Couwenberg.

Willems hersenen draaien op volle toeren. 'Komt hij nog in die club?'

Als Couwenberg begrijpt waar hij naartoe wil, knikt hij. 'Oké.'

'Meteen, hè,' dringt Willem aan. 'Bel me morgenochtend. Wat is er in vredesnaam met 'm aan de hand?' Hij knikt naar Björn, die niet de indruk wekt ook maar iets mee te krijgen van wat er om hem heen gebeurt.

'De Haagse Veste, dat gedoe met Van den Houwert,' antwoordt Couwenberg. 'Vraag me niet waarom hij zich ermee bemoeit.'

Peinzend neemt Willem de gebogen gestalte van zijn zwager op. De ernst van de situatie begint steeds meer tot hem door te dringen. 'Jezus, Huub,' zegt hij. 'Louis...'

Iris leunt tegen een boom in het plantsoentje tegenover haar huis. Ooit zal ze toch naar binnen moeten. Ooit zal ze Pepijn onder ogen moeten komen. Na een tijdje merkt ze dat het harder is beginnen te regenen. Haar schouders en jas zijn drijfnat.

Ze vat moed, steekt over, gaat het huis binnen en zet de koffers in de gang. Daarna trekt ze haar jas uit en kijkt in de spiegel. Grote ogen in een wit gezicht met vuurrode wangen. Ze probeert een uitdrukking die haar er minder als opgejaagd wild doet uitzien en stapt de huiskamer in.

Pepijn slaat de krant dicht. 'Hé, lieveling, all the way to Limbabwe voor een sombere schrijver. Arme schat. Meteen naar bed met je knappe man of eerst nog wat drinken?'

'Graag. Iets drinken.'

Goedmoedig incasseert hij de afwijzing, loopt naar de drankkast en schenkt een glas wijn voor haar in. 'Tess heeft pannenkoeken gebakken met Menno,' zegt hij. 'Groot feest natuurlijk. Er is er nog eentje als je wil. Heb je wel goed gegeten?'

'Ja.'

'Wat heb je gegeten?'

'Italiaantje,' weet ze uit te brengen, warm van schaamte.

'En die schrijver, hoe was die?'

'Heel aardig.' Haar handen trillen. 'Ik ga nog even bij Menno kijken,' zegt ze, en in drie stappen is ze de kamer uit. Eenmaal op de rand van het bed van haar zoon wil de zelfhaat maar niet minder worden. Met lege ogen staart ze van zijn slapende gezichtje naar de fleurige tekeningen aan de muur.

Later, als ze na een uitgebreide douche in bed stapt, kruipt Pepijn onmiddellijk tegen haar aan. 'Ik heb zin in je. Heb jij ook zo'n zin?' fluistert hij in haar oor.

Ze mompelt iets vaags. Kon ze maar net doen alsof. Sommige vrouwen draaien er hun hand niet voor om: ongebreidelde passie acteren, faken dat ze klaarkomen.

Zich er maar al te zeer van bewust dat hij speciaal op haar gewacht heeft, doet ze een halfslachtige poging tot een geeuw. Hij ligt nu helemaal op haar helft van het bed. Lepeltje-lepeltje, zijn favoriete houding. Langzaam laat hij zijn hand over de ronding van haar heup gaan, en via haar van schuld gloeiende dijbeen naar de zachte haartjes tussen haar benen. Net als ze wil zeggen dat ze niet in de stemming is, scheurt het geluid van een telefoon de stilte van de nacht aan flarden. Pas als Pepijn uit bed springt en op de tast zijn kleren begint te doorzoeken, beseft ze dat het niet haar telefoon, maar de zijne is.

'Ja... nee, het geeft niet, ik lag nog niet in bed,' hoort ze hem zeggen. 'Vanavond? Oké... en er is een verband... ja... meen je dat nou?' Dat laatste klinkt verheugd. Heel verheugd zelfs. 'Natuurlijk ga ik er onmiddellijk naartoe.' Hij verbreekt de verbinding. In het halfdonker ziet ze zijn brede grijns. En dat het elastiek van zijn onderbroek lubbert.

'Wat is er?' vraagt ze.

'Een lijk. Vermoord. Waarschijnlijk.'

'Wat sta je dan te grijnzen?'

Hij draait zich om. 'Ik heb ineens een topzaak gekregen!'

'Nu? Wat dan?'

'De Ruiter is er definitief af. En ik heb 'm.' Haastig begint hij zich aan te kleden.

'Wat ga je doen?'

'Ik moet even gaan kijken op de plaats delict.'

'O.' Half verbaasd, half opgelucht kijkt ze toe hoe hij in zijn colbertje schiet. Voor hij vertrekt geeft hij haar een hartstochtelijke kus.

'Doe voorzichtig,' roept ze hem na, en laat zich in de kussens terug zakken. Ze vouwt haar armen achter haar hoofd en staart naar de gordijnen, een perfect projectiescherm voor alles wat zich vandaag op haar netvlies heeft gebrand. Willems ogen. Zijn handen, de manier waarop hij de knoopjes van haar blouse losmaakte. De uitdrukking op zijn gezicht toen ze afscheid namen op het station.

Voordat Willem zijn huis binnengaat, controleert hij nog één keer zijn mobiel. Zou Iris nog gebeld hebben, maar heeft hij het boven het lawaai van de motor uit niet gehoord?

Ze heeft niet gebeld.

Het huis is in schaduwen gehuld. Zonder het licht aan te doen gooit hij zijn jas over de kapstok en loopt de kamer in, rechtstreeks naar de drankkast. Op het moment dat hij de klep wil openen, hoort hij Elsies stem: 'Hai.'

'Jezus! Ik schrik me rot!' Hij knipt het licht aan.

Elsie ligt op de bank. 'Kwaad geweten?' vraagt ze laconiek.

Hij legt een hand tegen de muur en ademt diep in en weer uit. 'Wat zit jij hier nou in het donker?'

'Ik denk na.'

Zijn nekharen beginnen te prikken. Ze zal toch niet... Heeft iemand hem met Iris gezien? Hij schraapt zijn keel. 'Nadenken? Waarover? Wat is er dan?'

Lusteloos peutert ze aan de nagelriem van haar duim. 'O, ik ben bijna failliet. Meer niet.'

In de seksclub is een show bezig. Op een met rode en groene lichtbundels beschenen podium dansen vrouwen in doorschijnende outfits. Een blondine met knalroze lipstick maakt haar entree en loopt door naar achteren, haar tasje tikkend tegen haar welgevormde heup. Belangstellend volgt Joachim Lampe haar met zijn ogen, waarna hij naar de bar slentert. Met zijn vriendelijkste glimlach richt hij zich tot de eigenaar, die achter de bar bierglazen spoelt.

'Ha, Bob.'

'Hoi.'

'Ik moet Carla en Mireille even hebben.'

'Bezet,' antwoordt de barman.

'O, ik heb alle tijd.' Joachim hijst zich op een van de hoge krukken en leunt met een elleboog op de toog, de krijtstreep van zijn eigen pak vergelijkend met die van Bob. Die van Bob is iets breder, constateert hij. In de spiegel achter de toog ontmoet hij zijn eigen beeltenis, het licht gebogen, kalende hoofd. Hij recht zijn schouders en veegt met een nonchalant gebaar een lok dunnend haar over zijn slaap, waarop zich een ader aftekent, zo dik als een regenworm.

'Was het nog druk gisteren?' vraagt hij.

De barman haalt zijn schouders op en zet een glas bier voor hem neer. 'Gewoon.'

'Ik betaal even cash,' meldt Joachim, terwijl hij Bob achteloos een paar biljetten van vijfhonderd euro in de hand drukt. Als ie hem bevreemd aankijkt, voegt hij eraan toe: 'Laat maar zitten, hoor. Wie waren er allemaal? Gisteren bedoel ik. Ik ben trouwens een goede kennis van meneer Couwenberg, die ken je toch wel?'

8

Het belooft een zonnige dag te worden. Elsie hoorde de vogels al vroeg fluiten en heeft vanaf een uur of vier geen oog meer dichtgedaan. Nu staat ze in haar ochtendjas op de oprit voor haar huis en ziet toe hoe Marit en Marco de schuur uit komen, Marit met de fiets en Marco op zijn scooter. Glimlachend wacht ze tot de tweeling haar over het tuinpad passeert. Ze wil Marits kraag, die dubbel zit, even rechttrekken, maar haar dochter ontwijkt de uitgestoken vingers, springt op het zadel en sjeest haar met een 'doei, mam!' voorbij. Marco mompelt vaag een afscheidsgroet, waarna hij met knetterend lawaai de straat uit rijdt.

Elsie zwaait. 'Voorzichtig, hè?'

Als ze de hoek om zijn, voelt ze de glimlach van haar gezicht zakken. Somber sloft ze naar binnen, naar de keuken, waar Willem zijn tas inpakt, terwijl hij intussen een hap van een boterham neemt. Hij veegt zijn mond af met de rug van zijn hand en zegt: 'Elke keer hetzelfde liedje. Later wordt toch al dat geld van jou en van Björn?'

Ze onderdrukt een zucht. 'Ja. Maar later is iets anders dan nu.'

'Hoezo anders?' vraagt hij scherp. 'Nu stinkt het, en straks niet meer?'

'Dat weet ik niet. Het is anders.' Ze schuift een kopje in het espressoapparaat. 'Nu wil ik het gewoon niet.'

'En dat ik voor hem werk, vind je dat geen probleem meer?'

Ze haalt haar schouders op. Discussiëren over de levenswandel van haar vader en Willems rol daarin is wat haar betreft een afgesloten hoofdstuk.

'Moet jij weten,' omzeilt ze de vraag. 'Maar ik hoef zijn geld niet. Geen dubbeltje.'

Willem tuit zijn lippen. 'Oké, ik praat met mijn fiscalist.'

Ze ontdooit iets. 'Lieverd, als hij zegt dat het niet kan, dan snap ik dat, en als het niet kan, dan kan het niet.'

'Ik ga het proberen.'

'Echt?'

'Natuurlijk.'

Ze legt de boter in de koelkast. 'Als ik jou niet had…'

'Ik moet je nog wat vertellen,' zegt hij met een ernstig gezicht.

Gewoontegetrouw is haar eerste impuls weer eens het ergste te vrezen: hij heeft iemand anders ontmoet en nu gaat hij haar vertellen dat hij haar verlaat. En dat terwijl ze intussen toch weet hoe trouw hij is. Natuurlijk, hij heeft zijn ogen niet in zijn zak, en hij is populair bij de vrouwen. En hij krijgt vast regelmatig honger op straat, maar hij komt altijd thuis eten, haar Willem.

'Je ome Louis…' Hij slaat zijn ogen neer.

Het kost haar een paar seconden om om te schakelen. Dan fluistert ze: 'Ome Louis? Dood? Is hij dood?'

Willem knikt.

Haar ogen beginnen te branden. 'En dat vertel je me nu pas? Godverdomme… hartaanval? Ik heb het nog zo gezegd, hij had de laatste tijd al zo'n rooie kop, die bloeddruk…'

'Hij is verdronken. Ik krijg net een telefoontje van je vader.'

Ze slaat een hand voor haar mond. 'Gisteravond,' gaat hij verder. 'Ze hebben geen idee hoe het gebeurd is.'

Waarom blijft hij daar nou als een zoutzak staan? Waarom houdt hij haar niet vast?

Iris rent met Menno over het lege schoolplein, langs de zandbak en het klimrek dat aan een enorm spinnenweb doet denken. De bel klinkt al. Ze trekt hem aan zijn hand voort en spoort hem aan harder te lopen.

'Waarom zijn we altijd zo laat!' roept hij verontwaardigd.

'Sorry, schat. Maar loop nou door.'

'Ik wil geen briefje halen. Als je maar niet denkt dat ik een briefje wil halen!'

In de hoog betegelde gang wurmt ze hem uit zijn jas en duwt hem de klas binnen. Tot haar opluchting ziet ze door het raam dat hij mag gaan zitten. Het zweet staat op haar voorhoofd. Ze zwaait naar hem en hij zwaait terug, naar zijn ontaarde moeder.

Met zijn jas in de hand draait ze zich om naar de kapstok. Nergens plek, alle haakjes zijn bezet. De meeste zelfs dubbel. Ze plooit zijn baseballjack over een rode regencape, maar de jas glijdt eraf en belandt op de grond. Als ze het opnieuw probeert, hoort ze iets knappen. En dan lijkt er ook in haar iets te knappen. Goeie god, nog even en ze gaat staan janken om een kapot lusje.

Pepijn loopt langzaam door de gangen van het Openbaar Ministerie, verdiept in een krantenartikel met de kop 'Zakenman dood in gracht. Vermoeden misdrijf'. Hij bekijkt de foto naast het artikel. Zonder twijfel de man die hij gisteren op de kade heeft zien liggen. Hij slaat af en wil de trap op gaan. Nog net kan hij voorkomen dat hij tegen Pieter de Ruiter opbotst, die hem met een doos vol dossiers en een plant tegemoetkomt.

'Hé, wat doe jij nou nog hier?' roept Pepijn uit. Hm, dat klonk niet bepaald tactisch. Verbeterpuntje. Kennelijk denkt De Ruiter er precies zo over. Hij knijpt zijn ogen samen. 'Vind je 't erg?'

'Hoe bedoel je?'

'Nou, je hebt nu toch eindelijk die mooie zaak die je altijd al wilde? Je kans om te scoren?' De bladeren van de plant lopen uit in bruine punten, die lusteloos over de randen van de doos hangen.

'Niemand is blij dat je ziek bent,' sust Pepijn. 'Ik al helemaal niet.'

De Ruiter grimast. 'Ik kom alleen wat rotzooi halen.'

'O, maar dan kan je me mooi nog even bijpraten.'

'Je weet het meeste al,' is het afgemeten antwoord. 'Er zijn dossiers. Ik neem aan dat je kunt lezen.'

'Als ik iets aanpak, ga ik voor platina,' merkt Pepijn opgewekt op. 'En lezen is iets anders dan 't van iemand horen die er vijf jaar bovenop heeft gezeten.'

Schoorvoetend loopt De Ruiter met hem mee naar hun werkkamer, waar ze, aanvankelijk in stilte, beiden door ordners vol verklaringen, foto's van bedrijfspanden, huizen en personen beginnen te bladeren. Zijn collega schuift portretten van verschillende heerschappen uit de vastgoedwereld over het bureau in Pepijns richting, waaronder enkele van Louis Karelse en van Huub Couwenberg. Daarna start hij de computer op en toont een oude opname, vol strepen en ruis, van een verhoor van Couwenberg. Wat hij precies zegt valt nauwelijks te volgen, zo slecht is de kwaliteit. Wel is het zonneklaar dat Couwenberg volkomen op zijn gemak is. Hij oogt als een man die gewend is rijkelijk whisky en sigaren tot zich te nemen zodra de formaliteiten achter de rug zijn.

'Heb je nog informatie vanaf het allereerste begin?' vraagt Pepijn. 'Ik ben een leek. Ik heb nergens verstand van.' Van de zelfbewuste vastgoedman op het scherm kijkt hij naar De Ruiter, die op een bepaalde, perverse manier de tegenpool van Couwenberg lijkt met zijn afhangende schouders en zijn klamme huid. Die zien we nooit meer... terug, zingt het in Pepijn. Hij trekt zijn gezicht in de plooi. 'Een halfuurtje, dan ben je van me af,' voegt hij er vriendelijk aan toe.

De Ruiter begint in staccato zinnen te vertellen dat hij drieënhalf jaar geleden op de zaak is gezet, nadat er een tip van de FIOD binnenkwam over een keten van internetwinkels, in eigendom van Couwenberg. Dat het ging om witwassen op grote schaal en dat Couwenberg naar schatting bij een kwart tot een derde van alle grote deals betrokken was, met aandelen of een lening.

Meer foto's en krantenknipsels passeren de revue. Eén ding staat vast: in de categorie handenschudden met zakenlieden gooit die Couwenberg hoge ogen.

'Maar?' zegt Pepijn.

De Ruiter trekt zijn plukkerige wenkbrauwen op. 'Maar wat?'

'Dat is niet het enige, neem ik aan.'

'Nee. Er zijn geluiden over afpersing. Bedreiging. Fraude. Maar als puntje bij paaltje komt dekt iedereen elkaar of durft niemand te praten.' Samen kijken ze naar een foto in het dossier waarop Couwenberg en zijn zwager Louis Karelse poseren met de armen om elkaars schouders geslagen. Op de achtergrond een orkestje met in witte pakken gestoken muzikanten en dansende mensen.

'Couwenberg heeft een goede advocaat,' zegt De Ruiter somber. 'Dat is een deel van het probleem.'

'Wie is dat dan?' informeert Pepijn.

'Willem Steenhouwer. Een enorme rat.'

'Steenhouwer?' Pepijn denkt even na. 'Ken ik niet.'

9

De Limburgse schrijver heeft een karakteristiek hoofd. Grijze lokken, scherpe trekken. Een onderzoekende blik, beschuldigend bijna. Precies zoals veel mensen mannelijke auteurs graag zien. Iris leunt achterover in haar stoel en kijkt door haar wimpers naar het scherm van de computer. Welke foto is het meest geschikt voor bij het artikel? Vooralsnog gaat haar voorkeur uit naar die met de oude schuur op de achtergrond. Daar hoeft ook weinig aan bijgewerkt te worden. Misschien alleen iets meer contrast. Als haar telefoon gaat, vliegt ze een paar centimeter omhoog van schrik.

'Iris,' zegt ze ademloos.

'Met Willem. Kan je praten?'

'Ja.'

Een ongemakkelijke stilte.

'Hoe is het?' vraagt ze.

'Druk. En jij?'

'Gaat wel.' Iris verplaatst haar blik van de streng ogende schrijver naar het raam. Donkere wolken jagen voorbij. In de linker bovenhoek ontwaart ze een klein streepje lichtblauw, dat binnen de kortste keren alweer is volgelopen met grijs.

'Jij bent niet uit mijn gedachten geweest,' hoort ze Willem zeggen. 'Wanneer zie ik je weer? Vanmiddag?'

'Vanmiddag? Dat lukt echt niet.'

'Morgen dan?'

Ze tuurt naar haar toetsenbord.
'Morgen?' herhaalt hij.
Ze aarzelt.

Hoeveel uren is Louis nu dood? Tien? Twaalf? Verdwaasd staart Beppie naar de pendule tussen de ingelijste foto's op de schoorsteenmantel. Het lukt haar maar niet een verband te leggen tussen de stand van de wijzers en de tijd. Misschien had ze wat minder van die groene pilletjes moeten nemen. Op een van de foto's, gemaakt tijdens hun laatste vakantie in Turkije, glimlacht Louis haar toe vanonder een strooien hoed; de hoed waarop hij maar bleef afdingen bij dat jochie in die gammele kraam. Het ventje zag eruit of hij al in geen weken een fatsoenlijke maaltijd had gehad; Beppie had Louis aan de mouw getrokken en gevraagd waarom hij in vredesnaam zoveel stennis maakte om een paar euro. Hoofdschuddend had hij haar aangekeken. 'Beppie, Beppie, denk je nou echt dat het me om het geld gaat? Als je niet afdingt hebben ze geen respect voor je. Dáár gaat het om.'

Naast Louis een foto van het gezin van haar nichtje Elsie. Willem heeft losjes de ene arm om de schouder van zijn vrouw geslagen en de andere om hun dochter Marit. Marco staat er een beetje verloren bij. Links naast de pendule staat een portretje van Björn. Vroeg of laat moest ze hem wel in de ogen kijken, al is het maar op een foto. Wie had gedacht dat uitgerekend Björn…

De deurbel zoemt.

Louis! Ze veert overeind. Nee, idioot, het is Louis niet. Hij is dood. Dood. En was hij dat niet, dan zou hij gewoon met de sleutel binnenkomen. Zou hij de sleutels trouwens nog in zijn broekzak hebben, daar in die vrieskist? Of hebben lijken in vrieskisten geen kleren aan?

Opnieuw gaat de bel, drie keer kort achter elkaar nu. Er is maar één manier om het irritante geluid tot zwijgen te brengen.

Een mannelijke en een vrouwelijke rechercheur staan op de

stoep. De vrouw stelt zich voor als Meerdink en vraagt of ze haar even mogen spreken. Beppie doet een stap achteruit om ze binnen te laten. Eenmaal in de woonkamer glijdt de blik van de vrouw over het interieur alsof ze de moordenaar van Louis onder de sofa vermoedt, of achter de gordijnen. Haar mannelijke collega, kaalgeschoren, maar met grote, zachte ogen, pakt het beleefder aan. Nadat hij haar heeft gecondoleerd, vraagt hij of hij even mag plaatsnemen.

'Natuurlijk,' zegt Beppie.

'Hebt u iets gekregen om een beetje rustig te blijven?' vraagt hij. 'En te slapen?'

Ze knikt.

'Steun van familie?'

'Daar heb ik er niet zoveel meer van. Hoe zei u dat u heette?'

'O, neem me niet kwalijk. Mijn naam is Bazhouri. Hebt u geen broers of zusters?'

'Allemaal overleden. Mijn buren hebben me een beetje opgevangen. Daar zijn we heel goed mee.'

Bazhouri knikt begrijpend. 'Hoe naar het ook is, mevrouw Karelse, we moeten toch even praten over wat er gebeurd is. U hebt gisteravond al een paar dingen verteld, maar u was natuurlijk erg van slag, en...'

'Ik zat maar op hem te wachten in dat restaurant,' zegt ze. 'We zouden uit eten gaan. Het duurde en het duurde maar. Of eigenlijk, we liepen dus naar dat restaurant. Een Griek, we zijn dol op Grieks. We gaan er ook vaak op vakantie.' Ze slikt. 'Ik bedoel... gingen... en we waren er bijna, maar op de brug kwamen we Björn tegen.'

De rechercheur kijkt verrast op. Ook zijn vrouwelijke collega, die met de handen in haar zakken de foto's op de schoorsteenmantel stond te bestuderen, is er ineens helemaal bij.

'Björn?'

'Ja. Björn Couwenberg. Een neef van mijn man. Dat is hem,

in die roze trui.' Ze wijst naar de foto links van de pendule. 'Hij is de zoon van Mette. Mette was de zus van mijn man. Zij is al heel lang dood. Hij wilde mijn man spreken. Een beetje raar.'

'Een beetje raar?' herhaalt de man.

'Ja. Dacht ik achteraf. Dat het zo gelijk moest. We kennen hem heel goed. Hij was vroeger kind aan huis bij ons. God, wat we allemaal niet met die jongen hebben doorgemaakt. Hij is niet helemaal goed, moet u weten.'

De rechercheurs wisselen een blik. 'Hoe bedoelt u?'

Ze zucht. 'Het was vroeger een hele leuke, slimme knul. Maar toen heeft hij een ongeluk gehad...'

Als Huub Couwenberg ergens een hekel aan heeft is het aan twijfel. Twijfelen is voor losers en wijven in de overgang. Maar die vreselijke geschiedenis met Björn en Louis, hij weet het even allemaal niet meer. Het is dat Willem dat heldere idee kreeg, anders had hij niet voor zichzelf ingestaan. Hij telt tot tien voordat hij de kamer van zijn zoon betreedt. Zoals altijd is alles opgeruimd. Een wand vol stripboeken, keurig op kleur en soort. Een zeeaquarium met koralen, anemonen en poliepen, of hoe die dingen ook allemaal mogen heten. Vaak, als om welke reden dan ook de onrust door Björns lijf jaagt, gaat hij op de grond voor zijn aquarium zitten, net zolang tot er weer enige orde in zijn hoofd komt. Eigenlijk verwacht Couwenberg ook nu zijn zoon met zijn neus tegen het glas aan te treffen, maar hij staat midden in de kamer, waar hij met lege ogen een schietspel speelt. Het geluid heeft hij afgezet.

'Hé, oudste,' zegt hij, behoedzaam de deur achter zich sluitend. Het ontgaat hem niet dat Björn verstrakt. 'Mannetje, kom op nou. Ik ben niet boos meer. Joachim is hier. We moeten even praten.' Geen antwoord. De ogen van Björn blijven op het scherm van zijn Playstation gericht.

'Björn, godverdomme!'

Met een ruk staat zijn zoon op en volgt hem zwijgend naar het kantoor, waar Joachim in zijn karakteristieke houding voor het raam staat, het hoofd licht gebogen, als een roofvogel die wacht tot zijn prooi eindelijk stil blijft zitten.

'Ha, Björn,' zegt Joachim, en hij komt al ter zake voordat ze tegenover elkaar aan tafel zitten. 'Ik denk dat we weinig tijd hebben, de politie kan er elk moment zijn. Ik heb een paar belletjes gedaan en een paar mensen gesproken. Ik weet inmiddels een heleboel meer. Zijn vrouw was erbij, hè, op die brug?'

'Nee.'

'Toen je hem tegenkwam toch wel? Ze heeft je gezien, of niet?'

Het duurt even, maar dan knikt Björn.

Couwenberg krijgt zowat een rolberoerte. 'Tante Beppie? Heeft die je met ome Louis gezien?'

Opnieuw knikt zijn zoon.

Goeie god, de situatie is nog erger dan hij had gedacht. Hoe komen ze hier ooit nog uit? Zijn paniek slaat om in woede. 'Maar dan zijn we dus...'

Joachim steekt een hand op. 'Rustig, Huub. Tante Beppie wordt ook een dagje ouder. Vergeetachtig. Ze ziet wat minder. Luister eens goed naar me, Björn. Gisteravond heb jij de hele avond op de club gezeten, vanaf een uur of zeven. En je was daar met Carla en Mireille. Bob heeft je ook gezien.'

Björn schudt zijn hoofd. 'Eergisteravond,' corrigeert hij.

'Nee, gisteravond,' beklemtoont Joachim.

Nerveus knippert Björn met zijn ogen. 'Eergisteravond toch, papa?'

'Nee, gisteravond, ik weet het ook nog,' beaamt Couwenberg, zijn armen over elkaar slaand.

'En je bent helemaal never nooit niet op die brug geweest,' vult Joachim aan. 'Yes, Björn?'

De adamsappel van Björn schiet boven de boord van zijn sweater uit.

'Dus wanneer was je op de club?'

'Gisteravond,' stottert de jongen.

'Eergisteravond, toch?'

Verward kijkt Björn hem aan. 'Maar je zegt net zelf...'

'Wanneer was je op de club?'

'Wat wil je nou?' Björns stem schiet uit.

'Gisteravond!' schreeuwt Couwenberg. 'Je was er gisteravond!'

'Ja... gisteravond,' antwoordt zijn zoon.

Joachim legt zijn ellebogen op tafel en leunt naar voren. 'Of eergisteravond?'

Tot opluchting van Couwenberg lijkt bij zijn zoon het licht aan te gaan. 'Nee, gisteravond,' antwoordt hij, met al wat meer zelfvertrouwen.

'En met wie was je daar?'

'Met Carla en Mireille.'

'Was het echt niet eergisteren?'

'Nee. Gisteren.'

Joachim buigt zich nog verder over tafel. Zijn neus raakt zowat die van Björn. De ader op zijn slaap klopt. 'Je liegt.'

Als Couwenberg de tranen in de ogen van zijn zoon ziet, moet hij de impuls Joachim uit zijn stoel te sleuren en tegen de muur te kwakken bedwingen. Hij krijgt bijna zelf tranen in de ogen. Zijn ooit zo briljante zoon, het is om je de haren uit het hoofd te trekken.

'Gisteren,' antwoordt Björn dapper.

Joachim slaat met de vuist op tafel. 'Godverdomme, je liegt!'

'Gisteravond. Vraag maar aan Carla. Of Mireille.'

Couwenberg knikt naar Joachim. Genoeg. Laat het in godsnaam genoeg zijn geweest.

10

Terwijl ze een bakje kwark uitlepelt, leest Iris het nieuws op Nu.nl. Haar oog valt op een afbeelding van een bekende. Het is de man die ze kort geleden nog heeft gefotografeerd, die vastgoedman. Uit de eufemistische bewoordingen 'een misdaad wordt niet uitgesloten' leidt ze af dat hij is vermoord. Op de een of andere manier verbaast het haar niet. Wat haar wel verbaast, is dat de site zonder naamsvermelding háár foto heeft gebruikt. Over misdaad gesproken! De kwark spat zowat het bakje uit als ze het op tafel zet. Onverwijld belt ze de redactie, en krijgt Jill aan de telefoon, die belooft er onmiddellijk achteraan te gaan. Pas als ze de kwark op heeft, leest ze het hele artikel, maar het verslag over de schimmige vastgoedwereld boeit haar slechts matig.

Rosie heeft tijdens het laatste uur Engels moeite gehad haar lachen in te houden. Een presentatie over *Star Trek*, hoe verzin je het? Wat een lef hebben sommige jongens. Zij zou zich doodschamen om met zo'n onderwerp te komen aanzetten. Maar hij kwam ermee weg, kreeg zelfs een voldoende. En dan die saaie, toonloze stem. Ze grinnikt als ze de klas uit loopt. Ook Marit proest het uit in het fietsenhok.

'Wat een nerd!' roept ze, haar tas met gymspullen op de bagagedrager bindend.

'Een übernerd,' lacht Rosie.

'Een hypernerd,' doet haar vriendin er nog een schepje bovenop.

Marit haalt haar fiets uit de stalling maar blijft dan staan. Bijna botst Rosie tegen haar op.

'Shit! Mijn agenda. Wacht even.' Ze zet haar fiets op de standaard en rent terug naar school. Rosie slaat haar ogen ten hemel en leunt tegen een muur. Als ze opkijkt, staat Marco voor haar neus.

'Hoi,' zegt hij nonchalant. 'Kutje Cola weer wat vergeten?'

'Haar agenda.'

'Wat doe je morgenavond?'

Ze bekijkt hem iets beter. Best een leuke jongen, aantrekkelijk ook, maar hij heeft iets wat haar tegenstaat. Misschien is het die onverschillige het-kan-me-niet-schelen-wat-andere-mensen-denken-blik. 'Hoezo?' vraagt ze.

'Ga je nog naar het feest?'

'Weet ik nog niet.'

'Marcellis draait, hè,' zegt hij op een toon alsof hij eigenlijk belangrijker zaken aan zijn hoofd heeft.

'Marcellis?' roept ze uit. 'Maar die is kapot goed!'

Met de nagel van zijn pink peutert hij tussen zijn tanden. 'Zal ik je om een uur of negen ophalen?'

'Samen met Marit?'

'Marit wou niet. En ik ga niet met m'n zus uit, als je het niet erg vindt.' Blijkbaar ziet hij haar twijfel. 'Je kan toch wel een dagje zonder haar? Drinks on me.'

Wat zit ze nou moeilijk te doen? Hij is de broer van haar beste vriendin. 'Goed. Negen uur bij mij.'

Couwenberg en Willem zitten gespannen in Couwenbergs kantoor. Ze staren naar de luidspreker, die alles weergeeft wat een paar meter verderop in de woonkamer gebeurt. De enige reden dat Huub Couwenberg het vloeken achterwege laat, is omdat het de conversatie in de woonkamer zou overstemmen. Daarvan mag hij geen woord, geen detail missen.

'Nee, dank je, Björn, we hoeven geen koffie,' hoort hij de mannelijke rechercheur opmerken. Tot nu toe heeft die blonde griet die hij bij zich heeft nog geen woord gezegd.

'Gisteravond, toen je ome Louis verdronken is, wat had jij toen met hem te bespreken?'

'Bespreken? Hoe bedoelt u?'

'Jij hebt hem aangesproken op de brug. Daar hebben we een getuige van.'

'Wie dan?'

'Was je daar? Of was je er niet?' dringt de rechercheur aan.

'Nee.' De stem van een verbaasd kind. Mooi, denkt Couwenberg. Hebben we ook eens profijt van dat ongeluk.

'Waar was je dan?'

'Op de club.'

'Ah, zit je op tafeltennis, Björn?' Nu bemoeit de vrouwelijke rechercheur zich er wel mee. 'Of doe je aan beleggen in groepsverband?'

Couwenberg snuift luidruchtig. Willem legt zijn wijsvinger tegen zijn lippen.

'Club Baccara,' antwoordt Björn.

Net als met woordjes leren, schiet het door Couwenberg heen. Daar was hij altijd al goed in. Duits, of Engels. Hij heeft op zijn sloffen het atheneum gehaald, nog voordat die socialisten het hele onderwijs hebben verkloot.

'Baccara, juist,' beaamt ze. 'Die ken ik. Volleybal toch? Of nee, wat was het ook alweer?'

'Jullie weten best wat voor club dat is,' hoort hij zijn zoon verontwaardigd zeggen.

'Hoe laat was je daar ongeveer?' informeert Bazhouri.

'Uurtje of zeven.'

'Ach, wat vroeg,' meesmuilt Meerdink. 'Meteen na het eten? Neuken op een volle maag is niet gezond, dat heeft je moeder je toch wel geleerd vroeger?'

Het geluid van stoelpoten die over parket schrapen. Couwenberg vergeet te ademen. Hou je in, Björn, hou je in. Hoe langer de stilte, des te erger de uitbarsting van drift kan zijn. Willem knikt hem bemoedigend toe, maar ook hij is enigszins wit om de neus. Na wat een eeuwigheid lijkt geeft Björn antwoord, elk woord met kalme nadruk uitsprekend. 'Ik heb mijn moeder niet gekend.'

Couwenberg laat langzaam zijn adem ontsnappen en wisselt een opgeluchte blik met Willem.

'Jezus, sorry, hoor,' hoort hij het takkenwijf zeggen. 'Maar ga maar weer lekker zitten.'

Het lukt Pepijn maar nauwelijks de opwinding uit zijn stem te houden als hij hoofdofficier Mengeling het rapport met de laatste bevindingen overhandigt en meedeelt dat Björn Couwenberg een neef is van wijlen Louis Karelse. Mengeling bladert het door. Hij plukt aan zijn lip.

'Dat zou me wat wezen,' mompelt hij. 'Maar wil ze het herhalen in de rechtszaal?'

'Absoluut niet,' antwoordt Pepijn. 'Tenminste, dat heb ik begrepen.'

Mengeling slaakt een zucht. 'Ik voel hoofdpijn opkomen. Want?'

'Ze is bang,' zegt Pepijn.

'Voor Couwenberg?'

'Of voor die Björn. Ze denkt: als je mijn man pakt, kan ik de volgende zijn. En hij weet natuurlijk dat zij de getuige is.'

'*All in the family*,' zegt Mengeling. 'Gezellig zal het daar zijn op verjaardagsfeestjes.' Uit een la haalt hij een doosje paracetamol, neemt er twee in en bladert verder in het rapport. 'Hm, zo te zien komen ze niet veel verder met die Björn.'

'Zijn alibi wordt gecheckt.'

De hoofdofficier wrijft in zijn ogen en geeft Pepijn het rapport terug.

'Ik ga nog wel een poging wagen bij de weduwe,' merkt Pepijn monter op.

'Hou me op de hoogte,' antwoordt Mengeling zonder veel enthousiasme.

Huub Couwenberg probeert zijn stemming wat op te krikken met 'Papa was a rolling stone' van The Temptations. De handelingen van het uit de hoes halen van het glimmende vinyl, het zorgvuldig plaatsen van de plaat en het schoonblazen van de naald voordat hij het mechanisme in werking stelt, kalmeren hem. Hij gaat aan zijn bureau zitten, vouwt zijn armen achter zijn hoofd en sluit zijn ogen. Geen enkele reden tot paniek. Björn heeft netjes voet bij stuk gehouden en de politie heeft niks in handen. Helemaal niks. Couwenberg schopt zijn schoenen uit onder het bureau. Hij hoort zijn secretaresse niet binnenkomen en opent zijn ogen pas als hij een luchtstroom voelt. Ze legt een stapeltje papieren voor hem neer ter ondertekening. Er is ook een verjaardagskaart bij.

'Voor wethouder Royackers,' verklaart ze als hij haar vragend aankijkt.

Hij schrijft 'heel hartelijk gefeliciteerd' en zet een zwierige krabbel. Op hetzelfde moment gaat de telefoon. Terwijl hij naar het relaas aan de andere kant van de lijn luistert, bekijkt hij waarderend de billen van zijn secretaresse, die de kamer verlaat. Het wordt tijd dat ze weer eens samen het bed delen. Het getik van haar hakken is nog hoorbaar in de hal als zijn zojuist opgeklaarde stemming alweer schipbreuk dreigt te lijden. Vergist hij zich, of wordt er nu weer geprobeerd hem een oor aan te naaien? Hij onderbreekt de woordenstroom met: 'En waarom is dat dan? Vorige week was het getaxeerd op tweeënhalf, en nu is het ineens vier? Wat is er gebeurd, hebben ze soms olie in de tuin gevonden?' Hij neemt een besluit. 'Moet je luisteren, ik vind alles best, maar op die manier doe ik gewoon niet mee. Zeg dat maar tegen ze. Laat ze maar iemand anders zoeken.'

Hij hoort een auto stoppen op het grind. Als hij zich omdraait, ziet hij Elsie uit haar auto stappen. Zonder verder acht te slaan op de opgewonden stem aan de andere kant, verbreekt hij de verbinding, trekt zijn schoenen weer aan en haast zich zijn kantoor uit om haar te verwelkomen.

De man zet zijn koptelefoon af, haalt een boterham met kaas uit zijn lunchtrommel en eet deze op boven het kruiswoordraadsel in de krant. Daarna veegt hij de kruimels in zijn hand en deponeert ze in de prullenbak onder zijn bureau. Hij schenkt thee uit de door hem meegebrachte thermoskan in een stenen mok, activeert de laptop en zet opnieuw de koptelefoon op. Nadat hij het telefoongesprek heeft teruggespoeld naar het begin, tikt hij woord voor woord de dialoog in, van de eerste tot en met de laatste zin, die luidt: 'Laat ze maar iemand anders zoeken.' Hij slaat het document op in de map 'Transactie Nieuwe Uilenburgerstraat'.

'Hoi, schat,' zegt Elsies vader, die met open armen op haar toe komt lopen.

Ze blijft bij haar auto staan. Hoi, schat? Ik zal je hoischatten.

'Zit jij hierachter?' informeert Elsie koel, nadat ze zich zijn omhelzing heeft laten welgevallen.

Haar vader trekt zijn wenkbrauwen op. 'Sorry?'

'Ik was bij tante Beppie. Ze is kapot van verdriet. Weet je wat ze tegen mij zei? Dat Björn hiermee te maken had. Moest ie dat soms van jou?'

Ze kijkt haar vader aan. Dat trekken met die mond, dat was vroeger een voorbode van een woede-uitbarsting. Nu weet ze het even niet. Hij gaat toch niet huilen? Maar als hij sarcastisch 'hallo, lieve papa, hoe gaat het met je?' zegt, weet ze dat ze zich heeft vergist.

'Jij had toch stront met ome Louis?' foetert ze. 'Moest Björn hem een beetje onder druk zetten of zoiets?'

Hij klemt zijn lippen op elkaar. 'Kom je me dit vertellen? Dan kun je net zo goed weer oplazeren.'

Ze trekt het kraagje van haar overhemdblouse recht. 'Als ik hoor… als ik erachter kom dat dit allemaal bij jou vandaan komt, dan krijg je Marco en Marit nooit meer te zien.' Zonder hem nog een blik waardig te gunnen, stapt ze weer in haar auto en rijdt weg. Het grind spat alle kanten op.

11

Van onder zijn wimpers observeert Willem zijn vrouw, die lusteloos met haar vork in de broccoli zit te prikken. Denkt ze aan Björn? Aan haar oom? Of aan haar restaurant? Hij heeft geprobeerd zijn fiscaal expert ervan te overtuigen dat hij anderhalve ton nodig had, maar die zag geen mogelijkheden. De kans is groot dat ze op de fles gaat, er valt weinig aan te doen, tenzij ze die eeuwige trots eens laat varen. Hij ziet haar in haar restaurant eerder tulpenbollen en oploskoffie serveren dan dat ze ook maar een cent van haar vader aanneemt.

'Klopt het dat de politie denkt dat Björn op die brug was?' onderbreekt Marco zijn gedachten. Willem kijkt zijn zoon aan. Is hij de laatste tijd nou zo gegroeid of had hij altijd al van die grote handen? denkt hij onlogisch.

Hij aarzelt. Beseft dan dat hij niet om de feiten heen kan. 'Ja.'

'Waarom dan?'

'Dat weet ik niet.'

'Maar denken ze dan ook echt dat hij ome Louis vermoord heeft?' vraagt Marit.

'Nee, dat denken ze helemaal niet. Ze denken alleen dat hij daar ook was. Wat helemaal niet zo is.' Hij verheft zijn stem. 'En nu gaan we over iets anders praten.'

'Waarom?' wil Marco weten.

'Hoe was het op school? En wanneer gaan we nou eindelijk weer eens paintballen?'

'Kom op nou,' zegt Marit. 'Dit is niet zomaar een of andere cliënt van je, dit is familie!'

'Het is familie,' beaamt Willem, 'maar toch ook een cliënt. En daar praat ik nou eenmaal niet over.' Hoelang, vraagt hij zich af, kan hij zijn kinderen nog afschepen met die standaardzin?

'In de krant staat dat er wordt gezegd dat ome Louis gewoon is geliquideerd. En dat opa er misschien iets mee te maken heeft!'

Elsie laat het bestek op haar bord kletteren en schuift het van zich af. 'We gingen over iets anders praten, zegt je vader toch?'

Iedereen kijkt op van Elsies uitval. Marit zwijgt beledigd.

'Opa? En een liquidatie?' Marco's ogen beginnen te schitteren.

'Ze hadden die foto gewoon van het net geplukt,' moppert Iris. 'Zonder enige vorm van auteursvergoeding.'

Pepijn schept een tweede portie lasagne op en strooit er kaas overheen. 'Karelse was ook op je tentoonstelling, hè?'

De schaal met tomatensla in zijn richting schuivend, antwoordt ze: 'Ik vond hem wel aardig. Zo'n zakenman, uit de tijd van de gulden. Compleet met dikke sigaar. Ik wilde hem z'n portret toen mailen, maar mail, daar deed ie niet aan, zei hij. Dat vond ie iets voor kinderen.'

Hoofdschuddend constateert Pepijn: 'En nu uit een stinkend kanaal gedregd.'

Ze werpt hem een waarschuwende blik toe en knikt naar Menno, die geconcentreerd met de zijkant van zijn lepel gangetjes aanbrengt in zijn eten.

'Hoe laat ben je morgen thuis?' vraagt ze.

'Laat. Ik moet nog vier strekkende meter lezen en nu die Karelse er nog bij...'

'Dan bel ik Tess. Ik heb ineens een klusje morgenmiddag.'

'O? Wat voor klusje?'

Ze strijkt haar haar naar achteren. 'Een eh... oude fabriek. Industrieel erfgoed.'

'Waar?'

Het zweet breekt haar plotseling uit. 'Dat ben ik vergeten. Ergens in Noord-Holland.'

Enthousiast zwaait Menno met zijn lepel. 'En ik mag bij Siem spelen!' roept hij.

Pepijn glimlacht naar hem. 'Leuk, zeg.' Hij werkt de laatste happen naar binnen, staat op en knuffelt Menno. 'Sorry,' zegt hij tegen haar, 'ik heb een hele tas vol dossiers.'

Als ze even later zijn voetstappen op de trap hoort, laat ze langzaam haar adem ontsnappen. Nadat ze Menno heeft ingestopt en uit *De blauwe krokodil* heeft voorgelezen, loopt ze naar de werkkamer van Pepijn.

'Koffie?' vraagt ze, haar hoofd om de deur stekend. Dan is het alsof ze een stomp in haar maag krijgt. Uit de printer rolt een foto: een foto van Willem. Wat is er gebeurd? Heeft Pepijn haar gevolgd? Heeft ze zich versproken? Haar blik gaat van de printer naar het beeldscherm van Pepijns laptop. Blijkbaar heeft hij Willem ontdekt op Google. Ze had het kunnen weten. Hij heeft het natuurlijk ook niet voor niets tot officier van justitie geschopt. Wat moet ze zeggen? Wat kan ze doen? Ze zet zich schrap voor zijn reactie.

Zijn stem komt van ver. 'Koffie? Lekker.'

Koffie? Lekker? Speelt hij een spelletje? Nee, zijn glimlach is echt. Het dringt tot haar door dat hij geen idee heeft van de relatie tussen haar en Willem. Maar waarom print hij dan zijn foto?

'Wie is dat?' informeert ze, haar stem zorgvuldig vlak houdend.

'Advocaat. Van smerige zaakjes...'

'O?'

Hij stopt de foto in een map, zet zijn computer uit en loopt met haar mee naar beneden. 'Ik kan er niet te veel over zeggen,' vervolgt hij. 'Maar die Couwenberg, die zaak waar ik nu op zit, weet je wel, daar is hij de huisadvocaat van.'

'Maar Karelse, waar je vannacht...'

'Wij hebben aanwijzingen dat Couwenberg en zijn hele club daar iets mee te maken hebben. Ben je moe?'

'Hoezo?'

'Je ziet er moe uit.'

Ze maakt dat ze de keuken in komt, giet water in het reservoir van het koffiezetapparaat, pakt de koffie van de plank en laat de bus uit haar trillende handen vallen. Een zee van goud- en zilverkleurige cups verspreidt zich rond haar voeten. Ze staart ernaar tot ze het beven van haar lichaam weer een beetje onder controle heeft.

Huub Couwenberg observeert zijn andijvie etende zoon. Alles, maar dan ook alles zou hij ervoor geven om dat vreselijke ongeluk ongedaan te maken. Hoe anders zou het leven er nu hebben uitgezien als ze toen niet...

As is verbrande turf.

'Zullen we samen een dvd'tje kijken vanavond?' oppert hij. '*Batman* of zo?' Björn knikt.

Couwenberg staat op van tafel. Hij gaat achter zijn zoon staan en omhelst hem. 'Mijn Björre... mijn jongetje...' Springen hem verdomme alweer de tranen in de ogen. Sentimentele ouwe lul.

'Heb je al gebeld?' vraagt Willem zodra Elsie de kamer binnenkomt.

Ze knikt en gaat naast hem op de bank zitten. 'Roel heeft net een visboer gevonden die wil leveren. Op rekening. Wat denk je? Een Volendammer. Geen zeewolf, maar wel baars. Maar over een paar dagen komt die natuurlijk ook met een factuur wapperen.'

‘Het spijt me verschrikkelijk. Ik heb mijn best gedaan, maar volgens de fiscalist is het onmogelijk om binnen een week...’

‘Ja, ja, dat heb je allemaal al uitgelegd.’

‘Wat ga je nou doen?’ vraagt hij, zijn stem vol medeleven.

Ze weerstaat het verlangen haar hoofd tegen zijn borst te leggen en in tranen uit te barsten. ‘Roel ontslaan. Ik ga zelf koken. En een paar dagen per week sluiten. Ik red me wel.’

Willem doet er het zwijgen toe. Zijn blik is onpeilbaar.

‘Dat niemand ooit mag weten wat je denkt,’ merkt ze met een glimlachje op, ‘is dat iets waar je vandaag een olympisch record in wou vestigen?’

‘Ik kan nog één ding proberen,’ ontwijkt hij haar vraag. En als ze haar hoofd schudt: ‘Wat denk je nou? Dat ik je zomaar failliet laat gaan?’

‘Ik dacht dat jij nu wel wat anders aan je hoofd had.’ Ze slaat een arm om zijn schouder. ‘Willem,’ zegt ze zacht, ‘was Björn daar... op die brug?’ Hij klemt zijn lippen op elkaar. ‘Toe, kan je niet voor één keer...’

Hij maakt aanstalten om op te staan.

Snel legt ze een hand op zijn dijbeen. ‘Oké, oké, ik vraag al niks meer.’

12

Een nevelige ochtend. Nevel van het soort dat binnen een uur optrekt om plaats te maken voor zon, maar vooralsnog is het koud. Willem trekt de kraag van zijn jas op en loopt over het grind naar de entree van zijn schoonvaders villa. Daar toetst hij de toegangscode in en laat zichzelf binnen.

Couwenberg staat voor het raam naar buiten te kijken. Zonder zich om te draaien zegt hij, zodra hij Willem hoort binnenkomen: 'Stijf op elkaar, die kiezen van hem. Ik krijg er geen hoogte van. Het enige waar hij het over heeft is dat het water koud was en dat hij troef moeilijk vond.' Peinzend: 'Hij lijkt op hem... ironisch genoeg.'

'Wie lijkt op wie?' vraagt Willem, terwijl hij gaat zitten.

'Björn. Op Louis. En Mette had dat ook.'

'Hoe bedoel je?'

'Misschien komt het uit Scandinavië,' vervolgt Couwenberg zijn eigen gedachtegang.

Willems blik glijdt naar een portret aan de muur, waarop een jonge Couwenberg met zijn knappe, Zweedse vrouw staat. Mette.

'Ze had al zevenenveertig dokters afgelopen voor ze 't mij eindelijk een keer vertelde.' Couwenberg verzinkt een moment in gedachten, dan vermant hij zich. 'Intussen staat mijn zoon boven aan de lijst met verdachten en ben ik voor drie miljoen genaaid.'

‘Over geld gesproken,’ zegt Willem, ‘ik wil je een gunst vragen.’ Hij aarzelt een moment. ‘En niemand buiten deze kamer mag er iets van weten.’

De eerste en de laatste keer. Als Iris zich er niet al van bewust was voordat ze Willems foto uit de printer van haar man zag rollen, is ze dat nu wel: het kan niet en het mag niet. En daarom gaat ze wat eigenlijk niet eens begonnen is beëindigen. Ook deze keer is de ontmoetingsplek een stationshal, zij het dat de keus nu is gevallen op een station wat dichter bij huis.

Willem zit op een smeedijzeren bankje met barokke versierselen. Zodra hij haar ziet, springt hij overeind en snelt naar haar toe. Tegelijk met de fotokoffer laat ze haar reserves vallen en omhelst hem. Praten kan altijd nog, in de privacy van de hotelkamer. Maar eenmaal op de hotelkamer aangekomen laten ze het beiden wel uit hun hoofd de tijd met praten te verspillen. Als één wezen met vier benen en armen werpen ze zich op het bed, waar ze elkaar hongerig de kleren van het lijf beginnen te rukken. Iris meent een naad in haar rok te horen knappen, en ook schiet het nog even door haar hoofd dat haar liefdesbeet in zijn bovenarm wel eens een bloedvlek in zijn overhemd zou kunnen achterlaten. Daarna is er alleen nog de sensatie van zijn harde, warme lichaam tegen het hare. Nog nooit heeft ze zich zo dicht bij het besef geweten een biologisch wezen te zijn. Niets anders dan een hijgend, trillend dier. Genot, verbazing en herkenning. En met de herkenning komt, als ze zijn uitgeraasd, ook de behoefte aan woorden terug, alleen heeft ze nog geen idee in welke volgorde ze die woorden moet zetten. Elkaar hartstochtelijk zoenend wisselen ze één- hooguit tweelettergrepige kooswoordjes uit en pas als ze hand in hand teruglopen naar het station lukt het haar zich te herinneren wat ze zichzelf heeft opgedragen. Ze dwingt zichzelf te zeggen: ‘Dit kan niet doorgaan. Het is nog veel erger dan ik dacht.’

Willem knijpt in haar hand en kijkt haar verliefd aan. Haar woorden lijken niet tot hem door te dringen.

'Wil je weten wat voor werk mijn man doet?'

Pijnlijk getroffen houdt hij halt en zet haar fotokoffer neer. 'Nou, nee. Volgens mij is het 't beste als we zo min mogelijk van elkaar weten, en...'

'Hij is officier van justitie,' onderbreekt ze hem, 'belast met het onderzoek naar een zekere Couwenberg.'

Zijn ogen fixeren zich op het asfalt, dat nog glimt van de regen die ze niet hebben zien vallen. Hij schudt zijn hoofd. 'Nee.'

'Jawel.'

'Dat meen je niet. Ik kan het niet geloven.'

'En nu is er iemand in het water gevonden,' vervolgt ze, 'iemand die ik trouwens nog heb gefotografeerd. Mijn man denkt dat...'

Snel legt hij een hand op haar mond.

Ze kust de palm van zijn hand, zijn levenslijn tegen haar lippen. Nooit zal ze weten hoe lang die levenslijn is, zoals zoveel andere details van hem altijd een geheim voor haar zullen blijven. Met lede ogen zien ze even later de trein op tijd het station binnenrijden. De deuren klappen sissend open. Sssschiet op.

'Dag, Willem, het ga je goed,' fluistert ze, waarna ze haar koffer van hem overneemt. Terwijl ze als verdoofd door het gangpad van de trein wankelt, blijven hun ogen via de vuile ramen aan elkaar gekluisterd. Het schrille geluid van een fluitje.

Ze zwaaien niet.

Hij heeft zich altijd afgevraagd hoe mannen dat toch doen, hun vrouw bedriegen. En nu weet hij het. Willems gevoelens voor Elsie zijn bepaald niet als bij toverslag verdwenen, zo simpel is het nu eenmaal niet. Weliswaar probeert hij zichzelf voor te houden dat het hem allemaal maar overkomt, en dat het om een natuurkracht gaat die sterker is dan hij, maar diep vanbinnen weet hij: het is een keus. Alleen omdat hij zijn schuldgevoel kan verminderen met het idee Elsie goed nieuws te brengen, lukt het hem voet over de drempel van haar restaurant te zetten. Een stuk of acht, negen gasten zitten verspreid over de tafeltjes bij het raam, en achter de reserveringsbalie staat Elsie professioneel glimlachend haar frustratie over de schaarse klandizie te verbijten.

Tussen de lege tafeltjes door loopt hij naar haar toe. 'Het is gelukt,' zegt hij.

'Ja? En je fiscalist dan?'

'Fuck die fiscalisten,' antwoordt hij. 'Allemaal.'

Ze valt hem om de hals. Haar vreugde zou hem moeten verwarmen, maar dat doet het niet. Daar waar zich zijn ziel bevond, waait nu een noordooster.

Jezus, wat kan die Rosie dansen. Zou ze die bewegingen uit videoclips afgekeken hebben of zo? Eigenlijk is het bijna jammer dat hij zoveel gedronken heeft. Hij zou haar best iets scherper willen kunnen zien. Luid zingend bestuurt Marco zijn scooter, en Rosie laat zich op de fiets aan zijn arm voortslepen. Kantoren en flatgebouwen maken plaats voor vrijstaande huizen op grote lappen grond. Een stoplicht springt op rood. Als dat geen teken is. Ze zal zich wel afvragen waarom hij nog altijd geen initiatief genomen heeft. Ze reikt langs hem heen om op de knop van het verkeerslicht te drukken en hij maakt van de gelegenheid gebruik haar te kussen. Haar reactie is niet bepaald zoals hij het zich heeft voorgesteld na al dat kronkelen van daarnet op de dansvloer. Ze weert hem af, en als het licht op groen springt, maakt ze aanstalten verder te fietsen. Wacht eens even, dat is niet de bedoeling. Hij gooit zijn scooter neer en trekt haar van de fiets.

'Wat doe je nou?' roept ze, half geschrokken, half lacherig.

Hij slaat zijn armen om haar heen.

'Hé, niet doen.'

'Hier om de hoek woont een vriend van mij,' hijgt hij. 'Hij heeft een eigen etage, hij is er niet, maar ik heb de sleutel.'

'Wat?'

'Kom.'

'Nee.'

'Toe nou.' Hij zoent haar nog een keer.

'Hé Marco, ik wil naar huis.'

'Kom op nou, doe niet zo moeilijk.' Hij wil haar meetrekken. 'Je staat me de hele avond op te naaien, of ben ik nou gek?

'Ik sta je niet op te naaien.'

'Kom op, jij wil het ook.'

'Nee!' Haar mond vertrekt, waardoor haar bloedmooie gezicht ineens iets ordinairs krijgt. In haar ogen ziet hij verontwaardiging, en iets anders. Is het angst? Wat het ook is, het maakt hem woedend. Hoe durft ze hem zover op te draaien, om dan, als puntje bij paaltje komt, doodleuk af te haken. Lelijk wijf. Eigenlijk houdt hij ook veel meer van blond.

Hij slaat haar in het gezicht.

Ze gilt.

Nog eens slaat hij. En nog eens. Hij kan niet meer ophouden. 'Ga je mee of niet?' schreeuwt hij.

'Nee! Klootzak!'

Wat? Hij een klootzak? De stoppen slaan door; met al zijn kracht beukt hij op haar in.

'Kutwijf!' Pas als ze zich niet meer verzet en slap blijft liggen, houdt hij ermee op. Hij springt op zijn scooter en gaat ervandoor.

Iris ligt in bad. Ze staart naar het plafond. Haar hoofd lijkt wel een opnamestudio, zo vaak doet ze de hotelscènes met Willem in gedachten over. Het is belangrijk die beelden in haar geheugen te prenten, want de rest van haar leven zal ze het met de herinneringen moeten doen. Hoe zijn lippen via haar borsten naar haar navel gleden, en hoe zijn stoppelbaard de huid in haar hals liet gloeien. Ze kan zich nog zo lang ellendig voelen, nu ze nog weet hoe hij voelde, hoe hij rook, wil ze elke seconde die ze met hem heeft doorgebracht in haar geheugen vastleggen. Ze pakt een fles badschuim van de rand en giet een scheut in het water.

'Lekker?'

Haar voetzolen schrapen over de badbodem. Water spat over de rand. Hoelang staat Pepijn daar al in de deuropening naar haar te kijken?

'Heerlijk,' weet ze uit te brengen.

'Ik wacht op je in bed, oké?' zegt hij met een veelbetekenende glimlach.

'Oké.'

Als verstijfd blijft ze liggen. Later, veel later, als de huid van haar vingers begint te rimpelen, hijst ze zich uit bad, om op de slaapkamer tot de ontdekking te komen dat Pepijn in diepe slaap is, een opengeslagen dossier op zijn borst.

Op haar tenen loopt ze naar hem toe. Als ze op de linkerpagina van het dossier de foto van Willem ziet, met Pepijns duim precies op de adamsappel van haar minnaar, bijt ze op haar lip om een kreet binnen te houden.

13

Achter in de kerk is het een drukte van belang. Familie, vrienden en kennissen zijn massaal toegestroomd om Louis Karelse de laatste eer te bewijzen en Beppie te condoleren. Een lange rij kronkelt tot aan de deur. Over de schouder van haar buurvrouw, die haar huilend omhelst, laat Beppie haar ogen over de mensenmenigte gaan. Zou haar zwager het lef hebben zich in die rij te scharen en haar te confronteren met zijn krokodillentranen? Al die dagen na Louis' dood schitterde hij door afwezigheid, en nu ineens ligt dat bloemstuk op de kist, uit naam van hemzelf en Björn. Is dat geen regelrechte bekentenis? Een andere reden kan ze niet bedenken voor het feit dat hij geen contact met haar heeft opgenomen. Nee, het enige goede dat uit die man is voortgekomen is Elsie.

'Ik vind het zo erg voor je,' snikt haar buurvrouw ter hoogte van haar kraag.

Troostend klopt Beppie haar op haar rug.

Couwenberg baant zich een weg tussen de mensen door naar zijn kleinkinderen. Ze wachten bij een grote tafel met hapjes op Elsie en Willem, die met een bejaard echtpaar in gesprek zijn. Couwenberg steekt een plakje worst in zijn mond, stoot Marco aan en zegt: 'Een speech wil ik, van minstens drie uur. Anders gaan jullie uit mijn testament!'

'Wat maakt dat nou uit, als je het zelf toch niet meer kan horen?' merkt Marco op.

'Dat zeg ik,' verklaart hij met volle mond. 'Jullie moeten het me komen voorlezen vóórdat ik doodga. Aan mijn sterfbed.' Opnieuw steekt hij zijn hand uit naar de schaal. Een zilveruitje rolt eraf en belandt op Marits schoen.

'Gadverdamme, opa.' Het is onduidelijk of ze de speech bedoelt of het zilveruitje.

Hij moet hier weg. Het is dat hij Elsie heeft willen ondersteunen, anders was hij niet eens gekomen. Zodra hij zich met goed fatsoen uit de voeten kan maken, neemt hij afscheid van Marit en Marco.

Op het moment dat hij in zijn auto stapt, komt Willem hem achterna. 'Je had Björn mee moeten nemen,' zegt hij. 'Dit komt slecht over.'

'Ik weet het, maar hij was met geen stok te bewegen,' antwoordt Couwenberg.

Willem zucht. 'We moeten toch echt een keertje weten hoe het zit.'

'Ja. Maar hij zegt geen boe of bah.' Uit hun ooghoeken zien ze de rechercheurs Bazhouri en Meerdink de kerk uit komen.

'Geen bezoekjes meer gehad van die twee?' informeert Willem.

'Nee.' Couwenberg trekt een paar dik gevulde enveloppen uit zijn binnenzak. 'Ik heb nog wat voor je.'

Met zijn rug naar de rechercheurs neemt Willem de enveloppen aan en stopt ze in een van de binnenzakken van zijn jas. 'Ik ben er over een uurtje,' zegt hij.

'Ik ben heel gelukkig.'

'Dat zei je de vorige keer ook al.' Onderzoekend kijkt de psychologe Iris aan. 'En ik kan je zeggen: dat hoor ik hier niet elke dag zo overtuigend. Wat ik me afvroeg: dat fotograferen, heb je dat altijd al willen doen?'

'Zolang ik me kan herinneren. Mijn vader had een donkere kamer. Het woord alleen al, donkere kamer, dat klonk zo spannend. Uren bracht ik daar met hem door, om de beelden tevoorschijn te zien komen. Hij leerde me met een camera omgaan.'

'En je moeder?'

Het verbitterde gezicht van haar moeder doemt op voor haar geestesoog. De teleurstelling dat Iris van het gymnasium naar het vwo en van het vwo naar de havo afzakte, stak ze nooit onder stoelen of banken, en hetzelfde gold voor de frustratie over het gebrek aan ambitie bij haar man, die elke kans om promotie te maken aan zich voorbij liet gaan. Hij was meer dan tevreden met zijn kantoorbaan, die hem in staat stelde veel tijd in het fotograferen te steken. 'Dat gedoe van jullie met die camera en die zondagen in de donkere kamer, dat is gewoon een vlucht,' had haar moeder hun vaak voor de voeten geworpen.

'Mijn moeder?' antwoordt Iris. 'Die is arts. Of eigenlijk manager in een groot ziekenhuis.'

Nadenkend legt de psychologe een wijsvinger naast haar mondhoek. 'Ja, maar wat vond ze ervan dat je voor de fotografie koos?'

'O, dat vond ze... leuk.' Haar blik op de vrolijk gekleurde plafonnière richtend: 'Ze was heel blij voor me.'

In een andere kamer gaat een telefoon over. Na drie keer houdt het op. De psychologe kijkt alsof ze iets te berde wil brengen maar er op het laatste moment van afziet. 'Waarom trekt de fotografie je zo?' vraagt ze uiteindelijk.

Met de beste wil van de wereld kan Iris zich niet voorstellen dat nadenken over de reden waarom ze fotografeert iets kan bijdragen aan de oplossing voor die demofobie, ofwel haar probleem met mensenmenigtes. Ze neemt een slok water en zegt: 'Ik zou het niet weten.'

'Fotograferen is vastleggen,' doceert de psychologe. 'Je kunt ook zeggen vasthouden. De tijd vasthouden. Je vader is toch jong overleden?'

'Toen hij vijfenveertig was. Ik was vijftien. Maar wat is het verband?'

'Dat zeg ik niet, ik gooi maar wat op.'

'Ik maakte altijd graag portretten. Maar de laatste tijd begin ik ernaar te verlangen ook andere foto's te maken. Landschappen. Vergezichten.'

De psychologe knikt en krabbelt wat in een notitieblok.

'Als ik er dan per se iets van moet zeggen,' peinst Iris hardop, 'dan zou het zijn dat ik via die portretten probeer achter iemands ogen te kijken, en dat op de een of andere manier in mijn foto probeer te vangen.'

'Achter iemands ogen. Lukt dat?'

'Soms. Af en toe. Maar misschien zou je dat beter aan anderen kunnen vragen.'

'En dan onthul je dus iets over die mensen,' houdt de psychologe aan. 'Iets dat ze normaal achter hun ogen hebben, haal jij naar voren. Jij onthult hun geheim.'

Wrevelig haalt Iris haar schouders op.

'Heb je wel eens een zelfportret gemaakt?'

'Nee.'

'Waarom niet?'

'Omdat dat nog nooit bij me is opgekomen.'

De psychologe knikt, alsof haar een heleboel duidelijk wordt.

Oorverdovend stil is het in huis. Aan de kapstok hangt de antracietkleurige jas van Louis. Nog geen week geleden heeft Beppie er samen met hem half Amsterdam voor afgeshopt. Snel loopt ze door naar de kamer, waar de pendule venijnig tikt en de stoelen stram in het gelid staan. Wat moet ze hier in haar eentje? De buren aan beide kanten hebben haar op het hart gedrukt dat ze altijd welkom is, zal ze...

Nee. Hoe eerder ze het monster van de eenzaamheid in de gapende muil kijkt, hoe sneller ze eraan gewend is. Met trillende handen schenkt ze zichzelf een glas port in en neemt een flinke slok.

Er wordt gebeld. Op de stoep staat een onbekende man.

'Dag,' zegt de onbekende man. 'U kent mij niet, maar ik ben Pepijn van Erkel. Het spijt me als ik u overval, maar ik wilde u graag persoonlijk mijn deelneming betuigen.' De man toont een legitimatiebewijs. 'Ik ben officier van justitie, belast met het onderzoek naar de dood van uw man. Nogmaals mijn condoleances.'

'Dank u.'

Over haar schouder de hal in turend vraagt hij: 'Bent u alleen?'

'Ja.'

De officier van justitie knikt. Stilte.

'Kwam u verder nog ergens voor, of...'

'Ik wilde u iets vragen. Ik miste iemand op de begrafenis...' Veelbetekenend kijkt hij haar aan. Een windvlaag doet Beppie huiveren in haar dunne, zijden blouse, en ineens beseft ze dat ze het hoedje met de voile nog altijd op heeft.

'Eh, komt u even binnen.'

Het is niet zo dat ze zich al die dagen bewust heeft ingehouden, of dat het niet goed tot haar is doorgedrongen. Louis is dood, dat heeft ze van het begin af aan begrepen. Het is einde verhaal. En toch, als die vreemdeling doodgemoedereerd in de stoel van Louis gaat zitten, is het alsof er met geweld een pleister van een wond wordt gerukt. Ze barst in tranen uit. De officier van justitie veert overeind en haalt een glas water voor haar. Zijn gezicht staat ernstig en meelevend en snikkend vertelt ze hem van de reis die ze over veertien dagen met Louis naar Wenen had zullen maken.

Midden in een zin over Schloss Schönbrunn slaat de man zijn

grote, witte handen in elkaar en onderbreekt haar. 'Mevrouw Karelse, u hebt Björn gezien, die avond.'

Ze drukt een zakdoekje tegen haar ogen en knikt aarzelend.

'Wij weten dat er een conflict was tussen de heer Couwenberg en uw man. Het is niet onmogelijk dat Couwenberg Björn heeft gestuurd om uw man onder druk te zetten. Zou u bereid zijn uw verklaring over Björn vast te laten leggen en in de rechtszaal te herhalen? Voor ons is dat van het grootste belang.'

Het lijkt wel besmettelijk, het geven van ontwijkende antwoorden op doodnormale vragen. Waarom is het zo ingewikkeld om te vertellen wat de reden was van Björns afwezigheid op de begrafenis van ome Louis? Marit haat het als haar moeder staalhard zegt dat ze het niet weet, terwijl ze toch heus wel kan snappen dat Marit echt geen klein kind meer is. Björn en opa doen meestal geen stap zonder elkaar en voor zover ze weet is Björn niet ziek. Maar haar vader en moeder zijn niet de enigen die haar proberen af te schepen met onzinverhalen. Ook Rosie wilde haar niet spreken, en toen ze bleef aandringen, stak ze een vaag verhaal af over buikgriep. En nu staat ze dus bij Rosie op de stoep, want hoe vervelend buikgriep ook kan zijn, je gaat er niet hartverscheurend van huilen aan de telefoon. Meer dan drie jaar zijn ze al bevriend, en nog nooit hebben ze geheimen voor elkaar gehad. Vlak voor ze voor de tweede keer de bel indrukt, gaat de deur open. Rosie heeft een dik, dicht oog en een mitella om.

Marit slaat een hand voor haar mond. 'Wat is dit nou?' roept ze uit.

'Ik ben gevallen,' antwoordt Rosie. Haar gezicht vertrekt en ze begint te huilen.

'Gevallen?'

'Van mijn fiets.'

'Maar je zei dat je buikgriep had.'

Even heeft het er alle schijn van dat Rosie de deur in haar gezicht wil dichtslaan, dan fluistert ze: 'Kom even mee naar mijn kamer.'

Als Marit de woonkamer van haar ouderlijk huis in stormt, ziet ze haar broer met een blikje bier op de bank hangen. Hij kijkt televisie.

'Jij, vuile klootzak!'

'Excuse me?' Met een bons zet hij het blikje bier op het parket.

De ogen van zijn zus spuwen vuur. 'Ben jij wel helemaal normaal? Doe maar niet net alsof je niet weet waar ik het over heb. Ik ben bij Rosie geweest.'

'O, dat.'

Ze balt haar vuisten. 'O, dat? Heb je niet meer te zeggen?'

Hij haalt zijn schouders op.

'Ja, wat nou? Ze deed ineens heel raar en moeilijk, en toen werd ik een beetje driftig. Zoveel was er ook weer niet aan de hand, hoor.'

'O nee? Je bent dood, weet je dat? Je bent de lul. Rosies vader is aannemer. Wist je zeker niet, hè? Ik geloof dat ie twee meter vier is. Rosie is zijn lievelingetje. Als je aan z'n dochter komt...' Marco begint enigszins wit om de neus te worden. 'Wat bezielt je, man? Zuip dan niet als je er niet tegen kan! Mongool!'

Marco staat met een ruk op en loopt weg.

'Ja, loop maar weg! Lafbek!'

14

Of ze Chrisje van den Houwert wel gezien hebben op de begrafenis, informeert Couwenberg, Willem en Joachim triomfantelijk aankijkend. En of ze er ook wel notitie van hebben genomen dat Chrisje het in zijn broek deed toen hij, Couwenberg, hem nog wat extra schrik had aangejaagd door aan te kondigen dat hij binnenkort even langs zou komen. Soms denkt Willem wel eens dat zijn schoonvader meer van het machtsspel geniet dan goed voor hem is. Joachim grijnst instemmend, maar Willem slaagt er niet in zijn ergernis te verbergen.

'Ik snap het niet. Wat maken we ons nou druk om drie miljoen?'

Zijn schoonvader zuigt zijn wangen naar binnen. 'Nou, geld is niet gratis, hè.'

'Maar ze hebben Louis net onder de grond gestopt,' fulmineert Willem. 'Je zoon is de laatste die met hem gezien is. Thuisgekomen met een nat pak. Is dit nou echt het moment om achter Van den Houwert aan te gaan? Die twee rechercheurs zitten er bovenop. Je zei zelf dat ze de deur platlopen in die seksclub om die lui daar onder druk te zetten.'

In opperste verbazing kijken zijn schoonvader en Joachim hem aan en beginnen vervolgens op hem in te praten. Of hij niet begrijpt dat als ze niks doen, het einde zoek is. Dat ze dan als het ware zelf de uitnodiging versturen om tot in lengte van dagen in de zeik genomen te worden.

'Heel erg,' zucht Willem, 'maar erger is nog dat die toestand met Björn een draadje is waaraan getrokken wordt. En hardnekkig. Als ze maar hard genoeg trekken, valt hier alles om. Snappen jullie dat niet?'

Koppig herhaalt Couwenberg dat je het je nu eenmaal niet kunt permitteren over je heen te laten lopen.

Geïrriteerd loopt Willem weg. Op de gang checkt hij zijn mobiel. Geen nieuwe berichten. Daar wordt zijn humeur niet veel beter van. Hij hoort voetstappen zijn kant op komen. Een bleke Björn begeeft zich met duidelijke tegenzin naar het kantoor. Willem legt even een hand op zijn schouder als hij passeert, en volgt hem naar binnen.

'Ik ben echt niet boos,' zegt Couwenberg tegen zijn zoon.

Björn gaat aan tafel zitten en laat zijn hoofd hangen.

'Het gaat er gewoon om dat we één front vormen,' zegt Willem snel, terwijl hij tegenover Björn gaat zitten. 'Zo doen wij dat. Zo werken wij. Toch, Björn?' Een onwillig knikje is het antwoord. 'Wij zijn familie. Wij horen bij elkaar. Wat wij van elkaar weten, vertellen we niet tegen anderen. Maar juist als we níét alles van elkaar weten, dan gaan die anderen daar een speld tussen proberen te steken, en dan kunnen we problemen krijgen.'

'Hm hm.'

'Dus,' gaat Willem verder, 'is het gewoon echt heel erg belangrijk dat jij nou een keer vertelt wat er precies gebeurd is tussen jou en ome Louis, die avond. Dat snap jij toch ook wel?'

'Ja,' antwoordt Björn. Hij gaat iets rechterop zitten. Iedereen houdt de adem in. 'Ome Louis,' hakkelt hij, 'weet je dat ome Louis vaak vals speelde met klaverjassen?'

'Godsamme!' barst Couwenberg uit. 'Weer dat kutklaverjassen!'

Verstoord kijkt Willem op. 'Luister, ik zou graag even alleen met hem praten.' Couwenberg wil protesteren, maar houdt zich in. Met duidelijke tegenzin staat hij op. Als ze weg zijn, glimlacht Willem verontschuldigend naar Björn. 'Je weet hoe hij is.'

'Driftig,' beaamt Björn. 'Dat ben ik niet.'

'Nee?'

'Bijna nooit. Heel soms maar.'

'Wanneer dan bijvoorbeeld?'

Hij haalt zijn schouders op.

'Was je driftig met ome Louis?' vraagt Willem zacht.

De jongen staart een tijdje naar de tafelrand. Dan zegt hij: 'Ik vind het zielig voor tante Beppie.'

'Niet voor ome Louis?' Als Björn in stilte verzonken blijft zitten: 'Je was boos op hem, hè?'

Hij knikt. 'Ja. Omdat hij papa genaaid heeft. En je familie moet je niet naaien. Papa moest ervan huilen.' Hij schuifelt met zijn voeten en slaat zijn ogen op. 'Weet Elsie het, van ome Louis en mij? Elsie is ook heel driftig.'

'Vertel mij wat,' antwoordt Willem.

De jongen zet zijn ellebogen op tafel en ondersteunt zijn gezicht met zijn handen. 'Ik ben moe. Kan ik weer naar mijn kamer?'

'Björn...'

'Heel moe.'

Het heeft weinig zin te blijven aandringen. Willem laat het erbij. 'Oké, ga maar naar je kamer.'

In de gang van het Openbaar Ministerie loopt Pepijn hoofdofficier Mengeling tegen het lijf.

'Hoe was de begrafenis?' vraagt Mengeling.

Verbaasd vraagt Pepijn: 'Hoe weet jij dat ik daar was?'

Mengeling lacht minzaam. 'Iedereen weet dat jij een grote meneer in dit vak wil worden. Dat ziet zelfs de kantinejuffrouw.'

'O ja?' Pepijn is in zijn wiek geschoten. 'Waar ziet ze dat aan?'

'En ik zal je zeggen,' gaat de hoofdofficier kalm verder, 'dat ik er weinig op tegen heb. Sterker nog: liepen er hier maar meer rond die zo waren. Maar je hoeft natuurlijk niet overal zelf op af, hè.'

'Ik wou gewoon met eigen ogen...'

'Een beetje distantie kan geen kwaad. Op de juiste wijze aansturen... maar dat hoef ik jou toch niet te vertellen?'

Wat moet dit voorstellen? Pepijn raakt geïrriteerd. Wordt hij hier een beetje als een kleine jongen in de hoek gezet? Voor hij kan reageren, vraagt Mengeling: 'En de weduwe?'

'Ze is bang,' antwoordt hij kortaf. 'Misschien wel terecht.'

'Hm.' Peinzend kijkt de hoofdofficier langs hem heen. 'Die Couwenberg was toch nooit zo gewelddadig, of wel?'

Ze zou zich moeten specialiseren in stations en stationsrestauraties door heel Nederland; het zou een dankbaar foto-onderwerp zijn, en dan doet ze bovendien nog iets productiefs terwijl ze haar man bedriegt. En kan ze en passant ook nog resistentie tegen haar fobie voor mensenmassa's opbouwen. Er zijn momenten dat Iris door een flinke portie zelfhaat heen moet voor ze zichzelf weer in de spiegel kan aankijken. Waarom heeft ze trouwens toegestemd elkaar te ontmoeten in zo'n drukke restauratie? Dat moet absoluut met zelfkwelling te maken hebben.

Willem zit half verscholen achter een plantenbak. Ze wringt zich tussen de tafeltjes door en zet de fotokoffer naast hem op de grond. Met al die mensen om hen heen durft ze hem niet te kussen.

'Ik ook altijd met die koffer,' zegt ze, haar eigen schaapachtigheid vervloekend.

Hij glimlacht. 'Die hoef je toch niet mee te nemen?'

'Nee. Maar het voelt beter om het wel te doen. En ik maak onderweg ook foto's; net of ik echt voor een klus op weg ben.'

Hij pakt haar hand. 'Ik ben zo blij dat je gekomen bent. Je

sms'te niet meteen terug. Ik dacht: stel dat ik haar nooit meer zie.'

'Ik... ik heb een paar dingen over je opgezocht,' stottert ze. 'Vind je dat vervelend?'

Schijnbaar nonchalant zet hij een vaasje met droogbloemen aan de kant. 'O? Niks dan slechts, hoop ik?'

Een groep lawaaiige scholieren, zwaaiend met tassen en jassen, valt de restauratie binnen.

'Kom,' zegt ze, 'het is hier benauwd. We gaan een eindje lopen.'

'Ik was net begonnen met studeren,' vertelt Willem als ze even later door een laan vol bloeiende kastanjes lopen. 'Ik kreeg verkering met Elsie. Haar vader behandelde me heel goed. En later zei hij: "Als je dan toch jurist bent, wil je dan een paar contracten voor me nakijken?" Van het een kwam het ander. Had je het nog klassieker gewild?'

'In de krant staat dat die schoonvader van je... dubieus is.'

'Wil je het daar echt graag over hebben?'

Een eekhoorn steekt de weg over en rent tegen een van de boomstammen op. Zijn staart is donker, bijna zwart. Ze legt haar hoofd in haar nek, volgt hem met haar ogen, tot hij in het gebladerte verdwijnt.

'En die man van jou?' vraagt hij.

Ze lopen verder.

'Die wacht al ik weet niet hoe lang op zijn grote zaak. Zijn break through.'

'En dit is hem.'

Ze schiet in een zenuwachtige lach. Hij lacht niet mee. 'En jij?' zegt hij, met zijn ogen haar gezicht strelend. 'Waar wacht jij al ik weet niet hoe lang op?'

Ze kijkt hem diep in de ogen. Soms zijn woorden een zwaktebod.

Aan het einde van de straat doemt het hotel van zijn keuze op:

een oud-Hollands gebouw, waarvan de receptie hoogstwaarschijnlijk tot aan het plafond met schrootjes is betimmerd en geruite kleedjes de tafels zullen sieren.

'Wat zeg je eigenlijk als je boekt?' vraagt ze.

'Gewoon. Mag ik een kamer voor die en die nacht.'

'Maar we blijven niet 's nachts.'

'Sorry, plannen gewijzigd, zeg ik dan.'

'En welke naam gebruik je? Vast niet Steenhouwer.'

Hij glimlacht. 'Nee. Bakker.'

'Waarom niet De Vries?'

'Hm, is De Vries beter dan Bakker?'

'Dat weet ik niet.'

Bij de ingang van het hotel blijven ze staan. Haar keel wordt droog. 'Het is de laatste keer,' zegt ze. 'Dat ben je toch hopelijk met me eens?' Hij slaat zijn ogen neer. 'Mijn man... Pepijn... die zaak van jullie. Hij had laatst je foto geprint.' Haar stem schiet de hoogte in. 'Hij had jou in zijn handen, snap je? Waar ik bij stond.' Ze stokt. 'Het kan niet. Om duizenden redenen niet.'

'Je hebt gelijk,' zegt hij. 'Alleen...'

'Ik ken je niet eens...' valt ze hem in de rede.

'Je kent me wel,' antwoordt hij hartstochtelijk.

Ze schudt haar hoofd. 'Over een paar uur ga je me vergeten. En ik jou.'

Hand in hand lopen ze naar binnen.

Later, als het al begint te schemeren, schuift Willem het gordijn verder open, zodat Iris, die is weggedommeld op het hotelbed, wordt beschenen door de laatste stralen van de zon. Haar smalle gezicht, de fijne bogen van haar wenkbrauwen. Het zijdeachtige haar, dat als een waaier op het kussen ligt. Ze is zo perfect. Als hij haar was, zou hij de godganse dag zelfportretten maken. Dat brengt hem op een idee. Hij buigt zich naar haar fotokoffer, haalt de camera tevoorschijn en maakt een foto van haar slapende gezicht. Melancholie neemt bezit van hem terwijl hij het resultaat bekijkt.

Hij haalt de mobiele printer uit de koffer, print de foto en stopt hem in zijn portefeuille. Daarna pakt hij de camera en drukt op de wisknop. In het schermpje verschijnt de boodschap 'ook rawfile wissen?' Rawfile, wat is in vredesnaam een rawfile? Als hij op 'ja' drukt, raakt Iris misschien belangrijk werk kwijt. Hij drukt op 'nee' en zet de camera uit.

Een kwartier later kijkt hij toe hoe ze zich aankleedt, en probeert intussen zijn overhemd dicht te knopen. Pas als hij onderaan is, ziet hij dat hij een knoopsgat overhoudt. Nieuwe poging. Zittend op het met witte bloemen gedecoreerde sprei maakt hij de knoopjes weer los.

'Hou je van hem?' doorbreekt hij de stilte. 'Hou je van Pepijn?'

'Ja,' antwoordt ze eenvoudig. 'En jij, hou jij van… sorry, hoe heet ze ook alweer, je vrouw?'

'Elsie. Ja.'

Ze gaat naast hem op het bed zitten en klemt zich aan hem vast.

'Je had gelijk, ik ken je wel. Het gekke is alleen dat ik niet weet waarvan.' Met de rug van haar hand streelt ze zijn wang. Willem drukt zijn lippen op de hare. Als hij het eindelijk kan opbrengen haar los te laten, zegt hij: 'Ik wil niet dat het hier stopt.'

'Maar het moet.'

'Waarom?'

'Omdat het moet.'

De avond is gevallen. Het fluitsignaal klinkt. En weer vertrekt een trein waar Iris in had kunnen zitten. Samen kijken ze hem na, dicht tegen elkaar aan gedrukt. Een kille tochtvlaag doet Willems jaspanden tegen zijn benen klapperen. Een groepje tieners met rugzakken komt aanlopen en ploft op het bankje naast hen. Ze zijn niet veel ouder dan zijn tweeling. Wat zouden Marit en Marco zeggen als ze hem hier aantroffen?

'Hoe gaat het straks aflopen?' onderbreekt Iris zijn gedachten.

'Wat?'

'Tussen jou en mijn Pepijn.'

'O, dat gaat hij verliezen,' merkt hij luchtig op.

'Hm. Pepijn kan niet tegen zijn verlies.'

Er stopt een trein. Iris kijkt op haar horloge. 'De volgende moet ik toch echt nemen,' zegt ze dof.

'Ik weet niet of ik je kan vergeten,' roept hij boven het geraas uit.

'Het zal wel moeten.'

'Kun je mij vergeten?' Als ze een gezicht trekt, voegt hij eraan toe: 'Wie houden we eigenlijk voor de gek?'

'Ik ben een tutje. Ik hou ervan als alles loopt zoals het moet lopen. Volgens Pepijn ben ik de enige vrouw ter wereld die dvd's weer in hun doosje doet. Oké, ik doe wel eens hele wilde dingen. Een pak speculaas kopen en het in één keer helemaal opeten, maar dit... ik heb hier geen plaats voor in mijn leven.'

'Schei toch uit. Ik lag daarnet met iemand in bed en dat was géén tutje. Je bent geweldig.'

15

Elsie heeft net drie zalmtaartjes en een tonijnterrine bij tafel 3 bezorgd, als ze haar vader en Björn het restaurant ziet binnenstappen. Met gemengde gevoelens begroet ze hen.

'Dag, lieverd,' zegt haar vader.

Gelaten ondergaat ze zijn omhelzing, die van haar broer beantwoordt ze heel wat hartelijker.

'We hadden trek,' merkt haar vader op. 'En aangezien we al een tijdje niet geweest zijn...'

'Loop maar even mee.' Ze leidt ze naar een tafeltje bij het raam.

'Echt lang geleden,' herhaalt haar vader, opgewekt om zich heen kijkend. 'Gaan de zaken goed?'

'Prima,' antwoordt ze koel.

'Mooi, ik lust best een stukje vlees. Wat jij, Björre?'

Björn knikt en verdiept zich met overgave in de menukaart.

'Heb je nog met Beppie gepraat?' wil Elsie weten.

Haar vader blaast een denkbeeldig pluisje van zijn revers. 'Wanneer? Vanochtend? Nee.'

'Ze zit helemaal kapot.'

'Tja.' Hij kijkt alsof het hem bijzonder aan het hart gaat, maar dat hij het ook niet kan helpen. Hij is niet verantwoordelijk voor het verdriet van zijn schoonzus. 'Een huwelijk van tweeëndertig jaar,' zegt hij. 'Ik begrijp het wel.'

Haar ogen vernauwen zich. 'Moet je niet wat doen dan?'

Hij zucht. 'Wat moet ik doen, Elsie, zeg het maar. Ik heb een mooie krans laten bezorgen, en ik heb het idee dat ze niet helemaal onverzorgd achterblijft.'

'Ik ga even naar de wc,' zegt Björn. Hij staat op en loopt naar achteren. Amper heeft hij zijn hielen gelicht, of Elsies toon wordt ijzig. 'Ze schijt in haar broek voor je.'

'Moet zij weten.' Hij richt zijn blik op de kaart.

'Godverdomme,' sist ze, 'heb je dan helemaal geen gevoel?'

'Ik heb die jongen niet op hem af gestuurd! Hoe vaak moet ik het nog zeggen, van mij had Louis niet dood gehoeven. Sterker nog, liever niet. Ik krijg nog een hoop geld van hem.'

Elsie kijkt om zich heen en zendt haar vader een waarschuwende blik. 'Maar Björn...'

'Hij zegt niks, Elsie! Niks! Het enige wat ie doet is gamen, achter z'n computer. En daarom zit ik hier. Jij moet met hem praten. Naar jou luistert ie nog wel eens. We moeten weten wat er nou precies gebeurd is op die brug.'

Ze slaat haar armen over elkaar.

'Alsjeblieft... Iedereen heeft 't geprobeerd, ik, Joachim, Willem... d'r komt niks uit. Alsof ie zich in zichzelf heeft opgesloten.'

Het moet niet gekker worden. Hoe vaak heeft ze hem al niet te verstaan gegeven dat ze niks met zijn duistere zaakjes te maken wil hebben? Ze trekt zich terug achter de counter, maakt alvast een lijstje voor de vishandelaar, helpt een paar gasten in hun jas en begeeft zich uiteindelijk schoorvoetend naar het tafeltje waar haar vader en haar broer zich te goed doen aan de overgebleven aardappeltjes. Ze besluit toe te stemmen, maar enkel en alleen omdat ze Björn er misschien mee helpt.

'Nog een dessert?' vraagt ze, nadat ze stijfjes naar haar vader geknikt heeft.

Opgelucht schuift hij zijn bord van zich af. 'Ik moet eigenlijk heel even langs bij een maatje van me. Hé, Björn, als jij nou een lekker toetje neemt, dan pik ik je over een halfuur weer op, oké?'

Zodra haar vader vertrokken is, gaat Elsie tegenover Björn zitten. 'We hebben crème brûlée, griesmeel, of hemelse modder, ken je dat? Het is een soort chocolademousse met bitterkoekjes.'

Hij kijkt haar aan, zijn voorhoofd rimpelt van het diepe nadenken. Net als ze lachend wil opmerken dat zij dan misschien maar het beste een keus voor hem kan maken, zegt hij plompverloren: 'Ben jij nog vaak driftig, Elsie?'

Ze fronst haar wenkbrauwen. 'Hoezo?'

'Papa is vaak driftig,' legt hij uit. 'Jij toch ook?'

'Waarom zeg je dat zo ineens?'

'Ik ben bang dat papa weer boos wordt en dat ik dan niet meer mag autorijden en zo.'

Ze begint aan een in de kaars vastgesmolten lontje te peuteren en informeert langs haar neus weg: 'Waarom zou hij boos worden?'

'Over ome Louis... Papa moest huilen omdat ome Louis hem genaaid had. Weet je dat ome Louis altijd mijn grote vriend was? Ook na het ongeluk.'

'Ja, dat weet ik.'

'We gingen altijd kaarten.'

Nou niet ongeduldig worden. Ze glimlacht naar hem. 'Ja. Maar als je nou – in je hoofd – teruggaat naar die brug, die avond. Wat is er dan precies gebeurd?'

Björn klemt zijn lippen op elkaar.

Oké, op de plaats rust. Ze haalt haar telefoon tevoorschijn en klikt op entertainment. 'Ik weet dat jij hier heel goed in bent, Björn,' zegt ze, het mobieltje onder zijn neus houdend. 'Wil jij eens proberen al die gekleurde bolletjes van het scherm te krijgen?'

De spieren in zijn gezicht ontspannen zich, en warempel, een paar minuten later is het hem gelukt het schermpje leeg te krijgen. Oprecht onder de indruk kijkt ze hem aan. Als ze de telefoon even later in haar zak laat glijden, zegt hij ineens: 'Heb jij papa wel eens zien huilen?'

'Nee,' antwoordt ze naar waarheid.

'Ik ook niet. Maar toen hij zei dat ome Louis hem had genaaid, toen zag ik ineens tranen in zijn ogen. Ik denk dat het komt omdat het zijn zwager is. En familie is altijd eerlijk tegen elkaar, toch?'

Teder legt ze een hand over de zijne. 'Familie is eerlijk tegen elkaar.'

'Hij huilde en hij wou de volgende dag niet uit bed komen... ik had thee gemaakt, we drinken altijd elke ochtend samen thee, maar hij wou niet. Hij bleef in bed. Dat doet hij normaal nooit.' Hij stokt even. 'En toen dacht ik, ik ga met ome Louis praten. Vragen of het echt zo is.'

'Of wat echt zo is?'

'Of 't echt waar is dat hij papa genaaid heeft.'

Elsie brengt een hand naar haar hoofd. Trouwhartig staart haar broer voor zich uit. Met zijn wijsvinger volgt hij het patroon in het tafelkleed. 'Maar er was iets met dat geld. Ik dacht nog: het is vast een misverstand.'

'Welk geld?'

Hij kijkt haar aan. 'Dat mag ik niet zeggen van papa. Maar toen ik met ome Louis praatte, begon hij op papa te mopperen. Op hem te schelden. Dat het allemaal zijn eigen schuld was. En toen werd ik boos.' Een verbaasd glimlachje verschijnt om zijn lippen. 'Driftig. Ik wou hem alleen maar vasthouden, zodat hij niet weg zou gaan voordat hij iets aardigs had gezegd over papa... het was een ongeluk! Hij liet niet los en ik ook niet. En toen lagen we opeens in het water. Zo koud, Elsie, het water was zo koud, net als toen...'

Ze slaat haar hand voor haar mond. 'O! Dus toch... je hebt hem vermoord.'

'Nee!' Zijn stem breekt. 'Hij had moeten blijven staan.'

Elsie staat op, aarzelt even, en slaat dan haar armen om haar broer heen.

De straatlantaarns verspreiden minieme lichtcirkels. Marco, die zijn scooter achter een grote container parkeert, denkt dat hij van alles ziet wegkruipen in de schaduwen. Oké, hij heeft gedronken. En wat dan nog? Hoe moet hij haar anders ooit nog onder ogen komen? Hij huivert in zijn dunne, leren jasje, steekt de straat over en belt aan bij Rosies huis. Lange tijd gebeurt er niets. Hij focust zijn blik op een bruinig schilderij met zwarte vegen in het trappenhuis. Klotsend water in de gracht.

Hij belt opnieuw.

Na weer een hele tijd gaat er ergens een deur open. Rosie komt de trap af. Zodra ze voet in de hal zet en hem ziet, maakt ze een afwerend gebaar en loopt weg.

Takkenwijf.

Hij struikelt bijna als hij het stoepje weer afdaalt.

'Ze wil me niet zien,' roept hij verontwaardigd, als hij even later thuiskomt.

Marit, die aan tafel huiswerk zit te maken, reageert: 'Nee. En ik ook niet. Dus rot maar op.' Ze gooit het lange blonde haar over haar schouder en buigt zich weer over haar boeken.

'Ik wou het goedmaken.'

'Je bent dronken. Heb je wel gezien wat je gedaan hebt?'

'Ik had gewoon te veel gezopen.'

'Alweer?' antwoordt ze kil. 'Leuk om te horen allemaal, maar wat wil je ermee zeggen?'

'Wat moet ik nou?' Zijn stem klinkt geknepen. Marit is er niet gevoelig voor.

'Naar de psychiater, dat lijkt me het beste.'

Christus, dat moet dan een zus voorstellen. Plotseling giert de adrenaline weer door zijn lijf. 'Krijg dan maar de tyfus!' schreeuwt hij, en slaat de deur hard dicht. Takkenwijf. Takkenwijven.

Als later die avond de bel gaat, komen Marco en Marit gelijktijdig hun slaapkamer uit om door het raam op de overloop te kijken. De laurier bij de voordeur laat nog net het vierkante hoofd van een boomlange man vrij.

'Is dat Rosies vader?' piept Marco.

'Ja. Net terug van zijn zakenreis.'

'Niet opendoen!' fluistert hij. 'Niet opendoen!'

Opnieuw wordt er gebeld, indringender nu. Marco's onderlip trilt en hij pakt Marits pols. Ook zij staat als bevroren. Pas nadat het wegstervende geluid van zijn auto uit de straat is verdwenen laat hij haar los.

Bob is niet blij als hij die vervloekte rechercheurs alweer zijn club ziet binnenkomen. Hij wordt de laatste tijd toch al geconfronteerd met afnemende klandizie; dat zal beslist niet beter worden als die smerissen om de haverklap het pand binnenvallen.

'Er lopen ook veel echte boeven rond, hoor,' snauwt hij. 'Buiten. Niet hier.'

'Ach, boeven,' antwoordt Meerdink. 'Waarom oordelen de mensen toch altijd zo snel? Neem nou mijn collega Bazhouri hier. Ziet eruit als een boef, toch? Maar in feite is het een doodgoeie jongen.' Ze glimlacht. 'Is Mireille toevallig aanwezig?'

Bob maakt een onwillige hoofdbeweging naar de bar, naar een brunette met valse wimpers en bol geföhnd haar. Bazhouri en Meerdink verliezen geen tijd met plichtplegingen en nemen ieder aan een kant van de vrouw plaats. Bazhouri toont haar zijn identiteitsbewijs.

'Hoi. Hoe gaat het?

'Goed.' Ze snuift nerveus.

Meerdink laat haar ogen over Mireilles gezicht gaan. 'Wij vroegen ons af: waar heeft jouw wiegje eigenlijk gestaan? Of is dat geheim?'

Hulpzoekend kijkt Mireille naar Bob. Wat kan hij doen?

Niks natuurlijk. Ze moeten het zich allemaal laten welgevallen. Hij grimast.

'Ies niet geheim,' zegt Mireille uiteindelijk. 'Oekraïne.'

'Mooi land. Zeggen ze. Ik ken het niet, ik ben er nooit geweest. Hebben ze daar net zulke goeie stukadoors als in Polen?'

Pepijn schenkt zichzelf een glas whisky in. Het begint zowaar een beetje op werken te lijken, wat Iris doet. Vroeger kwam het zelden voor dat ze later thuis was dan hij, nu is hij al een paar keer achter elkaar degene die het stokje van de oppas overneemt en zijn zoon 's avonds voorleest. Het heeft wel wat. Helemaal niet slecht voor zijn imago, een partner die de bladen haalt met haar werk. Terwijl hij naar de koelkast gaat om de wijn voor Iris te pakken, loopt ze langs hem heen naar de slaapkamer. 'Eerst even douchen,' zegt ze. 'De vermoeidheid van me afspoelen.'

'Dus de turndemonstratie van Menno ging goed?' roept hij haar na.

'Ja. Hartstikke goed.'

'Heb je nog foto's gemaakt?'

'Natuurlijk. Zet ze maar op de computer, dan kun je ze zien.' Hij hoort haar de douche aanzetten. Vertederd bekijkt hij de foto's van zijn zoon. Het tengere heeft hij beslist van Iris, zelf was hij vroeger een stevige jongen. Hij klikt van foto naar foto. Die ene, op de evenwichtsbalk, waar Menno zo'n ernstig snuitje heeft, die wil hij wel ingelijst op zijn bureau. Hij zal Iris vragen een afdruk… hé, wat is dit? Een foto van Iris zelf, halfnaakt in een onbekend bed. Zijn haren gaan overeind staan. Wat heeft dit te betekenen? Heeft Iris een foto van zichzelf gemaakt waarop ze net doet of ze slaapt? Het klamme zweet breekt hem uit. Je weet heel goed wat het betekent, fluistert een stemmetje in zijn achterhoofd. Nee, het kan niet. Niet Iris, niet zijn vrouw. Wacht even, wat staat daar op die handdoek in de hoek? Hij kan de geborduurde letters net niet lezen. In de la van zijn bureau tast hij naar een vergrootglas en houdt die voor het scherm. 'Hotel Rozendaal' staat er. Een eeuwigheid zit hij daar met zijn neus op het scherm. Als hij uiteindelijk opstaat, heeft hij het gevoel dat hij een klap in zijn nek heeft gehad.

Met grote passen beent hij door de slaapkamer en trekt de douchedeur open. Haar lichaam is bedekt met schuim. Haar prachtige, overspelige lichaam.

'Jezus!' roept ze. 'Wat is er!'

Het ontgaat hem niet dat ze haar armen beschermend voor haar borst kruist.

Hij doet een poging tot een glimlach. 'Ik heb de foto's op de laptop gezet.'

'Oké,' antwoordt ze weifelend. 'Leuk, hè?'

Bedroefd kijkt hij haar aan. 'Heel leuk.'

16

Lamgeslagen zit Pepijn achter zijn bureau. Hij staart naar Bazhouri en Meerdink en probeert zich te concentreren op wat ze te melden hebben. Iets over een prostituee uit de Oekraïne die onder de naam Mireille in de seksclub Baccara werkt. Illegaal. Telkens als hij naar Meerdink kijkt, schuift het gezicht van Iris voor het hare. Hij kan het nog steeds niet geloven. Heeft hij haar niet alles gegeven? Hebben ze geen geweldig leven samen? Dat ze hem zou kunnen bedriegen is nooit in hem opgekomen, en zelfs nu hij met de neus op de feiten wordt gedrukt, gaat het zijn voorstellingsvermogen nog te boven. Wanhopig pijnigt hij zijn hersenen af naar mogelijke verklaringen voor die foto. Misschien vergist hij zich.

Ja hoor, ze heeft een kamer in een hotel geboekt om met de zelfontspanner een foto van haar eigen slapende gezicht te maken.

De mond van Meerdink beweegt. '... en in werkelijkheid heet ze Natalia Korzatsjenko,' rondt ze een verhaal af dat compleet langs hem heen is gegaan. Blijkbaar spreekt zijn blik boekdelen, want geïrriteerd voegt ze eraan toe: 'Illegaal dus, zoals ik al zei.'

'We kunnen de IND erbij halen,' stelt Bazhouri voor. Als Pepijn niet snel genoeg reageert: 'Hallo?'

'Ja, ja,' haast hij zich te antwoorden. 'Maar liegt ze? Ik bedoel: liegt ze echt?'

'Natuurlijk liegt ze,' antwoordt Meerdink. 'Ze hebben waarschijnlijk geld gekregen. Björn is daar echt niet geweest, die avond.'

'Maar als we met de IND dreigen, duikt ze onder.'

'We moeten ook niet dreigen,' zegt Meerdink. 'Wat we moeten doen is haar een worst voor de neus houden. Suggereren dat ze legaal kan worden.'

Iris, o, Iris.

'Dus?' merkt Bazhouri ongeduldig op. 'De IND contacten? Of wat?'

Pepijn slaat zijn ogen neer. 'Ja.'

Couwenberg kijkt naar het achterhoofd van zijn zoon, die vrolijk met de radio meezingt terwijl hij de auto behendig door de stad stuurt. Die witte nek. De plukkerige haartjes die als ze wat langer worden, van onder langs zijn oren beginnen te krullen. Die kwetsbaarheid. God, was die jongen maar niet zo kwetsbaar. Hoelang gaat het hem nog lukken Björn en de grote, boze wereld van elkaar gescheiden te houden?

Willem, die naast hem op de achterbank zit, buigt zich naar hem toe. 'Maak je je niet te veel zorgen?' zegt hij op gedempte toon. 'Het feit dat het Oekraïense meisje hier illegaal is, hoeft toch niks te betekenen?'

'De politie komt steeds langs,' antwoordt hij, eveneens zijn stem dempend. 'En ze begint vervelend te doen. Ze wil meer geld.'

'Juist. En wat doet Joachim?'

'Voorlopig niks.' Nerveus kijkt hij uit het raam. 'Als ze dat alibi kraken zijn we de lul.' Hij balt zijn vuisten en ontspant ze weer. 'Björn kan de bak niet in,' fluistert hij. 'Die jongen gaat dood daar. Als hij zijn vastigheid niet heeft, draait hij door.'

Willem kijkt hem van opzij aan. 'Hij heeft hem niet vermoord. Het was een ongeluk, weten we nu.'

'Ja. Maar wie gelooft dat? Als die Oekraïense ineens gaat lopen ontkennen...'

'Ik kan niks doen, Huub. Dat weet je.' Het klinkt definitief. Hij wendt zich af, pakt zijn telefoon en checkt of hij een bericht heeft. Het valt Couwenberg op dat hij de laatste tijd wel erg vaak met die telefoon zit te hannesen. En dat hij op sommige momenten bepaald schichtig uit zijn ogen kijkt.

'Wat is er?' vraagt hij.

Willem grimast. 'Niks.'

Björn neuriet en beweegt met zijn hoofd op de maat van de muziek.

Couwenberg tikt hem op zijn schouder. 'Zet dat eens wat zachter. En hier, bij die herenhuizen, moet je links,' roept hij boven de muziek uit.

'Weet ik,' antwoordt Björn, die links en vervolgens rechts afslaat, om voor een twee verdiepingen tellend kantoorpand te stoppen. Hij parkeert achter het bord VAN DEN HOUWERT ADVIES BV.

Resoluut beent Couwenberg naar de ingang van het kantoor. Willem kijkt nog even snel op zijn mobiel voor hij uitstapt. Björn blijft zitten. Zodra zijn vader de auto uit is, zet hij het volume voluit. Met zijn roffelende vingers op het stuur zet hij de muziek kracht bij. Volledig uit de maat. Willem geeft hem een kneepje in de schouder voor hij zijn schoonvader achternagaat.

'Huub!' roept Van den Houwert, zodra ze zijn kantoor binnenkomen. 'Goed dat je er bent. En Willem!' Zijn stropdas zit scheef, alsof hij niet genoeg tijd heeft gehad hem te knopen. Vanuit een andere ruimte maakt een magere man zijn entree: de raadsman van Van den Houwert.

'Chrisje,' reageert Couwenberg zuinigjes op het uitbundige welkom. Na het handen schudden gaan ze tegenover elkaar aan een donkergebeitste tafel zitten.

'Hoe is het thuis?'

Als gestoken reageert Couwenberg: 'Hoe bedoel je?'

'Nou, met Björn en zo?'

'Waarom vraag je dat?'

Van den Houwert zucht. 'Gaan we praten of gaan we praten? Er is een hoop onrust om me heen, Huub. Bad for business. Iedereen lult erover. We moeten 't toch over Louis hebben, wat is er in godsnaam gebeurd?'

'Louis is verzopen,' snauwt Couwenberg. 'Heb je de krant niet gelezen? Ik zag je toch op de begrafenis?'

Van den Houwert, die Willem vanwege zijn aan elkaar gegroeide wenkbrauwen altijd doet denken aan Bert uit *Sesamstraat*, tuit zijn lippen. 'Er wordt gezegd dat Björn eh...

'Dat Björn wat?' Als Van den Houwert zwijgt: 'Wat denk je nou? Dat ik mijn zoon heb gevraagd mijn zwager in de plomp te gooien? Waar zie je me voor aan?'

Gelukkig kiest een man in een donkere trui dat moment uit om met een dienblad vol koffie binnen te komen, zodat er de nodige afleidende handelingen uitgevoerd kunnen worden. Willem vraagt zich af of hij het gesprek met zijn schoonvader had moeten voorbereiden, maar verwerpt die gedachte onmiddellijk weer. Het zou weinig uitgemaakt hebben. Het temperament van Couwenberg laat zich in geen keurslijf dwingen, een euvel dat hem op een kwade dag de kop nog eens gaat kosten.

Van den Houwert schenkt melk in zijn koffie. 'Ik zal er niet omheen draaien,' zegt hij. 'Ik weet wat er gezegd wordt over de Haagse Veste. En dat jij dat schijnt te geloven.'

'O ja? Geloof ik dat?'

'Jezus, Huub.'

'Ik heb me niet met die deal bemoeid,' merkt Couwenberg op, een suikerzakje kritisch aan een onderzoek onderwerpend. 'Louis heeft het gedaan.'

'God hebbe zijn ziel,' zegt Van den Houwert met een uitgestreken gezicht. 'Maar ik snap niet waar dat verhaal vandaan...'

'Wie is United Enterprise?' onderbreekt Willem hem.

'Een bedrijf,' is het korte antwoord.

'Heeft getaxeerd en geadviseerd,' zegt Willem.

'En een stukje bouwbegeleiding gedaan, meen ik.'

'En daarvoor een factuur van drie miljoen gestuurd,' merkt Couwenberg op. 'Een hoop geld.'

'Daar is toch niks geks aan, bij gebouwen van dit soort...'

'Maar wij kunnen nergens vinden wie nou precies de eigenaar is,' gaat Willem verder. 'Volgens het handelsregister is het een paraplu boven een eindeloze rits bv's. En wie de uiteindelijke eigenaar is – of eigenaren zijn – is helemaal afgeschermd.'

Het is even stil. Couwenberg kijkt Van den Houwert doordringend aan. 'Wie zijn die gasten, Chris?'

'Louis kwam ermee, ik ken ze niet.'

'Nee? Zou je 't heel erg vinden als ik het 's ging uitzoeken?'

'Je gaat je goddelijke gang maar.'

'En als ik erachter kom dat het toch om jou en Louis gaat, dan...' Een spiertje in de kaak van Couwenberg trilt.

'Wat dan? Stuur je Björn dan ook op mij af?'

Even vreest Willem dat zijn schoonvader overeind zal springen om Van den Houwert te lijf te gaan, dan is het moment voorbij.

'Ik geloof dat dit gesprek is afgelopen,' zegt Willem. Hij staat op en als één man volgen de anderen zijn voorbeeld. Voordat ze vertrekken weet Couwenberg zijn zelfbeheersing enigszins te hervinden. 'Ik wil alleen maar zeggen: mocht er binnenkort als bij toverslag toch ineens drie miljoen euro op mijn rekening verschijnen, dan wil ik overwegen het onderzoek naar die United Enterprise-gasten te staken.'

Van den Houwert fronst zijn wenkbrauwen.

'Ben ik niet duidelijk?' vervolgt Couwenberg. 'Ik hoef hier natuurlijk niemand te vertellen dat het vastgoedwereldje een klein wereldje is, en dat dat pensioenfonds van jou weinig trek zal hebben in dit soort geruchten. Over bad for business gesproken. De groeten.' Op zijn hakken draait hij zich om en loopt naar de deur, die Willem al voor hem openhoudt.

Met een bezwaard gemoed zoekt Elsie haar tante op. Ze zou er wat voor over hebben als ze haar nu zonder bijbedoeling een bezoek kon brengen, gewoon, om troost te bieden. Ze houdt van tante Beppie, die altijd als een moeder voor haar is geweest. Misschien is ze niet de snuggerste vrouw op aarde, maar dan toch zeker met afstand de liefste.

'Dag, schat.' Haar tante omhelst haar stevig. 'Ik ben zo blij dat je er bent. Wil je cappuccino? We hadden net zo'n apparaat gekocht. Zelf drink ik liever gewone koffie, maar...'

Elsie gebaart dat het haar niet uitmaakt en volgt haar naar de keuken, waar haar tante over een reis naar Wenen en het Sissimuseum begint. 'Ik loop de hele tijd tegen Louis te praten in mijn hoofd,' onderbreekt ze haar eigen verhaal. 'Denk je dat ik raar ben?'

'Nee, tante Beppie. Dat is heel normaal.'

'Heb je het met je vader nog over Louis gehad?'

Ze slikt. 'Eh... nee.'

'En met Björn?'

'Niet gesproken.'

Haar tante pakt een zilverkleurig blik uit de keukenkast en schept koffie in een filter. 'Er komt hier wel eens iemand van de politie langs, of van justitie, weet ik veel... of ik wil tekenen dat ik Björn heb gezien.'

Elsie voelt het bloed uit haar gezicht wegtrekken. 'En... wat zegt u dan?'

Er valt een stilte.

'Heb jij suiker?' vraagt haar tante na een poosje. Als ze haar hoofd schudt: 'Hij was daar, Elsie, hij was daar echt.' Haar ogen vullen zich met tranen. Elsie legt een arm om haar heen, verteerd door schuldgevoel. 'Björn zou zijn ome Louis toch nooit wat doen?' zegt ze. 'Tante Beppie, wil je me alsjeblieft iets beloven?' Smekend kijkt ze haar aan. 'Als ze terugkomen, teken dan niks. Niet doen.'

Als Marco van tevoren had geweten dat het akkefietje met Rosie op school zou worden uitgevochten, had hij zich ziek gemeld. Hij hoopte nog dat het na een tijdje vanzelf zou overwaaien, maar daar lijkt weinig kans op te zijn. Schoorvoetend loopt hij achter de rector aan, die zijn mededeling dat hij naar natuurkunde moet wegwuift met de woorden dat hij wel een briefje voor hem zal schrijven.

'Ik had daarnet Rosie Hartman en haar vader op bezoek,' zegt de rector zodra hij de deur van zijn kamer achter hen gesloten heeft. Marco zet zich schrap, maar er komt niets meer. Blijkbaar wordt er van hem verwacht dat hij nu zijn hart uitstort. Van het grijze tapijt glijdt zijn blik naar het pennenbakje op het bureau, en van het pennenbakje naar het raam, waarachter de vrijheid lonkt. De toppen van de berkenbomen aan de rand van het schoolplein wuiven zachtjes in de wind.

'Wat heb je te zeggen, Marco?'

Uiteindelijk komt hij hier natuurlijk niet weg zonder met een antwoord op de proppen te komen. Met een beetje pech zit hij hier nog als de maan al hoog boven die bomen staat. 'We hebben samen een stuk op gefietst,' zegt hij met tegenzin. 'Ik op mijn scooter, zij op haar fiets. Maar toen ben ik op een gegeven moment afgeslagen. Ik moest de andere kant op. En toen was er nog niks met haar aan de hand.'

De rector trekt een wenkbrauw op. 'Dus jij beweert dat je haar niet geslagen hebt.'

'Waarom zou ik dat doen? Ik vind haar hartstikke leuk.'

Doordringend kijkt de man hem aan. 'Ze heeft een officiële

klacht tegen je ingediend. Ik moet daar iets mee doen. Ik ga met andere leerlingen praten, die ook op dat feest waren. En als uitkomt dat jij niet de waarheid spreekt, dan kun je niet langer op deze school blijven. Begrijp je dat?'

Marco steekt zijn kin de lucht in. 'Ik spreek de waarheid.'

17

Hotel Rozendaal is gehuisvest in een gebouw dat associaties oproept met lage plafonds, donkere plavuizen en hertengeweien aan de muren. Pepijn krijgt een bittere smaak in zijn mond. Dat Iris hier met beroepsmatige intenties is geweest wordt met de minuut onwaarschijnlijker. Pas als hij binnen is, zet hij zijn zonnebril af.

'Hallo,' zegt hij tegen de receptioniste die achter een donkere, eiken balie zit. 'Mijn naam is Van Erkel, ik heb al eerder gebeld, maar toen wilde u me de gevraagde informatie niet geven.' Pontificaal legt hij een identiteitsbewijs op de balie.

'Justitie?' vraagt de receptioniste geschrokken.

Pepijn maakt een wegwerpgebaar. 'O, dat heeft hier verder niets mee te maken, hoor. Ik ben hier niet in functie. Dat wil zeggen: nog niet.'

Het werkt. Vol ontzag blikt ze naar hem op. 'Ik ben op zoek naar informatie over deze vrouw.' Als hij haar een foto van Iris onder de neus duwt, betrekt haar gezicht. Hoe moet hij haar over de streep trekken? 'Deze mevrouw,' improviseert hij, 'heeft iets te maken met... tja, daar kan ik natuurlijk niet over uit de school klappen. Het enige wat ik wilde weten is of ze hier is geweest.'

'Ik weet niet of ik daar wel iets over mag zeggen.'

'Dat begrijp ik.' Met een zucht, alsof het hem voor haar spijt, vervolgt hij: 'Nou ja, mocht er aanleiding zijn, dan kom ik wel terug met een bevel tot huiszoeking, maar het zou natuurlijk wel vervelend kunnen zijn, ook voor de andere gasten. Ze schijnt hier van de week geweest te zijn. Als u dat niet kunt bevestigen, dan ga ik gewoon weer.'

De vrouw neemt een beslissing. 'Moment.' Ze verdwijnt in een kantoortje, om even later in het gezelschap van een mannelijke collega terug te keren. Amper heeft de collega een blik op de foto van Iris geworpen, of hij beaamt: 'Ja, die mevrouw is hier geweest.'

Pepijn bevochtigt zijn lippen. 'Alleen?'

'Met een meneer.'

Zijn nekharen gaan overeind staan. 'Ach, natuurlijk,' zegt hij snel, 'dat zal meneer Van Loon geweest zijn.'

Een kort moment aarzelt de man. Dan activeert hij de computer op de toonbank en slaat een paar toetsen aan. Zijn ogen glijden over het scherm.

'Bakker,' zegt hij. 'René Bakker.'

Pepijn ziet kans zijn mondhoeken op te trekken. 'Mag ik u hartelijk danken?'

Iris laat haar blik over het IJ glijden. Een aarzelend zonnetje komt achter de wolken vandaan en werpt bleke lichtstralen over het water. Het gele sleepbootje voor de deur van haar studio dobbert op de golven. In de loop van de tijd, weet ze, zal de herinnering aan Willem minder pijn doen. Ze moet het positief zien: als ze hem niet had gekend, had ze die mooie ervaring niet gehad. En was ze minder droevig geweest. Geen pieken zonder dalen.

'Ik ben gelukkig,' heeft ze tegen de psychologe gezegd. Misschien wordt het tijd dat ze zich daar eens naar gaat gedragen. Alsof het allemaal nog niet ingewikkeld genoeg is, stelde Jill vanmorgen op de redactievergadering ook nog eens voor een themanummer te maken over overspel. Overspel! Hoeveel cynischer kon het nog worden? Thema's als moeder en dochter, of fit blijven in zeven stappen, daar had ze zich op voorbereid, maar blijkbaar heeft Jill besloten dat uitgerekend Iris haar creativiteit maar eens moet loslaten op het thema overspel.

Ongelovig had ze Jill aangekeken. 'Waarom ik?'

'Waarom niet?' had Jill verbaasd geantwoord. 'Jij zit al een tijdje te zeuren dat je wel eens wat anders wil dan alleen maar portretten. Leef je uit, zou ik zeggen. Geef er zelf maar een invulling aan.'

In de spiegel bij het raam vangt Iris haar spiegelbeeld op. De vraag van de psychologe, of ze wel eens een zelfportret had gemaakt, had haar geïrriteerd. Waarom eigenlijk? Zo'n vreemde vraag was het tenslotte niet. Ze loopt naar de spiegel en kijkt zichzelf van dichtbij in de ogen. Hoe opmerkelijk ook voor een fotografe die wil ontdekken wat zich afspeelt achter de ogen van anderen, ze heeft zichzelf nooit eerder objectief bekeken, zonder er meteen bij te denken dat ze te bleek is, of te mager. Nu ziet ze iets anders, iets nieuws. In een opwelling zet ze de camera op het statief, stelt hem in en begint te fotograferen.

Tientallen keren heeft ze al afgedrukt, als er plotseling wordt geklopt. Op de vitrage tekent zich het silhouet af van een man. Willem. Ze bevriest. Kan hij haar zien? Hij legt een hand als een afdakje tegen de ruit en tuurt er onderdoor.

In een kinderachtige opwelling springt ze achter een van de betonnen pilaren. De kou dringt door haar blouse in haar schouderbladen. Het is gewoon een kwestie van wachten. En van karakter, niet te vergeten.

Opnieuw klopt hij. Ooit zal hij toch wel weer verdwijnen?

En dan ziet ze hem nooit weer.

Ze rent naar de deur en trekt hem open.

'Nee,' zegt ze. 'Nee!' Ze gooit de deur weer dicht. Ze loopt naar de werkbank, pakt een doekje en begint driftig de lens van haar camera te bewerken. Legt de camera weer neer. Steunt met haar handpalmen op de werkbank. Staart naar het sleepbootje. Nooit zal ze hem nog terugzien. Nooit.

Zonder hem, weet ze ineens, is de glans overal af. Langzaam laat ze zich op een stoel zakken en plant haar ellebogen op tafel. Ruw wrijft ze met haar knokkels door haar ogen, tot ze sterretjes ziet. Als ze eindelijk weer opkijkt, staat Willem op de steiger voor het raam.

Natuurlijk laat ze hem uiteindelijk toch binnen. Zijn jaspanden zwiepen tegen de muur. Amper is de deur achter ze in het slot gevallen, of ze schreeuwt: 'Nee, nee, nee. Je moet weg. Als ik iets nooit heb willen zijn, is het de geheime vriendin.' Ze herkent haar eigen stem nauwelijks.

'Nog één keer,' smeekt hij.

'Nee.' Ze slaat haar armen om zijn hals.

Couwenberg is aangenaam verrast als Marco bij hem op de stoep staat. Nu de tweeling zestien is, ziet hij ze minder vaak dan vroeger, een logische ontwikkeling, die hij desondanks betreurt. Leuk dat zijn kleinzoon weer eens een filmpje komt pakken.

'Kan ik even met je praten, opa?' En met een schielijke blik op Björn, die bezig is de vaatwasser in te ruimen: 'Alleen met jou?' Een gezicht als een oorwurm.

Geen film dus.

'Natuurlijk, jongen.' Hij leidt hem zijn kantoor binnen en gebaart naar een stoel.

'Het gaat om een meisje.' Als Couwenberg grinnikt: 'Maar niet zoals je denkt. Ik heb haar... een beetje geslagen. En nu heeft haar vader een klacht ingediend op school en word ik misschien wel van school geschopt.'

Couwenberg laat zich in zijn bureaustoel zakken. 'Hoe haal je het in vredesnaam in je hoofd meisjes te slaan?' Zijn kleinzoon buigt het hoofd. Het dikke, donkere haar valt voor zijn ogen.

'Hallo?'

'Ik was dronken,' antwoordt Marco zacht. 'Ze had me zitten opnaaien. En toen puntje bij paaltje kwam...'

'Wou ze niet,' vult Couwenberg aan.

Een nauwelijks merkbaar knikje.

'Hoe is het zover gekomen?'

Hij haalt zijn schouders op.

'Je hebt geen idee hoe het zover gekomen is?'

'Ik had een paar wodka's op.'

'Wodka's? Geen zelfbeheersing dus.'

Nog altijd kijkt zijn kleinzoon hem niet aan. Van boven klinken schietgeluiden en bloedstollende kreten, afkomstig van het nieuwe computerspel van zijn zachtmoedige zoon. Zou Björn ooit een meisje slaan? vraagt Couwenberg zich af. Hij kan het zich haast niet voorstellen, maar hij had Marco ook nooit ingeschat als driftig. Een beetje opvliegend misschien. Eigenlijk lijkt Marco wel een beetje op hem. Oké, hij heeft een fout gemaakt. Maar om hem daarvoor nou voor een vuurpeloton te slepen... Na hem nog een minuut of wat in zijn sop te hebben laten gaarkoken, begint hij onwillekeurig te grinniken.

'Zo leuk is het allemaal niet, hoor,' roept Marco verontwaardigd.

Couwenberg slaat zijn armen over elkaar en observeert hem. Het jongetje, dat net als Björn vroeger dol was op kaarten, is bezig een man te worden. Forse schouders, een brede kaak.

'Een meisje dat jou niet wil?' zegt hij lachend. 'Wat denkt dat kind wel niet?'

Marco staart naar zijn in spijkerbroek gestoken knieën en geeft geen antwoord.

'Goed,' komt Couwenberg ter zake, 'wat kan ik voor je doen?'

Met de handen in zijn zakken mompelt Marco: 'Die vader van haar, die is aannemer. Hartman heet hij. Hij zit hier in de stad.'

'Hartman. Nooit van gehoord.'

'Ik dacht... misschien kan jij in die kringen een beetje invloed uitoefenen?'

Couwenberg grinnikt. Hij staat op en geeft Marco een liefhebbende draai om zijn oren. 'Vrouwen slaan, dat doet een kerel niet.'

'Ik was dronken, zeg ik toch?'

'Dan nog! Oetlul! Maar ik zal kijken wat ik voor je kan doen.' Hij slaat een arm om hem heen en drukt het jong een moment stevig tegen zich aan. Jezus, alweer tranen in zijn ogen. Geërgerd veegt hij ze weg.

'"Hoe bedoel je roze," zei de aap. "Ik ben toch bruin? Net als mijn vader en moeder?"

"Nee," zei de blauwe krokodil, "jij hebt hetzelfde als ik. Een andere kleur dan je vader en je moeder en je broertjes en je zusjes." De aap keek heel verbaasd.'

Menno's ogen zijn dichtgevallen. Pepijn bestudeert het gezicht van zijn zoon, die in zijn slaap zo mogelijk nog meer op Iris lijkt dan in wakende toestand. Even overweegt hij direct naar zijn werkkamer te gaan, om de duizenden hits die Google met betrekking tot René Bakker toont opnieuw door te ploegen, maar ten eerste heeft dat weinig zin, en ten tweede hoopt hij dat Iris het hem zelf vertelt. Bij voorkeur in tranen en met de mededeling dat ze er ontzettend veel spijt van heeft. Hij is bereid deemoedig naar haar verklaring te luisteren.

Maar als hij even later de kamer in komt, zegt ze alleen: 'Ik ga vroeg naar bed.'

'Ben je ziek? Heb je koorts?'

'Nee. Gewoon niet zo lekker.'

'Ga je morgen ook niet naar die klus?'

'Eh... dat denk ik wel. Dat kan ik niet laten lopen.' Zijn blik ontwijkend gaat ze de kamer uit. Ze weet niet hoe snel ze bij hem vandaan moet komen. Net als gisteren, en de dag ervoor.

Hoe stompzinnig dat hij het nu pas merkt.

18

Couwenberg stond op het punt 'Papa Was A Rollin' Stone' op te zetten, maar nu Joachim hem op de hoogte heeft gebracht van de laatste ontwikkelingen in Club Baccara, en met name de kuren van Mireille, is hem de lust muziek te luisteren vergaan. Blijkbaar meent ze – al is ze nog zo illegaal – weinig te vrezen te hebben van de vreemdelingenpolitie. En erger: ze wil een bonus, omdat ze er anders niet voor kan instaan dat ze blijft zwijgen over het feit dat Björn helemaal niet bij haar was op het moment dat Louis Karelse het loodje legde. Joachim vat het probleem op zijn eigen, kernachtige wijze samen.

'Ze wil zwijggeld. Oost-Europa. Overal schijt aan. Ze maakt je kapot voor een dubbeltje. Als we nu toegeven, zijn we de lul, dan wordt het elke maand erger.' Veelbetekenend kijkt hij hem aan.

'O jezus,' zucht Couwenberg. 'Nee.'

In Joachims ogen verschijnt een lichtje. 'Het is maar een hoer,' dringt hij aan.

Couwenberg voelt hoofdpijn opkomen. 'Een hoer heeft ook een vader en een moeder,' antwoordt hij. 'Ik moet nadenken.' Getergd begint hij heen en weer te lopen. 'Trouwens, er is een ander dingetje dat je ook nog voor me moet regelen. Het heeft te maken met mijn kleinzoon.'

Joachim is een en al oor. 'Zeg het maar.'

Marit, die op de houten bank in de gang zit, telt de tegels aan weerszijden van de deur van de kamer van de rector. Ze schat dat het er zo'n twintig zijn. Zijn het er meer, dan neemt Rosie, die daar nu binnen zit, haar als ze naar buiten komt in vertrouwen. Maar zijn het er minder, dan loopt haar vriendin haar, net als gisteren, voorbij zonder haar een blik waardig te gunnen. Het zijn er zesentwintig.

Rosie komt naar buiten. Ze huilt. Marit springt overeind en pakt haar arm.

'Wat?' roept ze. 'Vertel me alsjeblieft wat er aan de hand is!'

Haar vriendin schudt zich los. 'Die kutbroer van jou! En die kutopa!'

'Ik begrijp er niks van.'

'O, nee?' roept Rosie. 'Zeker ook geen idee wat die vent met dat enge hoofd gisteren tegen mijn vader heeft gezegd, hè?' Ze haast zich de school uit, Marit in verbijstering achterlatend.

'Nee,' mompelt Marit in zichzelf, 'ik heb geen idee wie je bedoelt met die vent met dat enge hoofd. En al helemaal niet wat hij tegen je vader gezegd heeft.'

Bestudeerd nonchalant schaduwt Pepijn zijn vrouw, die het Amstelstation in gaat. Als ze in de richting van de treinen loopt, begeeft hij zich naar het loket waar ze zojuist een kaartje heeft gekocht en zegt dat hij de portemonnee heeft gevonden van de mevrouw die net voor hem was. Of de lokettist nog weet waar ze naartoe ging? 'Een dame in een paarse jas,' voegt hij eraan toe.

'Naarden,' is het antwoord. 'Perron 4.'

Pepijn haast zich naar zijn geparkeerde auto en zet koers naar Naarden, waar hij even later zijn vrouw het station uit ziet komen. Op ruime afstand volgt hij haar te voet naar een lunchroom, waar de enige klandizie bestaat uit een bejaard echtpaar in een identieke beige regenjas en een langharige jongen die een boek leest, met op het omslag een draak. Pepijn stelt zich verdekt op achter een geparkeerde auto en veinst interesse voor de etalage van een opticien.

Twee mannen komen van de andere kant aanlopen, druk in gesprek, de jas over hun arm. Ze gaan de lunchroom binnen en nemen plaats aan een tafeltje in het midden van de ruimte. Jezus! Precies vóór Iris. Als hij haar nu wil kunnen zien, moet hij zijn schuilplaats achter de auto opgeven. Terwijl hij de omgeving afspeurt naar een strategische plek trilt zijn telefoon.

'Ja?'

'Zit je niet op kantoor?' Meerdink.

'Nee,' antwoordt hij kortaf.

'O.' Ze is even stil. Dan zegt ze: 'De IND wil wel meewerken. Ze kunnen Mireille bijvoorbeeld ophalen. Zou voor ons niet gek zijn, het punt is alleen: ze zijn overbelast. Het kan nog wel even duren. Misschien helpt het als jij ze even belt?'

'Doe ik,' antwoordt hij en verbreekt de verbinding, om tot de ontdekking te komen dat hij de entree gemist heeft van een man in een lange jas, die tegenover Iris gaat zitten. Alleen zijn achterkant is zichtbaar. Een vloek verbijtend steekt hij over en loopt een paar keer tussen het winkelend publiek langs het raam, schichtige blikken naar binnen werpend. Nog altijd alleen dat achterhoofd. Donker haar, krullend. Misschien moet hij dan maar…

Opnieuw trilt zijn telefoon. Hij duikt een winkelportiek in.

'Hallo? Met Tess. Ben jij het, Pepijn?'

'Ja.'

'O, ik dacht, je klonk zo… Ik ben mijn sleutel vergeten en ik sta voor de deur met Menno. Maar nu kan ik er dus niet in. Wat moet ik doen?'

Een vloek onderdrukkend zegt hij: 'De buren?'

'Ze zijn niet thuis. Maar jij zou toch niet zo laat zijn vandaag?'

Pepijn staart in de etalage, waar een creatieveling zich heeft uitgeleefd op een compositie van serviesgoed en kunstbloemen.

'Ik ben onderweg,' zegt hij. 'Ga even een ijsje eten of zo.'

'Maar Menno moet heel nodig plassen. Ik ook trouwens.'

Pepijn sluit een moment zijn ogen. 'In een snackbar hebben ze ook toiletten. Ik kom zo snel mogelijk.'

Als hij even later het portiek uit stapt, schrikt hij. Ze zijn weg, Iris en de man in de bruine jas! Struikelend over het afstapje doet hij een paar passen in de richting van de lunchroom. Nee, ze staan ook niet bij de toonbank om af te rekenen. Zijn ogen schieten heen en weer. Bij een groot gebouw aan het eind van de straat ziet hij ze naar binnen gaan. Hij zet een looppas in. HOTEL HEERENHUIS vermeldt een bord aan de gevel.

Langzaam draait hij zich om. In de verte ziet hij het station in een waas; bussen rijden af en aan. Wat hem betreft opent de aarde zich en wordt alles in één keer verzwolgen: het station, de bussen, de mensen. En hijzelf. Vooral hijzelf.

'Heet je weer Bakker vandaag?'

'Nee, Van de Maarel.'

Iris lacht. 'Van de Maarel?'

'Zo heette mijn aardrijkskundeleraar.' Willem knoopt haar jas open en laat zijn handen eronder glijden.

'Wat voor school heb je eigenlijk gedaan?' vraagt ze.

'Ik ben begonnen op de mavo.'

'En toch advocaat geworden?'

'Het was een lange weg...' Hij trekt haar naar zich toe en kust haar.

Ze maakt zich los. 'Wat zeg je tegen je vrouw?'

Verstoord kijkt hij op. 'Hoe bedoel je?'

'Als wij afspreken.'

'Ze heeft een restaurant. Hele onregelmatige tijden. We zien elkaar vaak pas 's avonds in bed.'

'En je kinderen? Als je er niet bent met eten?'

'Die zijn gewend hun eigen boontjes te doppen.' Hij begint aan haar blouse te plukken.

'Zullen we niet eerst wat drinken? Is hier geen minibar?' Ze laat haar blik door de hotelkamer glijden.

'Drinken? Ik had wat anders in gedachten.'

Glimlachend blijft ze hem het vuur aan de schenen leggen. 'Waar kom je vandaan? Wat deed je vader?'

Hij heft zijn handen. 'Luister, jij zegt elke keer dat dit de laatste keer moet zijn, waarom zouden we dan tijd verspillen aan mijn moeilijke jeugd?'

'Had je een moeilijke jeugd?'

'Nee.' Hij gaat op bed zitten. Zijn telefoon klinkt en hij kijkt op het display. 'Deze moet ik even nemen.'

Zo zie je ze in geen weken, zo staan ze achter elkaar bij je op de stoep.

'Marit! Mijn kleine schatje! Wat een verrassing.' Couwenberg neemt zijn kleindochter in zijn armen. 'Je broer was hier gisteren. Ik dacht dat hij hard gegroeid was, maar jij spant wel helemaal de kroon.'

Björn komt aanlopen. 'Wil je wat drinken?' vraagt hij.

Ze maakt zich los uit de omhelzing. Het meisje is duidelijk niet op haar gemak. Zou ze ook iemand geslagen hebben? Couwenberg onderdrukt een glimlach.

'Nee,' antwoordt Marit, 'ik hoef niets te drinken.'

'Doe niet zo lullig!' roept Björn.

'Oké, geef maar een glas water.'

'Water?' Björn kijkt alsof ze hem een oneerbaar voorstel doet. 'Wil je niet een lekker...'

'Ze wil water, Björn,' valt Couwenberg hem in de rede. 'Geef haar water.'

Schouderophalend loopt zijn zoon weg. Couwenberg wendt zich weer tot zijn kleindochter. 'Hoe gaat het op school?'

'Goed.'

'Fijn,' zegt hij, in zijn handen wrijvend. 'Hard studeren en mooie cijfers halen, hoor. En dan met je rapport bij opa komen. Dan kan je geld verdienen.' Ziet hij het goed? Zucht ze? Wat valt er te zuchten? Het kind begint verdomme met de dag meer op Elsie te lijken.

'Ken jij Hartman, opa?' vraagt ze. 'Hartman, de aannemer?'

Couwenberg vergeet even te ademen. 'Hartman? Waarom wil je dat weten?'

'Hij is de vader van mijn beste vriendin.'

Björn maakt zijn entree met een glas water, dat hij aan zijn nichtje overhandigt. 'Hoe gaat het op school?' vraagt hij. 'Goed studeren, hoor.'

'Ja, ja, daar hadden we het net over, Björn. Dank je wel,' zegt Couwenberg.

De hint is niet aan dovemansoren gericht. Licht beledigd verlaat zijn zoon het kantoor.

'Ik geloof dat ik wel een Hartman ken,' verklaart hij als de deur achter Björn is dichtgevallen.

Haar stem klinkt schel. 'Heb jij je met hem bemoeid, tegen hem gezegd dat...'

'Ik bemoei me met niemand.'

'Mijn beste vriendin. Waar Marco...'

Hij verheft zijn stem. 'Ik heb helemaal niks met die Hartman te maken, schat. Leuk hoor, mijn enige kleindochter komt 's langs, en wat doet ze? Me uithoren over business.'

Gekweld kijkt hij naar het portret van zijn overleden vrouw. Marit volgt zijn blik; ze valt stil. Snel vist hij de portemonnee uit zijn achterzak. 'Zeg, dat rapport, wanneer krijg je dat? Wat dacht je van alvast een voorschotje?'

'Nou, daar gaan we weer,' zegt Willem. Hij slaat zijn armen om Iris heen. Samen vormen ze een standbeeld, een eiland. Als een kei in de rivier splitsen ze de stroom reizigers op het perron in tweeën. Jassen, tassen, kleuren omspoelen hen. Iris' gezicht vertrekt. Het is hem al vaker opgevallen dat ze nog net niet begint te hyperventileren als er meer dan drie mensen tegelijk in haar buurt komen. Hij leidt haar naar een rustiger plek, waar hij haar hand pakt. Soms glanzen haar ogen groen, dan weer bruin. Iris. Toepasselijke naam voor een vrouw met zulke mooie ogen.

'Zou jij bij je vrouw weggaan?' zegt ze plompverloren. 'Om mij?'

Zijn adem stokt. Mechanisch streelt hij met zijn duim haar polsgewricht. 'Ga jij dan bij je man weg?' vraagt hij zacht. Als ze haar blik afwendt, voegt hij eraan toe: 'Dit hoeft toch niet...'

'Ik voel me vies,' valt ze hem heftig in de rede. 'Een leugenaar, een huichelaar, de bad girl uit een film. Ik sta drie keer per dag onder de douche tegenwoordig. Niet dat het helpt.'

'Niet doen.'

'Wat niet doen? Douchen?'

'Schuldig voelen.'

'Niet schuldig voelen?' roept ze. 'Hoe doe ik dat? Voel jij je niet schuldig?'

'Nee, dat heb ik afgeschaft.' Als ze haar wenkbrauwen fronst, vraagt hij snel: 'Wanneer spreken we weer af?'

Nauwelijks merkbaar schudt ze haar hoofd.

'Iris,' zegt hij, en ineens is het alsof hij de controle over zijn stem kwijt is, 'ik kan niet meer zonder je.'

Ze legt een vinger op zijn lippen. 'Niet jokken.'

Achter haar loopt die vervloekte trein het station weer binnen. Iedereen klaagt altijd maar steen en been over vertragingen, waarom dan nu geen wisselstoring of bladeren op het spoor?

Pepijn kan het niet opbrengen naar huis te gaan. Weliswaar heeft hij beloofd dat hij Tess bijtijds zou aflossen, maar hij is natuurlijk niet helemaal van lotje getikt. Want terwijl hij zijn werk afraffelt en zich haast om op tijd thuis te zijn, ligt Iris ergens in een hotelbed met de een of andere kerel die zich René Bakker noemt. Wat mankeert haar? Is ze soms krankzinnig geworden? Alles heeft ze, en ze gooit het weg alsof het niets waard is.

Gedeprimeerd doolt hij door de gangen van het Openbaar Ministerie. De meeste mensen zijn al naar huis. Aan het einde van de gang duikt plotseling Wim Holtrop, alias speciale chef luistervink, op. Ook hij maakt geen vrolijke indruk, maar dat is misschien geen wonder als het je dagelijks werk is in een bedompte ruimte andermans gesprekken af te moeten luisteren.

'Ik heb nieuwe tapverslagen,' zegt hij. 'Wil je die vandaag nog hebben?'

Pepijn knoopt zijn jas weer open. 'Graag. Kun je ze naar mijn kamer brengen?'

'Mama!' Menno rent in zijn Donald Duck-pyjama op Iris af. Ze zet haar fotokoffer neer, neemt hem in haar armen en knuffelt hem. Zijn haar ruikt naar shampoo. Tess verschijnt in de gang.

'Hé,' roept Iris, 'waar is Pepijn? Hij zou vroeg thuiskomen.'

Tess glimlacht. 'Hij belde dat het toch later werd.'

Het bloed stijgt Iris naar de wangen terwijl ze haar portemonnee trekt om Tess te betalen.

Pepijn legt de uitgetypte verslagen van Wim Holtrop naast de computer. Daarna stopt hij de bijgevoegde cd in de speler en zet de koptelefoon op. Geruis. Een klik. De stem van Couwenberg, een stem die hij inmiddels goed heeft leren kennen.

'Waar zit je?' hoort hij de vastgoedman zeggen.

'Buiten de stad,' antwoordt een man.

'Waar dan?' vraagt Couwenberg.

Het is even stil. Dan zegt de ander: 'Wat is er?'

'Een contract.'

'Ik bel je vanmiddag, ik ben nu even druk.' De verbinding wordt verbroken. Pepijn bladert opnieuw door de verslagen, tot hij gevonden heeft wat hij zocht: de locatieaanduidingen van waaruit Couwenberg belt, en van degene die hij belt. Een bekende cijfer- en lettercombinatie. Hij blijft doodstil zitten. Ziet hij het verkeerd? Is hij zo geobsedeerd dat hij dingen leest die er niet staan? Nadat hij zijn ogen heeft uitgewreven, kijkt hij opnieuw. Het staat er echt. Het is dezelfde postcode als die van het gebied waar Hotel Heerenhuis zich bevindt. Het kan natuurlijk toeval zijn. Iris en haar minnaar zijn vast niet de enigen die op dat moment in Naarden waren.

Toeval. Vast niet.

Bonus

I

'"Nee," zei het aapje, en begon te huilen. "Hoor ik dan niet meer bij mijn papa en mama?" "Tuurlijk wel," zei de blauwe krokodil. "Nietwaar!" riep het aapje. "We lijken niet op elkaar. We zijn helemaal geen familie!"' Ineens wordt het Pepijn te veel. Zijn stem breekt en zijn onderkaak beeft. Gegeneerd wendt hij zich af.

Menno komt uit de kussens.

'Wat is er, papa?' vraagt hij geschrokken.

'Niets, schat.'

'Huil je?'

'Welnee.' Hij raapt zichzelf bij elkaar en glimlacht naar zijn zoon. 'Papa's huilen toch niet?'

Weifelend kijkt Menno hem aan. 'En als je je knie stoot dan?'

'Ja, dan misschien wel. En nu slapen, het is al verschrikkelijk laat.' Hij kust hem op zijn voorhoofd en dekt hem toe.

Als hij even later de woonkamer in komt, sluit hij de tussendeur.

Iris kijkt op van haar laptop. 'Wat doe je nou? Zo horen we hem niet als er wat is.'

'Nee,' antwoordt hij zacht, 'en hij ons ook niet.' Hij zet de televisie uit en schenkt een forse hoeveelheid whisky in een glas. 'Ik moet je iets vertellen: ik hoorde een verhaal, zo bizar: een collega van mij, die ook op een grote vastgoedzaak zit – zijn vrouw doet ook iets creatiefs. Ja, ik geloof zelfs dat ze fotografe is.'

Het voorhoofd van Iris rimpelt. 'Nou ja, dat is óók...'

'Eén kind. Een jongen. En weet je wat nou zo bezopen is: die vrouw van hem, je gelooft het niet, is een verhouding begonnen met de advocaat van de tegenpartij. En dan maar denken dat die collega van mij er niet achter komt... een officier van justitie! Ha, ha!' Hij slaat het glas achterover. De whisky kronkelt als een slang van vuur naar zijn maag. Iris zit er als bevroren bij. 'De advocaat van de tegenpartij! Die vrouw dacht natuurlijk, weet je wat: ik maak niet alleen mijn man emotioneel kapot en zijn kind ongelukkig, ik help ook zijn carrière naar god!' Hij gaat naast haar staan, kijkt van bovenaf op haar neer. De tere nekwervels, haar sleutelbeenderen, ze zijn zo fijn dat hij ze in één klap zou kunnen breken. 'Wat vind jij nou van zoiets?' vraagt hij, en neemt opnieuw een grote slok. Iris opent haar mond en sluit hem weer. 'Als het nou nog een afschuwelijk wijf was, een heks, maar nee, het is een hele leuke, lieve, mooie vrouw.' Voordat Iris iets kan inbrengen: 'Weet je wat zo erg is? Die collega van mij dacht dus dat hij een heel gelukkig huwelijk had, de sukkel.' Met zijn vingers tikt hij tegen zijn voorhoofd. 'Het bedrog, het verraad, vertelde hij me, hij wist dat het pijn kon doen, maar dat het zó erg was... Iris, waarom kijk je me niet aan?'

Ze slaat haar ogen op. Ze staan vol tranen.

'Waarom hou je niet meer van me?' roept hij. 'Heb ik te hard gewerkt? Te weinig tijd aan jullie besteed? Zijn alle clichés weer waar? Waarom geef je geen antwoord?'

Ze slaakt een beverige zucht.

'Of ben je gewoon geil op hem? Een mooie jongen, geloof ik, hè? Hoe vaak hebben jullie het al gedaan?' Ze buigt het hoofd. 'En Menno dan? Deed die niet mee? Is hij niet belangrijk voor je?' Als ze blijft zwijgen, ontploft hij: 'Zeg iets!'

Ze staat op, lijkt even te wankelen. 'Ik ga weg.' Ze wil weglopen, maar hij verspert haar de doorgang.

'Nee,' zegt hij. 'Je hebt geen antwoord gegeven op mijn vraag. Hou je niet meer van me?'

'Jawel.'

Het klinkt allesbehalve overtuigend. Alsof iemand een pistool tegen haar hoofd zet. Wat nog niet zo'n gek idee is trouwens. 'Ben je verliefd op die man?'

'Ik weet het niet.' Gefluisterd.

'Je weet het niet? Je zegt gewoon recht in mijn gezicht dat je niet weet of je verliefd bent?' Onwillekeurig maakt zijn arm een beweging. Hij staat op het punt haar te slaan, maar weet zich bijtijds in te houden. 'Moet je luisteren. Ik ga nu naar buiten. Lopen, of een tramhokje slopen, of zoiets. En als ik terugkom moet je kiezen: bij ons blijven. Of naar hem.' Hij slikt. 'Ik zeg maar één ding: Blijf. Blijf alsjeblieft.' Bruusk draait hij zich om en loopt het huis uit.

Het is een koud kunstje de Oost-Europese hoer zover te krijgen de deur voor hem te openen. Joachim hoeft alleen maar de fles champagne die hij heeft meegenomen te laten zien als ze haar wantrouwende kop uit het raam steekt, en het magische woord 'bonus' te noemen. Het heeft hem heel wat moeite gekost Huub ervan te overtuigen dat de klus maar beter zo snel mogelijk geklaard kon worden. Bijna had hij de moed opgegeven, maar uiteindelijk was Huub, die na al dat soebatten geen kleur meer op zijn gezicht had, overstag gegaan. Slechts een miniem knikje kreeg hij, maar voor Joachim, die aan een half woord van Huub genoeg heeft, was dat reden zo snel mogelijk haar adres te achterhalen. Het liedje van die snol over een extra zwijgbonus begint tenslotte verdomd eentonig te worden, en Joachim voelt aan zijn water dat haar beloftes even betrouwbaar zijn als de complimentjes die ze uitdeelt terwijl ze haar werk doet.

Hij zorgt er wel voor zijn handschoenen aan te houden als hij even later de bankbiljetten op haar met roze frutsels beschilderde bijzettafel legt. 'Het is veel geld,' zegt hij. 'Wees er blij mee, want meer krijg je niet.'

Haar ogen glimmen hebberig. 'Natuurlijk.'

'En als je het doorvertelt, kom ik het weer terughalen.' Er valt een stilte. 'Hallo, heb ik soms een houten bek?' Niet-begrijpend kijkt ze hem aan. Hij maakt een hoofdbeweging naar de champagne. 'Je hebt toch iets te vieren?'

Het begrip daagt. Glimlachend maakt ze de fles open, schenkt twee glazen in en overhandigt hem er een.

'Zeg, als ik er wat bij doe, dan heb ik zeker óók wel recht op een kleine bonus?' vraagt hij, een paar biljetten van honderd uit zijn broekzak halend.

Ondeugend glimlacht ze. 'Hoe groot ies jouw bonus eigenlijk? Laat maar eens zien.' Ze geeft hem haar glas, haalt een condoom uit een la en gaat op haar hurken voor hem zitten. Naar de getoupeerde krul in haar kapsel starend, haalt hij een handje pillen uit zijn binnenzak en gooit die in haar glas. Dan trekt hij haar overeind. 'Zeg, alles goed en wel, maar past het allemaal wel?' Verbaasd kijkt ze hem aan. 'Doe je mond eens open,' commandeert hij. Die stomme slet denkt zeker dat het een spelletje is. Grijnzend opent ze haar mond. Voor ze in de gaten heeft wat er gebeurt, giet hij het glas champagne in haar keel en knijpt haar neus dicht.

Onder het uitstoten van binnensmondse kreten kokhalst ze, maar aangezien hij haar stevig in de tang heeft, kan de champagne maar één kant op: haar keelholte in. Als hij haar uiteindelijk loslaat, krijst ze: 'Wat doe jij? Wat zijn dat voor grappen?'

Hij heft zijn handen. 'Sorry, sorry, sorry.'

'Pzakhrev cholera! Jij kunt houden jouw geld!'

'Sorry,' herhaalt hij. 'Geintje.'

'Flikker maar op!'

'Oké, het spijt me. Als ik nog heel even van je toilet gebruik mag maken...

Onwillig knikt ze en wijst in de richting van de gang. 'En ga jij dan nu wel jouw handschoenen uitdoen?' vraagt ze snijdend.

Hij trekt een gezicht. Straks piept ze wel anders. 'Eczeem, je wilt het niet weten,' zegt hij. Zittend op het toilet hoort hij haar even later hoesten en haar keel schrapen. Pas als de kreten luider worden, gaat hij terug naar de woonkamer, waar ze op haar knieën is gezonken en met haar handen haar maag vasthoudt. Haar ogen puilen uit van pijn en ongeloof. Zonder te reageren blijft hij bij de tafel staan en kijkt kil op haar neer. Hij veegt de champagnefles schoon met een doek terwijl ze over de grond kronkelt, in een poging bij de telefoon te komen. Als ze er bijna is, pakt hij het toestel en legt het achter zich neer. Even voelt hij zich weer het jongetje dat slakken uit planten plukte en op de grond zette, zodat ze hun wereldreis telkens opnieuw moesten beginnen. Het verschil is dat deze Mireille aan geen enkele reis meer zal beginnen. Haar kreten verstommen, en na een tijdje komt er ook aan het hinderlijke getrekkebek een eind. Zonder haar aan te raken bekijkt hij haar nauwkeurig van dichtbij. Zodra hij er zeker van is dat ze niet meer leeft, verlaat hij het huis, met medeneming van zijn glas.

Willem zet de autoradio zachter. Zodra hij op een recht stuk weg zit, neemt hij zijn mobiel ter hand en toetst de 1 in. 'Hoi,' zegt hij als Elsie opneemt. 'Lukt het?'

'Ja, hoor,' antwoordt ze. 'Ben je nog niet thuis?'

'Nee, ik moest nog even bij je vader langs.'

'Waarom?' Als Willem zwijgt: 'O, sorry, dat zijn mijn zaken niet.' Haar toon wordt scherp. 'Behalve dat ik elke dag een huilende tante Beppie aan de telefoon heb. En dat Björn...' Ze stokt. 'Waarom bel je eigenlijk?'

Een oneindige vermoeidheid neemt bezit van hem. 'Alleen maar om te zeggen dat ik laat ben. En dat de kinderen dus alleen thuis zijn.'

'What else is new?' Bitter.

De energie ontbreekt hem de gebruikelijke argumenten over drukte te berde te brengen, en hij doet er het zwijgen toe. Aangezien ook Elsie niet in de beste stemming is, hangen ze na een paar seconden naar elkaars ademhaling te hebben geluisterd maar weer op.

Hij is al bijna thuis als hij gebeld wordt door Iris. Weg is zijn lusteloosheid.

'Hij weet het,' hijgt ze. 'Pepijn weet het van ons.'

Willem klemt zijn hand om het stuur. Koortsachtig denkt hij na. 'Ik kom naar je toe,' zegt hij.

'Nee. Ik kom naar jou toe. Naar je kantoor, oké?'

'Ja.' Hij slaat rechts af bij de afvalcontainer, rijdt het rondje langs de beeldengroep en de beukenhaag tegenover zijn huis en aanvaardt de terugtocht naar de ring, zich met moeite aan de snelheidslimiet houdend.

Alles wordt anders nu. Ongetwijfeld komen er moeilijke en verdrietige momenten, maar eigenlijk heeft hij hiernaar verlangd sinds die middag dat ze champagne uit zijn glas dronk achter de galerie.

Als hij bij zijn kantoor komt, is Iris al gearriveerd. Ontredderd staat ze voor de deur; het oranje schijnsel van de straatlantaarns verleent haar gezicht een ongezonde kleur. Vanuit een ooghoek registreert hij een groep feestgangers, die zich als heksen, prinsen en prinsessen in glitterkleding uitgedost in de richting van de woonboot tegenover zijn kantoor begeven. Hij werpt een korte blik op het gezelschap en concentreert zich daarna weer op Iris. Zonder op te letten of hij de auto wel in een parkeervak zet, stopt hij naast haar, opent het portier en neemt haar in zijn armen.

'Het is over tussen ons,' zegt ze. Hij opent zijn mond en sluit hem weer. 'Hoor je wat ik zeg? Het is voorbij. Hij heeft me voor de keuze gesteld. Of mijn gezin in de steek laten of...' Ze trilt over haar hele lichaam.

moment tegen de muur om op adem te komen. Uit het kantoor van zijn schoonvader klinkt opnieuw muziek.

Iris walgt van zichzelf. Pepijn heeft alle recht om kwaad te zijn. Recht op uitleg heeft hij ook, maar er komt geen woord over haar lippen. En zelfs als het haar zou lukken haar mond open te doen, zouden de clichés als braaksel naar boven komen. Nog niet zo lang geleden veroordeelde ze mensen met jonge kinderen die een verhouding begonnen. Mensen met oudere kinderen trouwens ook. Want hebben tieners hun ouders niet even hard, zo niet harder nodig dan kleintjes? Wat bezielt mensen om alles op het spel te zetten voor een avontuurtje? Juist, Iris, geef daar maar eens antwoord op. Wat bezielt je in godsnaam? Ach, gut, is het sterker dan jij? Mag ik even een teiltje? Weet je wat jij moet doen? Je moet je eens op je prioriteit concentreren: je zoon.

Als ze thuiskomt, wacht Pepijn haar op, zijn gezicht een masker; maar wel een masker waar elk moment een barst in kan komen. Ze probeert iets te zeggen, houdt zich op het laatste moment in. Als ze nu haar mond opent, is ze bang dat ze gaat huilen, krijsen, schreeuwen. Daarom knikt ze alleen. En op zijn beurt knikt hij dat hij begrijpt dat ze heeft besloten te blijven, waarna hij onmiddellijk de kamer verlaat.

2

In de gangen van het paleis van justitie ziet Pepijn nog juist de lange gestalte van Mengeling een hoek om verdwijnen. Hij zet er stevig de pas in en haalt hem in het trappenhuis in. 'Kan ik je zo even spreken?'

'Ik heb het al gehoord,' antwoordt Mengeling. 'Van die Oekraïense. Volgens Meerdink en Bazhouri hebben de buren wel iemand horen schreeuwen, maar zijn er geen braaksporen, geen getuigen, niks. Er is onder de tafel een pilletje aangetroffen, waarschijnlijk xtc.'

Pepijn krabt in zijn nek. 'Het gaat over iets anders.'

'Connectie met Couwenberg?'

'Dat is nog onduidelijk.'

'Ik ben erg druk vandaag,' zegt de hoofdofficier. 'Kan het een andere keer?'

'Het is dringend.'

'Oké, snel dan even.' Mengeling loopt voor hem uit naar zijn kantoor. Eenmaal achter zijn bureau maakt hij onmiddellijk zijn stropdas los. 'Waarom laten wij mannen ons toch wurgen op reguliere basis? Wie heeft dit ooit bedacht? Ministers mogen tegenwoordig zonder, maar ik ben verplicht dat kreng om mijn nek te hebben, anders kijkt iedereen me raar aan. Goed, waar waren we gebleven? Dat hoertje?'

'Ik krijg vanmiddag het autopsierapport,' antwoordt Pepijn. Hij blijft voor het raam staan.

'Doodslag?'

'Vanmiddag weten we het. Maar er is iets anders: mijn vrouw.' Verrast kijkt de hoofdofficier hem aan. 'Ze heeft een verhouding. Met Steenhouwer.'

De wenkbrauwen van Mengeling verdwijnen zowat in zijn haargrens. 'Steenhouwer? Welke Steenhouwer?'

Pepijn schraapt zijn keel. 'De advocaat van Couwenberg.'

'Nee.' Langzaam schudt Mengeling zijn hoofd. 'Maak je nou een geintje?'

'Helaas niet,' antwoordt hij, bijna toonloos. 'Ik moet het melden.'

Verbouwereerd staart de hoofdofficier hem aan. Hij neemt ruimschoots de tijd de boodschap tot zich door te laten dringen, zeker een minuut, en in die minuut ziet Pepijn het medelijden in zijn ogen groeien.

'Maar,' zegt Mengeling uiteindelijk, 'dan moet je van de zaak af. Het spijt me ontzettend voor je, Pepijn, maar je kent de regels.'

Pepijn knikt. 'We hebben gisteren een hele eh... toestand gehad. Ze heeft er meteen een einde aan gemaakt.'

'Ja, goed. Maar je moet wel van de zaak af.'

'Nee. Dat zou zonde zijn. Een stap – wat zeg ik – drie stappen achteruit.' Hij praat op Mengeling in tot hij medelijden plaats ziet maken voor irritatie. Heel goed. Hij voelt ook geen enkele behoefte op 's mans gevoel te spelen. Hij moet hem ervan overtuigen dat hij, Pepijn, simpelweg de beste kandidaat is om deze zaak tot een goed einde te brengen. En dat hij gemotiveerd is. Wat heet, een ware levenstaak is het voor hem.

'Er is op het moment niemand die het kan overnemen,' pleit hij. 'De Ruiter zit ziek thuis en ik ben nu net helemaal ingevoerd.'

'Luister, Pepijn...'

'Het is afgelopen. Ze ziet hem niet meer. En hij is zelf geen verdachte.'

'De publiciteit, denk daar eens aan.'

'Die komt er niet,' haast hij zich te zeggen. 'Niemand die daar belang bij heeft.'

Het medelijden in Mengelings ogen keert terug. 'Geloof je het zelf?'

Marit en Rosie slenteren door de supermarkt. Rosie pakt een zak chips uit een schap en Marit zoekt tussen de chocoladerepen tot ze witte chocola gevonden heeft. Bij de kassa aangekomen klemt Rosie de chips onder haar kin en tast met haar gezonde, niet verbonden hand in haar schoudertas naar haar portemonnee.

'Laat mij maar even,' zegt Marit, wijzend naar de chips. Haar vriendin knippert met haar ogen, die nog altijd een beetje gezwollen zijn. 'Oké,' zegt ze, 'maar ik betaal je zo wel terug.'

'Natuurlijk.'

Nog niet zo lang geleden zou Rosie geen punt hebben gemaakt van het terugbetalen van een zak chips. Maar dat was voordat Marco haar had toegetakeld en voordat Rosies vader zijn dochter had moeten opdragen de aanklacht tegen Marco in te trekken.

Een straffe wind waait over het schoolplein. Marit ritst haar jas dicht. Op de bankjes bij de parkeerplaats zitten een paar kleumende klasgenoten, onder wie Victor, die een blikje cola leegdrinkt. Zijn in kisten gestoken voeten bewegen op de maat van muziek die alleen hij hoort. Als hij Marit en Rosie in het oog krijgt, verwijdert hij zijn oordopjes en zet een grote smile op. 'Willen jullie zitten?' roept hij, met de vlakke hand op het bankje kloppend.

'Tjessus,' sist Rosie. 'Die wordt ook met de dag subtieler. Waarom zegt hij niet gewoon dat hij iets met je wil?'

'Met mij?' vraagt Marit verbaasd.

Haar vriendin rolt met de ogen en maakt een handgebaar in de richting van Victor, dat zowel 'donder op' als hallo zou kunnen betekenen. Ze lopen langs hem heen in de richting van het park.

'Weet je,' zegt Rosie, 'sinds die man met mijn vader kwam praten, is er iets veranderd. Ik heb mijn vader nog nooit zo vreemd zien doen. Het is niks voor hem om mij te vragen de klacht weer in te trekken. Wat kan die kerel gezegd hebben?'

Marit klemt haar lippen op elkaar. 'Geen idee,' zegt ze gesmoord.

Helaas vreest ze dat ze het wel degelijk weet.

Willem zit met de handen in het haar. Hoe heeft Huub zó over de schreef kunnen gaan? En wat moet hij doen als Elsie het ontdekt? Het is onomkeerbaar: als ze erachter komt wat haar vader op zijn kerfstok heeft, betekent dat onherroepelijk een breuk. Met zijn vingers masseert hij zijn slapen. Terwijl hij oplossingen voor de Couwenberg-crisis probeert te bedenken, spelen er constant beelden door zijn hoofd. Iris in het hotelbed. Haar warme, zachte huid. Opnieuw maken zijn vingers de sluiting van haar bh los. Opnieuw raakt hij opgewonden als ze haar hoofd achterover gooit en hem haar kwetsbare hals aanbiedt. Hij knijpt zijn ogen dicht. Goeie god, dit moet stoppen. Als hij doorgaat met dit gespleten gedoe, eindigt hij straks nog met een erectie zodra hij aan zijn schoonvader denkt.

Hij probeert zichzelf bij elkaar te rapen en kijkt uit het raam. Tot zijn schrik ziet hij de auto van Huub Couwenberg stoppen voor zijn kantoor. Even later laat zijn secretaresse Couwenberg en Björn zijn kantoor binnen.

'Hé, consiglieri!' roept zijn schoonvader.

Het voelt als een klap in Willems gezicht. 'Noem me niet zo.'

'Nou, tussen alle ellende ook een keertje goed nieuws,' walst Couwenberg over zijn opmerking heen. 'Chrisje van den Houwert belde.' Met een spottend lachje kromt hij zijn wijsvingers naast zijn oren. 'Hij had gesproken met wat mensen van United

Enterprise, en raad eens: er komt binnenkort anderhalf miljoen terug op onze rekening.'

Björn zet de opmerking van zijn vader luister bij door zijn handen in de lucht te gooien en in gejuich uit te barsten. 'Goed, hè?' jubelt hij.

Willem fronst zijn wenkbrauwen.

'Wat nou, niet goed?' vraagt zijn schoonvader.

'Eh, ja, hoor.'

'Hij is bang voor papa, hè, pap?'

'Nou alleen die anderhalf miljoen van Louis nog,' merkt Couwenberg tevreden op. 'Anderhalf van Chrisje, anderhalf van Louis.'

Een kille vuist sluit zich om Willems hart. 'Louis is dood,' zegt hij.

'Zijn geld toch niet, of wel soms? Dat zit nu bij Beppie.'

'Godallemachtig!' barst Willem uit. 'Je meent het toch niet, dat je anderhalf miljoen bij Beppie weg wil halen? Bij de weduwe? En dat juist nu? Dat meen je toch niet echt?'

De ogen van Couwenberg boren zich in de zijne. Het ijs druipt van zijn stem als hij antwoordt: 'Het is toch mijn geld?'

Iris trekt net haar nachtpon over haar hoofd als Pepijn de slaapkamer binnenkomt. Hij kijkt haar aan. Met lege ogen staart ze terug. Na een paar ongemakkelijke ogenblikken zegt hij: 'Ik ga vannacht maar weer in de logeerkamer slapen.'

Ze knikt. 'Welterusten.'

Vanmiddag, bij de psychologe, heeft ze alles eruit gegooid. Het goeie mens sloofde zich uit om haar technieken bij te brengen om te leren omgaan met haar angst voor menigten, en toen had ze haar domweg midden in haar betoog onderbroken. 'Ik heb een verhouding,' had ze gezegd. 'Een verhouding met iemand bij wie ik, als ik ook maar één seconde naar hem kijk, helemaal wee word in mijn buik, en in mijn hoofd en in mijn borst.'

Onstuitbaar had ze gepraat. Over Willem, maar ook over Pepijn, en dat ze hem zo goed kent. Al zijn maniertjes: hoe hij lacht, hoe hij eet, hoe hij voor de spiegel staat en zijn buik inhoudt als ze voorbijkomt, de manier waarop hij nog steeds het onnozelste spelletje altijd moet winnen. Ze had er vertederd bij gelachen, het voelde warm en dom en vertrouwd aan, en ineens, nu ze onder het dekbed kruipt, het koude dekbed, slaat haar de schrik om het hart. Ze is bang dat ze niet meer van hem houdt. En dat ze misschien nooit van hem gehouden heeft. Geschrokken duwt ze haar neus in zijn hoofdkussen. Zijn geur, daar hield ze toch altijd van? Ze ruikt niets. Waarom ruikt ze niets? Hij heeft pas twee nachten in het logeerbed geslapen. Kan een geur zo snel verdwijnen? Kan liefde zo snel vervluchtigen? Liefde, dat is dus gewoon een leeg woord. Belachelijk, hoogdravend woord. Ze hadden het net zo goed zwemwaterpeiling kunnen noemen, of recessie. Absurde begrippen, daar moet je absurde woorden voor bedenken. Elk begrip krijgt het woord dat het verdient. Takkenbos. Theezeef. Maar liefde, of het nou bestaat of niet, is hoe dan ook een bijzaak in de dagelijkse praktijk. Uiteindelijk moet er toch een beslissing genomen worden. En dus neemt ze die, als ze zich voor de achtendertigste keer – het kan ook de negenendertigste zijn – van de ene op de andere zij werpt: ze blijft.

Er speelt van alles tussen haar vader en Willem. Elsie kan er de vinger niet precies achter krijgen, maar ze kan maar één reden bedenken voor Willems alomtegenwoordige afwezigheid, en dan met name op de momenten dat hij lichamelijk wel degelijk aanwezig is, zoals nu, naast haar in bed. Ze kruipt tegen hem aan, vat moed en begint over het onbespreekbare. 'Heb je nou nooit,' vraagt ze, 'de behoefte mijn vader de rug toe te keren? Hem zijn eigen boontjes te laten doppen? Ik weet dat het mijn zaken niet zijn, en...'

'Nee.' Het klinkt koel en definitief.

Dom. Fout. Dit is niet de manier. Ze had haar zorgen over Marit met hem willen delen. Hem willen vertellen dat hun dochter de naam van haar opa op het internet googelt, en vervolgens al die artikelen leest waar de honden geen brood van lusten en waar steevast het woord 'vastgoedfraude' in te lezen valt. Ze last een tactische pauze in, waarna ze haar hand over zijn buik naar beneden laat glijden. Hoelang is het eigenlijk geleden dat ze hebben gevreeën? Er is ook zoveel gebeurd de laatste tijd. Ome Louis dood, haar restaurant bijna failliet en dan nu, op het laatste moment, toch nog die redding. Ze moet Willem toch nog eens vragen hoe hij het voor elkaar gekregen heeft alsnog geld los te peuteren bij die fiscale zuurpruim van hem, maar niet nu. Nu is het tijd voor een beetje plezier. Haar vingers kroelen door zijn schaamhaar.

'Willem,' fluistert ze in zijn oor, 'mijn lekkere Willem.'

Zijn reactie doet haar versteld staan. Hij duwt haar hand weg, gaapt luidkeels en draait zich om. 'Ik ben hartstikke moe, lieverd,' zegt hij. 'Zullen we gewoon gaan slapen?'

Verbouwereerd blijft ze een moment op haar rug liggen. Het moet niet gekker worden. Ze heeft toch duidelijk gevoeld dat hij opgewonden was?

'Wat is er?' vraagt ze. 'Waarom keer je je van me af?'

Het blijft even stil. Dan draait ook hij zich op zijn rug en zegt: 'Het spijt me, maar ik ben helemaal uitgeput, snap je?'

'Nee! Praat met me, alsjeblieft. We zien elkaar de laatste tijd nauwelijks. Praat met me, kan me niet schelen waarover.' Er komt geen antwoord. Zeker een minuut gaat voorbij. Aan zijn ademhaling hoort ze dat hij niet slaapt.

'Heb jij een idee, voor morgen?' vraagt ze na een tijdje om maar iets te zeggen.

Hij schraapt zijn keel. 'Voor morgen? Wat bedoel je?'

'Een cadeau.'

'Een cadeau? Voor wie?'

Ze richt zich op haar elleboog op. 'Voor mijn vader! Je weet toch dat hij jarig is? Ik ben er deze week al drie keer over begonnen.'

'O, zijn verjaardag,' antwoordt hij afwezig. 'Gaat dat wel door dan?'

'Waarom zou het niet doorgaan?'

'Geen idee. Hij kijkt graag dvd's. Van die series. Geef hem maar een misdaadserie. Maar als je me niet kwalijk neemt, ik moet nu echt slapen.'

3

Het is een koude dag. Amper boven het vriespunt. Hetzelfde geldt voor Pepijns stemming. Bij gebrek aan communicatie met zijn vrouw heeft hij zelf maar een paar conclusies getrokken. Ze mag dan besloten hebben bij hem te blijven, dat ze aan die verhouding een eind heeft gemaakt, betwijfelt hij ten zeerste. Want helemaal gek is hij natuurlijk niet. Als ze ook maar iets om hem gaf, had ze hem haar excuses aangeboden, verzekerd dat het nooit weer zou gebeuren. Had ze... nou ja, had ze wat dan ook gedaan om hem tegemoet te komen. Maar nee, hij moest het doen met dat ene hoofse knikje en dat uitdrukkingloze gezicht van haar. Doet het haar dan allemaal niets? Heeft hij zich al die tijd in haar vergist?

Alsof hij al niet genoeg aan zijn hoofd had, kwamen gistermiddag ook Meerdink en Bazhouri hem nog beschuldigen. Ze bleven maar hameren op het feit dat het vriend Couwenberg wel heel goed uitkwam dat die Oekraïense, nu ze dood was, niet meer kon terugkomen op haar verhaal over zijn lieve zoontje Björn. Fijntjes had hij ze uitgelegd dat Couwenberg weliswaar graag experimenteerde met allerlei zaken die God verboden heeft, maar dat moord in zijn dossiers niet voorkwam. 'Dat is me echt een stap te ver,' had hij gezegd.

Waarop Meerdink, die zelden om woorden verlegen leek te zitten, opmerkte: 'Hoe is dat Japanse spreekwoord ook alweer?

Zelfs de langste reis begint met de eerste stap.'

'Chinees,' meende haar collega Bazhouri ook nog een duit in het zakje te moeten doen. 'Het is een Chinees spreekwoord. Moeten we niet snel met Björn of zijn vader gaan praten?'

Hoofdschuddend had hij de overijverige rechercheurs aangekeken. 'Jullie schijnen nogal van spreekwoorden te houden,' had hij gezegd. 'Welnu, ik heb er ook een voor jullie: laten we geen slapende honden wakker maken.' Na deze woorden leunde hij achterover in zijn stoel, maar zoals altijd had Meerdink weer een antwoord.

'Over slapende honden gesproken, je zou ook de IND nog bellen.'

Hij had haar gevraagd wat ze daar precies mee bedoelde.

'Wat ik daarmee bedoel? Dan had ze misschien nog geleefd,' had ze verontwaardigd gezegd, om vervolgens met haar neus in de lucht zijn kantoor uit te marcheren, op de voet gevolgd door haar eeuwige schaduw Bazhouri.

'Dat heeft er niets mee te maken!' had hij ze nog nageroepen.

Kortom, een dag om zo snel mogelijk te vergeten. Hij kijkt op zijn horloge. Hopelijk heeft Mengeling zo dadelijk beter nieuws voor hem. Het wordt tijd zijn leven weer krachtdadig in eigen hand te nemen. Te beginnen met de rugleuning van zijn stoel. Hij draait aan de knoppen onder het zitgedeelte, tot hij de juiste heeft gevonden, waardoor de rugleuning naar voren schiet. Als de hoofdofficier even later zijn kamer betreedt, treft hij hem kaarsrecht achter zijn bureau aan, verdiept in een dossier.

Mengeling gaat tegenover hem zitten. 'Ik heb erover nagedacht en nog wat mensen gesproken, maar het kan gewoon niet.'

'Het is formeel niet verboden,' reageert Pepijn.

'Klinkt prachtig. Helaas halen we ons een ongelooflijke teringzooi op de hals als we ermee doorgaan.'

'Waarom?'

'Doe nou niet zo naïef. En dat voor zo'n slimme jongen.'

'Ze is ermee gekapt.' Hij zucht. 'Weet je, ik wilde ze al graag pakken, maar nu ben ik helemaal gemotiveerd.'

'Dat snap ik. Maar je hebt een carrière, weet je nog? En dan een persoonlijke vendetta voeren?'

Pepijn slaat een hand tegen zijn borst. 'Maar het is toch míjn carrière? Als ik die nou wil riskeren om die lui te pakken, dan zou ik dat toch zelf moeten weten?'

Mengeling kijkt zuinig. 'Nou, dat is te zeggen: ik blijf wel verantwoordelijk.'

De verjaardag van Huub Couwenberg wordt gewoon gevierd. Een mannetje of twintig is komen opdraven en Björn heeft overal uitstekend voor gezorgd. Hij heeft de kamer versierd met slingers en overal schalen met hapjes neergezet, die op verzoek van zijn vader bestaan uit plakken leverworst, Amsterdamse uien, haring en borrelnootjes. Niks geen moderne fratsen zoals inktvisringen of garnalenenvelopjes.

'Dit,' zegt hij tegen zijn zoon terwijl hij hem een glazige ui voorhoudt, 'is nou een echte Amsterdamse ui. Zo eentje waarbij je de tranen in de ogen springen als je een hap neemt. Kom daar nog maar eens om, tegenwoordig heb je alleen van dat nepzuur.' Hij slaat een arm om Björns schouder. 'Goed gedaan, jochie.'

'Nepzuur,' beaamt Björn. 'Zoetzuur.' Zijn gezicht straalt van trots.

'Dat zeg ik. Het woord alleen al. Zoet en zuur, dat kan geeneens. Sommige mensen laten van die cateringbedrijven komen. Voor een feestje. Alsof het geld gratis is.'

'Bitterzoet,' peinst Björn nog even hardop door. 'Dat heb je toch ook? En zoutzuur... maar dat is weer wat anders.'

Couwenberg laat zijn zoon los. 'Ik had eigenlijk helemaal geen zin het te vieren dit jaar. Maar ja, het leven gaat door...'

Een hand landt op zijn rug. 'Gefeliciteerd,' hoort hij Willem zeggen.

Couwenberg draait zich om. Elsie, Marit en Marco zijn er al een tijdje en even, na dat akkefietje met die Oost-Europese hoer, had hij gevreesd dat Willem het vandaag zou laten afweten. Opgelucht neemt hij diens uitgestoken hand aan. 'Dank je wel. En ook nog bedankt voor de dvd's. Elsie zei dat het jouw idee was.' Hij wijst naar een tafel vol cadeaus.

'O, ja. Welke is het nou geworden?' vraagt Willem.

Couwenberg pakt de dvd-box van tafel. '*Prison Break.*'

De uitdrukking van zijn schoonzoon verraadt niets. 'Ik heb ook nog een kleinigheid voor je,' zegt hij, en haalt een fles champagne tevoorschijn.

'Alweer? Ik heb nog een halve kelder vol met die champagnes van jou. Je weet toch dat ik dat spul niet drink?'

'Ik blijf gewoon proberen je op te voeden.'

Elsie en de kinderen voegen zich bij hen. Marits gezicht staat op onweer. 'Hoe laat gaan we weg?' vraagt ze.

'Je verveelt je toch niet?' informeert Couwenberg. Zijn kleindochter negeert hem en neemt een Amsterdamse ui van de schaal. Als ze erin bijt, springen de tranen haar in de ogen.

Couwenberg wringt zich tussen zijn kinderen en kleinkinderen door. 'Even wat met de andere gasten babbelen,' mompelt hij.

Pepijn verlaat de ring en stuurt zijn auto met hoge snelheid door het havengebied. Het is jaren geleden dat hij Iris in haar werkruimte heeft opgezocht. Het zou hem niet verbazen als die studio niet meer blijkt te bestaan. Blijkbaar draait ze er haar hand niet voor om hem allerlei leugens op de mouw te spelden.

Als hij bijna bij de studio is, trilt zijn mobiel.

'We hebben Carla ondervraagd,' zegt Meerdink, die voor het gemak de begroeting achterwege laat.

'Carla?'

'De collega van Mireille.'

'O, ja.' Pepijn knijpt zijn ogen tot spleetjes. Die vrouw die daar in de verte naast een donkere man jogt, is dat Iris?

'Het was een interessant gesprek,' vervolgt Meerdink.

Hij neemt snelheid terug. Nee, het is Iris niet. Ze lijkt zelfs totaal niet op haar. Heel ander haar, veel kleiner.

Meerdink kucht.

'Ja, ik luister,' haast Pepijn zich te zeggen. 'Het was dus een interessant gesprek.'

'Precies. Niet dat ze heeft bekend dat zij en de Oekraïense onder druk gezet werden om het alibi van Björn te bevestigen, hoor. Maar die lichaamstaal, man, ze had net zo goed schuldig op haar voorhoofd kunnen laten tatoeëren. Nagelbijten, om de haverklap over haar schouder kijken, schrikken van plotselinge geluiden… we moeten Björn nu meteen ophalen.'

Pepijn parkeert zijn auto aan de waterkant.

'Hoor je wat ik zeg?'

Hij haalt de sleutels uit het contact en opent het portier. 'Ik kom erop terug,' antwoordt hij, verbreekt de verbinding en werpt de telefoon op de achterbank voor hij het portier afsluit.

Hij loopt de steiger af en belt aan bij de studio van zijn echtgenote. Het duurt een tijdje voor ze open doet.

'Wat doe jij hier nou?' vraagt ze verbaasd.

'Ik mag toch wel eens langskomen om mijn vrouw aan het werk te zien?'

Wantrouwend neemt ze hem op. Hij retourneert de blik en loopt achter haar aan de studio in.

'Ik ben bijna klaar,' zegt ze.

Hij leunt tegen een wand met magazijnstellingen. Vier modellen, twee mannen en twee vrouwen, nemen allerlei verschillende poses aan. Iris laat haar camera's ratelen terwijl de modellen elkaar kussen, elkaar indringend aankijken en met de rug naar elkaar toe staan. Er worden nogal broeierige blikken uitgewisseld. Wat is hier nu weer aan de hand? Of ligt het aan hem en slaat hij nu een beetje door met alles op zichzelf te betrekken?

'Oké, bedankt, jongens,' zegt Iris na verloop van tijd. Ze praten nog even na en ze laat hun een paar resultaten op het scherm van haar camera zien. Dan verdwijnen de modellen naar de kleedkamer.

Iris begint op te ruimen.

Pepijn wijst naar de houten vlonders en de parasols. 'Moet ik even...' vraagt hij.

'Graag,' antwoordt ze. Samen beginnen ze de decorstukken te verplaatsen.

'Wat was dat nou?' vraagt hij.

Ze maakt een wegwerpgebaar. 'O, een themanummer.'

'Waarover?'

'Doet er niet toe. Hoe was het op je werk?'

Met een bons laat Pepijn een zware parasolvoet naast een van de magazijnstellingen neerkomen. 'Ik kan aan niets anders denken. Ik zie alleen maar die man voor me, met jou. In een of andere goedkope hotelkamer.'

Ze schudt haar hoofd, probeert hem er met een blik op de kleedkamer toe te brengen zachter te praten, maar hij is niet van plan in te binden. 'Of hebben jullie het hier gedaan?' roept hij.

Ze brengt een hand naar haar voorhoofd. 'Jezus...'

'Waar precies?' vraagt hij, en zet een stap naar voren. 'Heb je hier eigenlijk een bed? Of doen jullie het gewoon op...'

'Hou je bek! Ik heb toch gezegd...'

'Je hebt niets gezegd. Je bent er wel, maar je zegt niets.'

'Ik heb gezegd dat ik hem verteld heb dat het voorbij is.'

Woede laait in hem op. 'Ja! Maar je hebt niet gezegd: Pepijn, het spijt me verschrikkelijk. Ik hou alleen van jou en ik weet niet wat me bezielde, en dat soort dingen.'

'Is dat wat je wil horen?'

'Ja,' bijt hij haar toe, 'eigenlijk wel. Ik denk dat ik er geen genoeg van zou krijgen dat te horen.'

De deur van de kleedkamer gaat open en de modellen komen

een voor een naar buiten. Iris haast zich ze uitgeleide te doen. Kom maar op, denkt Pepijn als ze afscheid heeft genomen van de laatste, een mannetjesputter met donkere krullen die hij voor geen cent vertrouwt met zijn vrouw. Kom maar op, laten we dit uitvechten. Maar Iris draait zich om en zegt: 'We moeten naar huis. Tess wacht.'

'Ik dacht dat je nog iets ging zeggen.'

Ze buigt haar hoofd. 'Dacht je dat het makkelijk was?'

Hij steekt de grote, kale ruimte over en blijft vlak voor haar staan. 'Ach, heb je het moeilijk?' Hij doet geen moeite het sarcasme uit zijn stem te bannen.

Ze trekt wit weg. 'Ik heb gezegd dat ik van je hou.'

Hij blokkeert de deur door zijn handen ertegenaan te zetten. 'Wat ik wil horen is dat je zegt dat je in een vlaag van verstandsverbijstering hebt gehandeld. En dat je die gozer eigenlijk verschrikkelijk vindt. Dat je hem nooit meer wil zien. En dat je...'

Haar mobiel piept. Een sms. Iris bekijkt het bericht, zonder het te openen. Ze stopt haar mobieltje weer weg.

'Wat is dat?' vraagt hij.

'Jezus, krijgen we dit nu de hele tijd?'

'Ja, vind je het gek?'

'Ik heb al honderd keer gezegd dat ik voor jou kies. Het spijt me, ik kies voor jou en daarmee afgelopen.'

Een bittere smaak welt op in zijn mond. 'Maar waarom voelt het dan niet zo? Het is alsof je nog steeds van twee walletjes probeert te eten. Wie was dat?'

'Dat doet er niet toe. Werk.'

Plotseling schiet zijn hand uit. Hij doet een greep in haar jaszak. Ze probeert hem tegen te houden, zet haar nagels in zijn pols. Hij schudt zich los.

'Hou op!' schreeuwt ze. 'Hou op!'

Zijn vingers klemmen zich om haar telefoon en hij haalt zijn hand weer uit haar zak. Terwijl hij haar met één arm tegenhoudt, opent hij het berichtenmenu en leest het sms'je.

'Ik verlang naar je,' leest hij hardop, waarna hij het toestel vol walging in haar richting smijt. Ze kan het nog net opvangen voor het op de grond belandt.

'Dat jij tot zoiets in staat bent,' sist hij. 'Jij, die nog geen winkel in durft... die geen stoplicht voorbij kan zonder te stoppen... ik wil dat je hem nú belt, waar ik bij ben. En hem vertelt dat hij op moet rotten!' Als ze zwijgend haar hoofd buigt, tilt hij met twee vingers haar kin op. 'Nu!!!!'

Couwenbergs verjaardagsfeest is in volle gang. Het feestvarken zelf heeft al heel wat jenever op. Er schieten hem weer de woorden van een mooi oud lied te binnen. 'De olieman heeft een Fordje opgedaan, daar rijdt ie mee als een vorst door de Jordaan,' zingt hij. Willem kan er maar niet over uit dat zijn schoonvader blijkbaar in staat is zijn verjaardag te vieren, ondanks wat hij op zijn geweten heeft. Iedereen lacht en praat, en als Björn even later met een taart vol brandende kaarsjes de kamer in komt, barsten de gasten uit in 'Lang zal hij leven'. In dolle uitgelatenheid blaast Björn zelf een deel van de kaarsjes uit, met medeneming van wat vlokken slagroom. 'Ik wil alleen maar helpen,' grinnikt hij als zijn vader hem een oorvijg verkoopt.

De bel gaat.

'Nog meer gasten!' roept Björn, en hij draaft naar de deur, om even later terug te komen met Meerdink en Bazhouri.

'Gefeliciteerd,' kweelt Meerdink. Iedereen valt stil. Couwenberg neemt de uitgestoken hand van de blonde rechercheur niet aan.

Willem staat op. 'Mag ik vragen wat de bedoeling is?'

Meerdink trekt haar wenkbrauwen op. 'U bent?'

Uit een ooghoek ziet Willem Elsie en Marit gegeneerd toekijken.

'Steenhouwer. Advocaat. De heer Couwenberg viert zijn verjaardag. Wat u ook wilt, het komt bijzonder ongelegen.'

'Dat snap ik, maar we willen even met de heer Couwenberg praten. Junior.'

Willem schrikt maar houdt zijn gezicht in de plooi. 'Het is niet nodig om dat uitgerekend nu...'

'Jawel, meneer Steenhouwer,' valt Bazhouri zijn collega bij. 'Het gaat om een moordzaak. We nemen Björn even mee naar het bureau.'

'Dan ga ik mee,' zegt Willem beslist.

Bazhouri schudt zijn hoofd. 'Het spijt me.'

'Kunnen ze dit doen?' roept zijn schoonvader uit. 'Dat bestaat toch niet? Dit kunnen ze toch niet maken?'

'Om welke moordzaak gaat het?' informeert Willem.

'Natalia Korzatsjenko. Bij sommigen beter bekend als Mireille,' zegt Meerdink, haar blik strak op Björn gericht.

Björn kijkt alsof hij het in Keulen hoort donderen. 'Mireille?' zegt hij. 'Wat is er met Mireille?'

'Ik eis dat ik met mijn cliënt mee mag,' zegt Willem.

'Ik ben godverdomme jarig!' schreeuwt Couwenberg.

Bazhouri houdt zijn poot stijf. 'Het spijt me, meneer Steenhouwer.'

'Wat is er met Mireille?' herhaalt Björn met stijgende verbazing.

Willem legt een hand op Björns schouder. 'Ga maar gewoon mee, jongen, dat is het beste.'

'Welja,' keuvelt Meerdink, 'het is maar een uurtje. Drink nog wat, eet nog wat, hij is terug voor je 't weet. Hopelijk.'

'Wat is er met Mireille?' vraagt Björn met stemverheffing.

'Ze is dood,' antwoordt Meerdink. 'Heel naar. Wist je dat nou echt niet?'

Zijn mond valt open.

Niemand beweegt. Willem ontmoet de ogen van zijn dochter. Ze kijkt alsof ze een stomp in haar maag heeft gekregen.

4

Is zij echt die vrouw die op haar hurken naast haar zevenjarige zoon zit om hem te vertellen dat ze hem verlaat? Die het ene loze woord na het andere over haar lippen laat rollen, in de wetenschap dat de onderliggende boodschap – jij bent niet belangrijk genoeg, ik kan het niet opbrengen om voor jou te blijven – de enige is die werkelijk tot haar kind doordringt?

'Een paar weekjes,' zegt ze.

'Maar kom je daarna wel weer terug?' vraagt Menno, zijn bovenlip naar binnen zuigend om het trillen van zijn onderlip in bedwang te houden.

Het lukt haar niet te liegen. En dus antwoordt ze naar waarheid: 'Ik weet het niet. Misschien wel.'

In een impuls weert hij haar omhelzing af, daarna draait hij zich om en rent naar zijn kamer, waar ze hem even later hartstochtelijk hoort huilen.

Pepijn staat haar met over elkaar geslagen armen op te nemen, zijn kin in de lucht.

Snel, naar boven! wil ze roepen. Laat hem niet alleen! Even, ja even schiet het zelfs door haar heen dat hij een slechte vader is, omdat hij haar maar langs zijn neus aan blijft kijken in plaats van zich de trap op te spoeden om zijn zoon te troosten.

Zonder nog iets te zeggen, vlucht ze het huis uit.

Eenmaal op straat zet ze mechanisch het ene been voor het

andere. Op de een of andere manier lijken de huizen in het licht van de straatlantaarns naar voren te hellen, de onverlichte ramen gapende gaten, die geluidloos schreeuwen: doe het niet!

Ze draait zich om. Pepijn heeft de lampen in de hal uitgedaan, alleen op de bovenverdieping brandt licht. Natuurlijk, hij zit daar nu met een ontroostbaar jongetje, dat met de beste wil van de wereld niet kan snappen waarover zijn moeder zo nodig in haar studio wil nadenken.

Ze moet terug.

Nee. Doorlopen. Als ze nu teruggaat, moet ze hem dit morgen opnieuw aandoen. Of volgende week. Of volgende maand. Waar wacht ze op? Denkt ze dat hij haar komt uitzwaaien? Schiet op, omdraaien en lopen.

Ze loopt, verdwaasd. Het hengsel van de koffer snijdt in haar handen. Pas na een hele tijd komt ze op het idee een taxi te bellen.

Somber staart Couwenberg naar de slingers aan het plafond. De meeste mensen hebben geen idee hoe het is om een zoon te hebben die nooit volwassen wordt. Sommigen verdenken hem er misschien zelfs van te profiteren van het feit dat Björn zo aanhankelijk is. Dat hij zich diens kookkunst en andere huishoudelijke kwaliteiten aan laat leunen, terwijl hij hem eigenlijk zou moeten stimuleren op eigen benen te staan. Nou, de mensen die dat denken zitten er goed naast. Alles, alles zou hij ervoor over hebben de dag van het ongeluk over te kunnen doen en Björn zijn tragische lot te besparen. En als zijn kind ergens in de afgelopen jaren ook maar het geringste signaal had gegeven eraan toe te zijn een eigen leven te leiden, dan zou hij er als vader als de kippen bij zijn geweest hem de deur uit te schoppen. Maar dat is nu eenmaal niet het geval. Zijn Björre zal altijd begeleiding nodig hebben. Wat ze hem ook mogen verwijten, zijn rol als vader heeft hij altijd serieus genomen. Toegegeven, Elsie is een ander verhaal, maar op de band tussen hem en Björn valt weinig aan te merken.

Couwenbergs blik gaat van Willem – die onderuitgezakt in de leunstoel weer eens met dat mobieltje van hem zit te pielen – naar Joachim, die een studie maakt van wat hij uit zijn neus haalt. Dat die gozer zich ooit zal voortplanten lijkt hem hoogst onwaarschijnlijk, en misschien is dat maar beter voor de mensheid ook, maar Willem... neem nou zo'n Willem. Die weet niet eens dat zijn eigen zoon graag een biertje lust, laat staan dat zijn temperament hem in lastig vaarwater heeft gebracht met het vrouwelijk geslacht. Hij heeft, kort samengevat, geen flauw idee wat Marco beweegt, noch dat Marco zijn opa in plaats van zijn vader opzoekt als hij in de nesten zit. Willems gedrag werpt sowieso vragen op. Hij is de laatste tijd allesbehalve betrokken en maakt een afwezige indruk. Laatst nog, toen hij hem probeerde te bereiken, zat hij buiten de stad. Natuurlijk, het zou kunnen dat hij bij een andere cliënt was, maar zo klonk het niet. Het klonk... stiekem. Ja, stiekem is het juiste woord.

Met een smoesje over een tas die Willem op een bepaalde datum voor Elsie gekocht zou hebben, had Couwenberg Willems secretaresse gebeld, en erbij gezegd dat Elsie hem wilde ruilen, maar dat ze niet durfde te vragen waar hij hem gekocht had. Of zij hem misschien aan het adres kon helpen?

Na wat bladerwerk in de agenda en andere papieren had ze de hoorn weer opgenomen en argeloos gemeld: 'U hebt geluk. Toevallig heb ik hier een parkeerbon liggen; hij heeft die middag fout geparkeerd gestaan in Naarden, aan... even kijken... de Rijperweg.'

'Zitten daar tassenwinkels?' had hij gevraagd met zijn naïefste stem.

'Ik zou het niet weten. Misschien.'

'Oké, dank je wel. Mondje dicht, hè? Anders krijg je Elsie op je dak.'

‘Dus ze gaat hem ruilen?’ Willems secretaresse had gelachen. ‘Is ze dan niet bang dat…’

‘Willem ziet het verschil toch niet,’ had hij geantwoord, en dat was blijkbaar zo’n plausibele verklaring dat daarmee de kous af was.

Wat het ook is dat Willem in Naarden heeft uitgespookt, het moet iets duisters zijn, anders had hij toch wel gewoon kunnen zeggen waar hij was? Kan hij hem eigenlijk nog wel vertrouwen? Als Björn daar op het politiebureau doorslaat, zullen ze Willem harder nodig hebben dan ooit. Christusnogaantoe, wie weet welke zaakjes hij hier onder zijn neus via sms’jes zit af te wikkelen? Leuk is anders, maar als hij verstandig is, laat hij Joachim uitzoeken of hier meer achter steekt. En dan maar hopen dat het allemaal inbeelding blijkt te zijn.

Couwenberg ijsbeert van het raam naar de plantenbak en van de plantenbak naar de archiefkast. Een van de slingers heeft losgelaten, het uiteinde hangt in een volle asbak. Al vanaf het vertrek van de laatste gasten probeert hij zich ertoe te zetten op te ruimen, maar de lust ontbreekt hem. Hij probeert een glimp op te vangen van het schermpje van Willems mobiel, maar juist op het moment dat hij passeert, steekt zijn schoonzoon het ding weer in zijn zak. In plaats van een geruststellende opmerking te maken over Björns situatie, begint hij dof voor zich uit te staren.

‘Je moet er toch niet aan denken wat ze daar op het bureau allemaal tegen Björn zeggen om hem aan het praten te krijgen,’ zegt Couwenberg. ‘Kunnen we ze trouwens sueën? Onrechtmatige daad of hoe heet dat?’

‘Lastig,’ antwoordt Willem met een wezenloos glimlachje, dat Couwenberg irriteert.

Net als hij uit zijn slof wil schieten en hem erop wil wijzen dat er niks, maar dan ook helemaal niks te glimlachen valt, rijdt er een politieauto de oprit op. Een portier gaat open en Björn stapt uit, waarna de auto weer optrekt.

Couwenberg haast zich naar de voordeur. 'En? En? En?' roept hij, Björn naar binnen trekkend.

'Mireille is dood,' fluistert Björn. 'Ze heeft te veel pillen van iets geslikt.'

Couwenberg houdt zijn zoon op een armlengte afstand. 'Maar wat wilden ze van jou?'

De jongen staart dwars door hem heen. 'Ik heb foto's van haar gezien... ik bedoel van dat ze dood was.' Het huilen staat hem nader dan het lachen.

Inwendig telt Couwenberg tot tien. 'Björn... wat vroegen ze allemaal?'

'Of ik... er iets van wist, of ik wel eens bij haar thuis ben geweest...'

'En dat ben je niet?' zegt Joachim.

'Nee, natuurlijk niet!' roept Björn verontwaardigd. 'Ze kwam uit de Oekraïne. Waar ligt dat helemaal?'

'Wat vroegen ze nog meer?' vraagt Couwenberg ongeduldig.

Zijn zoon doet een stap opzij om Willem aan te kunnen kijken. 'Is dat bij Rusland?'

'Wat maakt het godverdomme uit!' ontploft Couwenberg. 'Wat vroegen ze en wat heb je gezegd?'

'Niks, niks,' zegt Björn geschrokken. 'Ik weet niks van pillen. Of van haar. En gisteravond was ik gewoon bij jou thuis.'

Opluchting. O, wat een opluchting. Het scheelt maar weinig of Couwenberg barst in janken uit. Hij omhelst zijn zoon. Daarna loopt hij naar de drankkast en haalt een nieuwe fles jenever tevoorschijn.

Joachim knikt verheugd. 'Graag.'

Willem staat op. 'Luister, Björn,' zegt hij. 'Mocht je toch ineens denken dat je misschien wel iets geks gezegd hebt, meteen bellen, oké?' Hij pakt zijn jas.

'Waar ga je heen?' vraagt Couwenberg.

Zich in zijn jas hijsend antwoordt hij: 'Naar huis.'

Björn haast zich Willem uit te laten. Couwenberg staart hem na, om pas weer tot zijn positieven te komen als Joachim met zijn wijsvinger tegen de jeneverfles in zijn hand tikt en grijnzend zegt: 'Hallo? Ik zei "graag".'

'Gaat het wel goed?' vraagt Elsie. Ze bestudeert Willems gezicht in het licht van het nachtlampje.

Hij beweegt alleen zijn hoofd. 'Waarmee?'

Dichter naar hem toe kruipend onder het dekbed: 'Met Björn? En mijn vader? En met jou?'

'Ja, hoor. Prima.'

'Waarom haalden ze Björn op?' Als hij geen antwoord geeft: 'En waarom mocht jij niet met hem mee? Een verdachte heeft toch altijd recht op een advocaat?'

'Ja, maar blijkbaar hadden ze iets geregeld met de dienstdoende parketofficier, iemand die van niks wist.'

Ze legt een hand op zijn borst. 'Wat vreemd.'

Hij wurmt zich onder haar strelende hand uit, stapt uit bed en loopt naar de badkamer.

'Luister,' roept ze, 'ik begrijp dat je er weer eens niks over kunt zeggen, maar Marit begint steeds meer te vragen, vooral over mijn vader. Wat moet ik haar vertellen?'

Hij zet de kraan aan. 'Stuur haar maar naar mij.' Hij poetst zijn tanden. 'Ik zal tegen haar zeggen dat haar opa een keurige man is.'

Ze slaat haar armen om haar hoofdkussen en wacht tot hij uitgegorgeld is en weer in bed stapt. 'Maar dat hoertje?' vraagt ze.

'Wat denk je nou,' zegt hij geïrriteerd. 'Dat Björn een moordenaar is?'

Een steek gaat door haar heen. Ze probeert een verzoenende toon aan te slaan. 'Hoor nou eens, je hoeft toch niet altijd voor papa te blijven werken, of wel? Loyaliteit is mooi, maar...'

Hij legt een vinger op haar lippen. Hoewel ze zich de hele avond opstandig en kwaad heeft gevoeld, wil ze nu het liefst gewoon een lekker potje vrijen. Ze verdraagt het al zo lang, die toestanden met haar vader en die belachelijke geheimzinnigheid, waarom zou ze geen mooie afsluiting van deze rotdag verdienen? Willem is er ook aan toe, ze voelt het. Hij kijkt dan wel alsof hij zijn laatste oortje versnoept heeft, zijn lichaam doet wel degelijk leuk mee. Ze kust hem.

'Zeg eens iets liefs.'

'Iets liefs,' antwoordt hij zonder een spier te vertrekken.

'Iets echt liefs,' smeekt ze. 'Hou je nog van me?'

'Heel veel.' Hij legt zijn handen op haar billen en trekt haar dicht tegen zich aan. Langzaam begint hij te bewegen en even later stoot hij in haar. Fel, hartstochtelijk. Het is lang geleden dat ze zo heftig vreeën.

Met open ogen ligt Iris op het bed dat speciaal voor de fotoshoot van het themanummer 'Overspel' in de studio geplaatst is. Ze kijkt op het schermpje van haar mobiele telefoon. Eén gemiste oproep. W.

Andere vrouwen zouden nu hun moeder bellen, die, nadat ze hun stamelende dochter hadden aangehoord, dingen zouden zeggen als: ik kom naar je toe, of: maak je geen zorgen, schat, het komt allemaal weer goed. Ze zoekt het nummer van haar moeder op en staart ernaar tot de cijfers wazig worden. In gedachten hoort ze haar zeggen: 'Je weet niet welke keus je moet maken? Maar je hebt lang geleden toch al voor de makkelijkste weg gekozen? Blijf die gewoon volgen. Wat kan daar nou zo moeilijk aan zijn?'

Ze laat de telefoon op de grond glijden. Wie is ze? Een onnadenkend stuk vlees dat geregeerd wordt door hormonen, dat is ze. Ze walgt van zichzelf. Ze staart naar de spaarlampen aan het plafond en ligt daar maar met dat kloppende hart. Hoe erg zou het eigenlijk zijn als het gewoon besloot op te houden met het rondpompen van haar bloed? Geen groot verlies voor de wereld, deze Iris Hoegaarde, fotografe zonder foto's.

Uit het kleine radiootje in de keuken klinkt het lied van een man met een doorrookte stem: 'Het is nog nooit zo donker geweest, of het wordt wel weer licht.' Zware vioolklanken zetten zijn boodschap kracht bij. Net iets te veel kracht om op de nuchtere maag te kunnen verteren.

Pepijn zet de radio uit en werpt een blik door het raam, op zoek naar een stukje blauwe lucht. Antracietkleurige wolken verdringen elkaar boven het water en ver daar voorbij. Goed, Menno moet dus straks zijn regenjack aan. Even kijken, wat moet er allemaal gebeuren en in welke volgorde? Eerst maar eens een ontbijt maken. Hij opent de broodtrommel. Een kromgetrokken kapje en wat kruimels. Vergeten nieuw brood uit de diepvries te halen.

'Menno!' roept hij onder aan de trap. 'Ben je al aan het douchen?'

'... nee,' is het slaperige antwoord.

'Ga dat dan nu doen!' Hij loopt door naar de bijkeuken en haalt een brood uit de diepvries, dat hij in z'n geheel in de magnetron propt. Ontdooistand, ontdooistand... waar zit je? Niet? Hm, dan maar op laag vermogen verwarmen, dat komt op hetzelfde neer... Right, wat nu? Lunchtrommeltje. Hé, dat zou toch in het gele kastje moeten staan? O, in de vaatwasser natuurlijk. Hij opent de vaatwasser. De lucht van geschifte melk en oude sperziebonen walmt hem tegemoet. Shit, vaatwasser niet aangezet gisteravond. Het is er niet meer van gekomen na die brief die hij tot diep in de nacht heeft zitten typen aan de vrouw van dat misselijke, overspelige advocaatje. Uiteindelijk heeft hij zowat alle woedende zinnen weer geschrapt en het alleen bij de mededeling gelaten dat haar man vreemdging en met wie.

Hij haalt het broodtrommeltje uit de vaatwasser. Goeie genade, wat smeert Iris in vredesnaam op Menno's brood? De binnenkant plakt helemaal. Onder de heetwaterkraan spuit hij het ding schoon. Staat Menno nou eindelijk onder de douche? O, hij heeft vandaag zwemles. Waar liggen de zwemspullen?

'Menno!' roept hij opnieuw in het trapgat. 'Waar zijn je zwemspullen?'

'Weet ik niet!'

'Ga dan zoeken!'

'Maar ik sta onder de douche!'

Verdomme. Hij rent de trap op, kijkt in alle kamers, in alle kasten, rent met lege handen de trap weer af, opent in de bijkeuken eerst de droger en vervolgens de wasmachine, springt overeind, stoot zijn hoofd aan de plank met wasmiddelen en schreeuwt het uit van woede en frustratie.

Als hij even later ook nog zijn vingers brandt aan het uitgeharde, loeihete brood dat hij uit de magnetron haalt, geeft hij het op. Hij belt Iris. Hoewel hij zijn best doet niet te snauwen steekt hij geen energie in een vriendelijke inleiding. 'Waar liggen zijn zwemspullen?' zegt hij zodra ze opneemt.

Het is even stil aan de andere kant van de lijn. Dan antwoordt ze: 'In zijn kast.'

'Nee. Heb ik al gekeken.'

'Dan in het washok. In de rode mand achter de deur.'

'O.'

'Ook een handdoek meegeven,' zegt ze. 'Je moet trouwens zo weg, anders ben je te laat.'

Pepijn verwaardigt zich geen antwoord en loopt naar het washok.

'Ik kom morgenochtend vroeg,' deelt ze mee. 'Dan breng ik hem weer naar school.'

'Hm.'

'Je vergeet toch niet hem straks op te halen? Zoals gewoonlijk?'

'Zoals gewoonlijk?' roept hij uit. Terwijl hij diep ademhaalt om eens uitgebreid te vertellen wat hij er allemaal van vindt, hoort hij Menno de trap af roffelen. Hij kijkt op zijn horloge en verbreekt de verbinding nadat hij snerend 'fijne dag' heeft geroepen.

'Laat,' merkt Mengeling drie kwartier later op als Pepijn met de tong op de schoenen zijn kantoor binnenkomt.

'Sorry. Ik moest Menno naar school brengen.'

Mengeling legt zijn pen neer. 'Ze is weg,' zegt Pepijn. 'Ze woont ergens anders.'

De hoofdofficier staat op, loopt om zijn bureau heen, naar het koffiezetapparaat in de hoek en schenkt twee koppen koffie in. 'Jezus, Pepijn,' mompelt hij, hem vol medeleven aankijkend. Hij zet de dampende mokken op het bureau. 'En nu?'

Pepijn recht zijn rug. 'Nu? Nu is er geen beletsel meer om op de zaak te blijven.'

Mengeling tuit zijn lippen. 'Is dat het enige wat je interesseert? In jouw geval zou ik...'

'Nee, niet het enige.'

'Neem me niet kwalijk,' zegt de hoofdofficier. 'Ik haal je van de zaak af. Je hebt de schijn tegen en je wordt afgeslacht in de rechtszaal.'

'Dat is helemaal niet gezegd,' reageert Pepijn met stemverheffing. 'Zou je het niet leuk vinden om voor de verandering eens een keer een zaak te winnen? Hoe vaak hebben we al voor paal gestaan de laatste tijd? De Hells Angels, ik noem maar een dwarsstraat...' Mengelings gekwetste blik negerend vervolgt hij: 'Ik wil die lui pakken. Nu meer dan ooit. Vraag niet hoe het kan, maar profiteer ervan.'

Mengeling schudt zijn hoofd. 'Nee. Morgen draag je het dossier over.'

Met veel moeite bedwingt Pepijn de neiging zijn stoel door

het kantoor te schoppen. In gedachten ziet hij de dampende koffie over de dossiers spatten en in Mengelings schoot terechtkomen. Hij draait zich om, loopt zonder een woord de kamer uit en neemt niet de moeite de deur achter zich te sluiten.

5

Het Deltagebouw is een groot, hoekig complex, opgetrokken uit leemkleurig baksteen. Achter sommige van de vervuilde ramen hangt een verbleekt gordijn, een enkele wordt verduisterd door jaloezieën. In de entree hebben zich dorre bladeren, sigarettenpeuken en plastic snoepverpakkingen verzameld. Samen met zijn vader beklimt Björn de trappen van het voormalige kantoorgebouw.

'Hoe gaat het eigenlijk?' vraagt zijn vader ineens.

'Hoe bedoel je?' De hele weg in de auto hebben ze zitten zwijgen. Een paar keer heeft Björn op het punt gestaan zijn vader te vertellen hoe ellendig hij zich voelt over de dood van Mireille, die nooit, zoals bijvoorbeeld Carla, ongeduldig werd als hij er eens wat langer over deed om zich uit te kleden of klaar te komen, en die ook wel eens met hem praatte over een mooie film, of een televisieprogramma waar ze dubbel om had gelegen. Maar op de een of andere manier lukt het hem niet het onder woorden te brengen. Hoe hij haar mist, compleet met haar accent en de beelden van donkere bossen met geheimzinnige kastelen die hij voor zich zag als hij zich probeerde voor te stellen waar ze vandaan kwam. Ome Louis dood, Mireille dood, het is alsof zich in zijn borst een vuist balt die omhoog wil.

'Björn?' Zijn vader heeft een hand op zijn arm gelegd. Hij

blijft staan. 'Hoe voel je je? Niet meer rot? Over Mireille en alles?'

Mireille. En alles. Nu hoort hij te zeggen dat het allemaal prima is, anders bezorgt hij zijn vader weer schele hoofdpijn. Hij trekt zijn arm weg. 'Gaat wel,' antwoordt hij.

Een jongeman met een Palestijnse shawl om zijn nek doet open. 'Ik ken jou niet,' zegt Huub Couwenberg. Het individu verblikt noch verbloost. 'Dat is toevallig,' antwoordt hij. 'Ik jou ook niet.'

'Heel gek, maar ik ben de eigenaar van dit gebouw.'

Een van de mondhoeken gaat omhoog. 'O, en ik ben de bewoner van dit gebouw. Aangenaam.'

In de gang leunen twee fietsen tegen elkaar. Daarachter ziet Couwenberg de grote ruimte blauw staan van de rook. Allemaal onbekende gezichten. 'Eigendom. Zegt dat woord je iets? Deze maatschappij is erop gebaseerd. Ik had hier wat mensen in gezet, antikraak. Maar daar zie ik er geeneen van.'

'Jawel, het zijn vrienden van ons. Maar ze zijn er even niet.'

'Hoe heten die vrienden dan?'

De jongen draait zich om. 'Kathleen? What was the name of dinges again? You know, the one who let us in...'

Een meisje met een spits gezicht verschijnt achter hem. 'Rudolf.'

'Yes, Rudolf.' Afwachtend kijkt hij Couwenberg aan, die een moment strak terugkijkt voor hij zich omdraait en wegloopt. Björn volgt hem.

'Ook tot ziens,' zegt de jongen.

Couwenberg schopt bij het verlaten van het pand een leeg bierblikje van de trappen. Zijn telefoon gaat. Joachim. Hij neemt op zonder de pas in te houden.

'Ik kom niet veel verder hier in Naarden,' zegt Joachim. 'Er is wel een hotel. Hotel Heerenhuis.'

Couwenberg snuift. Hoe vaak moet hij nog zeggen via de telefoon geen namen te noemen?

'Maar er zijn ook veel winkels,' gaat Joachim verder. 'Tentjes. Kantoren. Het kan dus van alles zijn, Huub. Misschien moet je niet meteen gekke dingen denken.'

Over het dak van zijn auto heen kijken de trouwe hondenogen van zijn zoon hem aan. 'Wat is er pap? Wat gaan we doen?'

Hij verbreekt de verbinding en slaakt een zucht. 'Naar huis. We gaan naar huis.'

'Er is nooit iets bewezen.' Marit kijkt naar haar vriendin, die met haar neus op het scherm van de computer het ene na het andere artikel over Couwenberg opent. In de mediatheek is het niet druk meer.

'Nee,' antwoordt Rosie op een toon alsof het haar spijt.

'Hij is altijd heel lief tegen mij, weet je.'

Rosie neemt Marits mededeling voor kennisgeving aan en opent een artikel met de kop 'Vastgoedfinancier van dubieuze zaken'.

'Maar hij werkt met mensen,' probeert Marit nog, 'ik zie daar wel eens mannen die...'

'Ach, hou toch op! Je opa is de baas! Dat weet je net zo goed als ik. Zie je al die stukjes voor het eerst?'

Marit zucht en schudt haar hoofd. 'Waarom schreeuw je zo tegen mij? Wat kan ik eraan doen? Ik heb mijn familie niet uitgekozen!'

'Nee. Maar je zit er ook niet zo erg mee, geloof ik.'

'Ik zit er wel mee! Maar wat kan ik doen?'

Rosie trekt een gezicht. 'Je bek opentrekken bijvoorbeeld?'

Natuurlijk beseft Pepijn dat hij de regels overtreedt. Weliswaar is het zijn zaak niet meer, maar hij gaat alles in het werk stellen daar verandering in te brengen. Daartoe heeft hij een voortvarend masterplan bedacht. Resoluut drukt hij op de bel van de weduwe van Louis Karelse, en even later zit hij tegenover haar in de huiskamer. Roze gordijnen met strikjes en lintjes domineren het interieur. Een krukje dat het midden houdt tussen een ongetrimde poedel en een met wol beklede schoenendoos. De laatste keer dat hij hier was, is hem de inrichting helemaal niet opgevallen, zo gefocust was hij op het ompraten van de dame. Hij moet leren scherper op te letten, zoals het een officier van justitie betaamt. Met oog voor detail kun je je voordeel doen. Oog voor detail, dat had hij eerder moeten hebben, dan had hij ook eerder gemerkt dat Iris hem belazerde. Gelukkig herinnert hij zich nog wel dat de weduwe het had over een reisje naar Wenen waar ze met haar man naartoe had zullen gaan.

'Dat u dat nog weet,' zegt ze, aangenaam verrast. Dan betrekt haar gezicht weer. 'Ik heb de buren het reisje maar cadeau gedaan,' zegt ze. 'Hebt u suiker in de thee?'

'Eén schepje,' antwoordt hij. 'Mevrouw Karelse, de zaak zit mij niet lekker. Ik vind dat u onrecht wordt aangedaan. Uw man was tweeënzestig. U had nog zoveel mooie jaren kunnen hebben. Hij is niet uit zichzelf in dat water beland.' Hij trekt een uitgestreken gezicht en laat een stilte vallen. Als hij ziet dat de boodschap overkomt, gaat hij verder: 'Björn houdt bij hoog en bij laag vol dat hij die avond niet op de brug is geweest. Hij zegt dat hij in een seksclub was en er zijn daar mensen die zijn verhaal bevestigen.'

Beppie kijkt naar haar in donkerbruin nylon gehulde benen. Zenuwachtig wrijft ze haar handen. Heel even twijfelt Pepijn, dan zet hij door.

'Weet u wat het probleem is? Bij de politie gaan ze dan denken dat u degene bent die liegt.'

Haar handen blijven stil liggen in haar schoot. Verbaasd kijkt ze op. 'Ik? Maar ik lieg niet. Hij was daar!'

'Hij zegt zelf van...'

'Wat denkt u nou?' roept ze verontwaardigd. 'Ik loop met

mijn man naar een restaurant, hij komt Björn tegen en vervolgens zit ik in mijn eentje bij de Griek. Waarom zou ik mijn man anders op die brug hebben achtergelaten?'

'Weet u wat ik denk?' Zedig strengelt Pepijn zijn vingers ineen. 'Ik denk dat u de waarheid spreekt. Het punt is alleen: hoe overtuig ik mijn collega's?'

'Björn moest en zou met Louis praten. Ik ben toch niet gek?'

'Absoluut niet. Maar kennelijk wil Björn die indruk wel wekken. Ik zit er erg mee in mijn maag. Hoe graag ik u ook zou willen helpen, ik sta machteloos. Björns alibi wordt bevestigd en u wilt niet getuigen. Dan vrees ik dat het dossier gesloten wordt. En dat de moordenaar van uw man zijn straf ontloopt.'

Beppie morst suiker op tafel. Ze veegt de kruimels op de grond. Pepijn drinkt zijn thee en zet het kopje op tafel.

'En Huub?' vraagt ze zacht.

'Huub?'

'Huub Couwenberg. Björns vader...'

Triomf welt in hem op. Beet.

'Het is erg ingewikkeld,' zegt de vrouw, 'ik ben namelijk dol op mijn nichtje Elsie. Huubs dochter. Ze is met Willem, de advocaat.'

'Ja, ja, ik ken hem,' antwoordt hij zonder een spier te vertrekken.

Na een korte, innerlijke strijd lijkt ze een beslissing te nemen. 'Huub heeft me een kaartje gestuurd.' Uit een kast haalt ze een ansichtkaart tevoorschijn.

Vol ongeloof leest Pepijn de tekst op de achterkant.

Goud, hij heeft goud in handen. Pepijn doet nog net geen vreugdedans als hij de woning van Beppie Karelse verlaat. Die Couwenberg heeft wel lef, eerst Beppies man laten ombrengen en vervolgens doodleuk een ansichtkaart sturen met de afbeelding van een schonkige koe op de voorkant. Hij weet zo gauw niet wat erger is, die koe op de voorkant of de tekst achterop. Zodra hij de hoek om is, haalt hij hem uit zijn binnenzak en leest opnieuw de tekst: 'Hoi Bep, alles goed? Kunnen we eens afspreken binnenkort? Ik kreeg namelijk nog geld van Louis... groet, Huub.'

Het enige wat hem te doen staat is Mengeling de kaart te laten zien en erbij te vertellen dat Beppie misschien wel wil praten. Weliswaar alleen tegen iemand die ze vertrouwt, zoals hem, Pepijn, en dan moet de hoofdofficier haast roomser dan de paus zijn, wil hij hem niet met onmiddellijke ingang weer op de zaak zetten. Hij laat de kaart als een kostbaar kleinood in zijn binnenzak glijden. Dan stapt hij in zijn auto en zet koers naar het Openbaar Ministerie.

Elsie is extra vroeg vandaag. Een groep van dertig mensen komt vanavond naar haar restaurant, en ze wil graag zeker weten dat alle voorraden aangevuld zijn. Ze draait de deur van het slot, zet de alarminstallatie uit en legt haar sleutels op de toonbank. Daarna haalt ze de post uit de brievenbus. Behalve wat reclamefolders is er één brief, geadresseerd aan mevrouw E. Couwenberg, zonder afzender. Misschien weer een tevreden klant, denkt ze. Vooral oudere mensen hebben soms de neiging haar via een persoonlijk schrijven te laten weten dat ze hebben genoten van de maaltijd. Jammer dat uitgerekend die mensen meestal geen computer hebben, en dus geen gebruikersrecensie kunnen achterlaten op de site van het restaurant.

Ze haalt een opgevouwen A4'tje uit de envelop en leest: 'Je man doet het met een andere vrouw. Iris Hoegaarde heet ze.'

Een vreemd geluid ontsnapt aan haar keel. Nee, dat staat er vast niet. Opnieuw leest ze de twee zinnen. En nog eens. Is het een flauwe grap? Wie is Iris Hoegaarde, en waar kent ze die naam ook alweer van? Met bevende vingers zet ze haar laptop aan en googelt de naam.

Een gure wind waait over het schoolplein. Rosie ritst haar jas tot bovenaan dicht en haalt haar fiets van het slot.

'Ga nou even met me mee,' smeekt Marit, een hand op haar stuur leggend. 'Je komt elke keer met een andere smoes aanzetten.'

'Nee.' Rosie zet een voet op de trapper.

'Heel even maar!' smeekt Marit. 'Er is niemand thuis. Mijn ouders werken en Marco... die is ook weg.

'Het spijt me, maar jullie zijn een tweeling.'

Niet-begrijpend kijkt Marit haar aan. 'Wat?'

Rosie zucht. 'Als ik naar jou kijk, zie ik hem, en daar heb ik even geen zin in, snap je? Even wat minder.'

Marit steekt haar kin de lucht in. De schaduwen in haar gezicht vallen weg en nu lijkt ze weer meer op zichzelf dan op haar broer. Rosie aarzelt.

'Even wat minder wat?' roept Marit. Jeetje, die frons, zo kan Marco ook kijken.

'Contact,' antwoordt Rosie kortaf. Zonder de reactie van haar vriendin af te wachten zet ze zich af en fietst weg, het schoolplein af.

Het is dat Marit dat vreselijk driftige Couwenberg-gen niet heeft geërfd, anders zou ze uit pure frustratie het hele rijtje fietsen in de stalling omver schoppen. Al dat ijzerwerk als dominostenen te zien omvallen, wat een donderend geraas zou dat geven. Het is oneerlijk dat Rosie haar blijft negeren. Verbijsterd kijkt ze haar vriendin na. Ex-vriendin.

Uit een ooghoek ziet ze Victor het fietsenhok in slenteren. 'Hé!' roept die uitslover, alsof het toeval is dat ze elkaar hier treffen. Hij hangt de hele tijd al hinderlijk om haar heen.

Ze hijst haar schooltas over haar schouder en wendt zich af.

'Marit...'

Als ze bij de uitgang van het fietsenhok is, haalt hij haar in. 'Wacht even. Ik heb je kettinkje gevonden.'

Verbaasd draait ze zich om. 'Kettinkje? Ik ben geen kettinkje kwijt.'

'O, nee, ik bedoel je ring.'

'Ring?'

Victor slaat een hand tegen zijn hoofd. 'Ach, ik bedoel natuurlijk je eh... is er iets dat je kwijt bent, toevallig?'

Onwillekeurig moet Marit glimlachen.

Hij grijnst tevreden en steekt een wijsvinger naar haar uit. 'Ah, dat was het. Je glimlach.'

Verbaasd kijkt ze hem aan. Voor het eerst in tijden voelt ze iets van vrolijkheid. Haar glimlach verbreedt zich.

6

Te laat, hij is weer eens te laat. Uitgebreid excuseert Pepijn zich bij Tess, die steels een blik op haar horloge werpt terwijl hij in zijn portemonnee zoekt naar contanten.

'Sorry, ik heb even geen cash. Vind je het goed als ik de volgende keer betaal?'

Ze knikt. 'Gaat het allemaal wel?' vraagt ze.

Een zeventienjarig meisje, dat een groot deel van de verantwoordelijkheid voor zijn zoon op zich neemt, en dat vraagt of het wel gaat. Als hij niet zoveel aan zijn hoofd had, zou hij door de vloer willen zakken.

'Natuurlijk,' zegt hij geforceerd opgewekt. 'Wij gaan zo eens even een lekkere pizza ontdooien, wat jij, Menno?'

Zijn zoon, die net een zwart schaakstuk heeft verplaatst en nu om het bord heen loopt om een zet te doen met wit, mompelt iets onverstaanbaars. Sinds Iris weg is, heeft hij hem nog niet één keer recht aangekeken.

'Wat zeg je?'

'Komt mama vandaag weer thuis?'

'Mama? Nee...'

Menno buigt zijn hoofd.

Straks, schiet het door Pepijn heen, als hij in zijn bed ligt en ik lees hem voor uit *De blauwe krokodil*, zal er weer geen woord tot hem doordringen. Met grote ogen zal hij langs me heen staren, naar de deur, vergeefs wachtend op het moment dat zijn moeder de sleutel in de voordeur steekt. En laat ik er niet omheen draaien, ik koester hetzelfde verlangen. Weer een avond in die lege kamer, ik geloof niet dat ik het ga doorstaan.

Tess knoopt haar jas dicht.

'Moet je echt weg?' vraagt Pepijn in een opwelling. 'Of eet je een pizzaatje mee? Dat vindt Menno ook leuk. En ik moet nog een klein dingetje doen vanavond.'

Weliswaar slaakt ze een zucht, maar ze begint haar jas weer open te knopen. Hij kan haar wel zoenen. Binnenkort krijgt ze een flinke bonus, dat wil zeggen: als hij eraan denkt cash in huis te halen.

Marit is het zat. Het aantal keren dat ze haar vader en moeder heeft gevraagd wat er met haar opa en met Björn aan de hand is, is ontelbaar, maar een fatsoenlijk antwoord is tot op heden uitgebleven. Soms vraagt ze zich trouwens af of ze wel beseffen dat ze kinderen hebben. Zelden zijn ze thuis, en als ze er al zijn, zijn ze met hun gedachten altijd elders. Neem nu haar vader. Waarschijnlijk heeft hij niet eens in de gaten dat ze al een paar minuten voor zijn bureau staat.

Ze zet de handen in haar zij. 'Is opa een crimineel?' verbreekt ze plompverloren de stilte.

Haar vader geeft geen krimp. Hij gaat gewoon door met het sorteren van zijn papieren.

'Hallo?'

'Hm?'

'Is opa een crimineel?'

Hij opent een la en laat er een stapel documenten in glijden. Daarna kijkt hij haar afwezig aan. 'Luister, binnenkort gaan we eens uitgebreid met elkaar praten, dat beloof ik je, maar ik moet hier even iets afmaken, en daarna ga ik de deur nog uit. Sorry, ik ben even heel druk.'

Vijf minuten nadat ze naar haar kamer is gegaan, hoort ze de voordeur dichtslaan. En weer is ze alleen thuis. Wat weerhoudt haar er eigenlijk van zelf op zoek te gaan naar informatie? Als ze moet wachten tot haar ouders haar in vertrouwen nemen, is haar opa allang dood en begraven. Met kloppend hart betreedt ze opnieuw de kamer van haar vader. Ze bekijkt de etiketten van de ordners in de kasten, doorzoekt dossiers op de boekenplanken en snuffelt zelfs tussen een stapel oude bladmuziek. Als ze haar hand uitsteekt naar de bovenste bureaula, gaat haar telefoon. Ze schrikt, stoot haar knie tegen een kastje en kan nog net de ingelijste trouwfoto van haar ouders opvangen voor hij op de vloer belandt. Daarna vist ze haar mobiel uit haar zak. Een onbekend nummer.

Ze ademt diep in en weer uit. 'Ja?'

'Marit, met Victor. Ik heb van Marco je nummer gekregen en nou dacht ik... misschien heb je tijd, en zin, om iets te gaan doen.'

Jezus, wat een waardeloos gevoel voor timing heeft die gast. 'Nee, sorry, ander keertje, oké?' Waarom fluistert ze eigenlijk? Zoals gewoonlijk is ze weer eens de enige in huis. Nadat ze Victor heeft afgewimpeld opent ze de onderste bureaula en ziet tussen een stapel dossiers een los papier uitsteken. Ze trekt het ertussenuit. Het is een getypte verklaring met de datum 4 mei 2010 erop en daaronder de namen van haar opa en haar vader.

Iris brengt een vuilniszak naar buiten. Een auto rijdt langs het water. Ze zou het geluid van de motor van de BMW uit duizenden herkennen. En ja, het is Willem.

Als gehypnotiseerd kijken ze elkaar in de ogen. Seconden, of misschien wel minuten, gaan voorbij voor hij uitstapt.

'Ben je alleen?' vraagt hij. 'Je neemt de hele tijd niet op.'

Haar nagel prikt door het plastic van de vuilniszak. Ze zet hem tegen een paaltje.

'Iris?'

Haar hersenen maken overuren. Twee stappen doet ze.

Nee, fout, de andere kant op.

Drie stappen.

Hij spreidt zijn armen.

Niet doen, denkt ze, niet doen, wat heb je nou met jezelf afgesproken.

Haar voetstappen roffelen op het steigerhout als ze hem tegemoet rent.

Pepijn parkeert zijn auto naast een grijze BMW aan de waterkant. De ramen van de gebouwen aan de overkant van het water weerkaatsen het laatste daglicht en hij vult zijn longen met de prikkelende avondlucht terwijl hij over de steiger loopt. Zachtjes klotst het water tegen de kant. Een mooie avond, die nog mooier zou kunnen worden als Iris in alle eenzaamheid in haar studio blijkt te zitten, en tranen stort om alles wat ze te gronde richt. Onwillekeurig dringen zich troostfantasieën aan hem op. Hij dwingt zichzelf bij de les te blijven en loopt geruisloos in de richting van de studio. Dan ziet hij, achter de vitrage in de hal, twee zich met elkaar versmeltende silhouetten. Zijn benen weigeren dienst. Hier staat hij, sukkel, bereid tot de nodige concessies om zijn huwelijk te redden, en wat doet dat – ik trek me terug in mijn studio om in alle eenzaamheid na te kunnen denken – loeder? Ze laat zich gewoon nemen in de hal, tussen de fotolampen en de stellingen. Zijn eerste impuls is de deur in te trappen, de tweede is in zijn auto te springen en als een bulldozer de studio binnen te rijden en de derde, nadat hij een paar keer diep in en uit heeft geademd, is het vastleggen van het verraad. Hij haalt zijn mobiel tevoorschijn, houdt hem hoog boven zijn hoofd voor het klapraampje van de hal en drukt af.

De handen van Willem liggen aan weerszijden van Iris' gezicht, alsof ze het meest kostbare is dat hij ooit heeft vastgehouden.

Kotsmisselijk wordt Pepijn ervan. Hij wendt zich van de printer af, maar het leed is al geschied: de afbeelding staat waarschijnlijk voor de rest van zijn leven op zijn netvlies. Haar blik, die gekrulde lippen, het is bijna obsceen. En godverdomme, zo heeft ze nog nooit naar hém gekeken. Nadat de foto is geprint, schuift hij hem rillend van afkeer in een envelop, en adresseert hem aan Huub Couwenberg, Ophelialaan 12.

Dat deze dag ook nog aangename verrassingen kent, blijkt een halfuur later, als zijn telefoon gaat. 'Meneer Van Erkel? Met mevrouw Karelse. Ik heb een beslissing genomen.'

Langzaam laat Pepijn de envelop zakken. Hij staat op en loopt naar het raam, waar hij zijn voorhoofd tegen het glas legt en met de telefoon aan zijn oor naar de lichtjes van de stad kijkt.

'Bel ik gelegen?'

En óf ze gelegen belt. Hij is er helemaal klaar voor.

'Vertelt u het maar, mevrouw Karelse.'

7

Beppie staart naar de videocamera op het statief. Zit ze hier ineens in het zwarte oog van een camera te kijken. In haar eigen huis, nota bene. Die aardige meneer Van Erkel is weggegaan en heeft die twee rechercheurs bij haar achtergelaten. Of ze maar even haar verhaal wil doen. Haar handen trillen.

'Ik hoef dus niet naar de rechtszaal te komen?' vraagt ze.

'In principe niet,' antwoordt Bazhouri.

Uitstel van executie. 'Koffie?' roept ze schril. 'Ik heb zo'n cappuccinoding. Wel duur, hè... ja 't maakt niet uit, hoor, maar dertig cent per kopje, als je 't uitrekent. Terwijl het met mijn gewone ouwe koffiezetapparaat maar 3 cent per kopje kost. Dat is toch belachelijk, zo'n verschil?' Ze ratelt nog wat over filterkoffiemerken en maakt aanstalten naar de keuken te lopen, maar de rechercheurs roepen haar terug. Ze hoeven geen koffie. De man gebaart vriendelijk naar de stoel tegenover de camera. Hij heeft dan wel zware wenkbrauwen, maar hij lijkt heel aardig.

'Jullie weten toch van het ongeluk, hè?' zegt ze. 'Het ongeluk van Björn. Hij is een heel ander iemand geworden, en dat zonder moeder. Alles kwam altijd op de schouders van zijn zus Elsie terecht. Dat arme kind.'

De vrouw gebaart ongeduldig. 'Mevrouw Karelse...'

Hulpzoekend richt Beppie haar blik weer op de man. 'Gaat Elsie dit ook zien, straks?'

'Dat kan ik niet uitsluiten,' antwoordt de blonde rechercheur voor hem. 'Maar hoe zat het nou precies met dat conflict tussen uw man en uw zwager?'

'Dat United Enterprise bedoelt u? Waar Huub zo kwaad over was? Dat heeft Louis me uitgelegd. Het is gewoon een bedrijf dat taxeert en onderhoud pleegt. Heel normaal bij een groot pand, voordat er verkocht wordt.'

'Dus dat meneer Couwenberg beweerde...'

'Dat het bedrijf eigenlijk van Louis was?' Woede welt opnieuw in haar op. 'Onzin!' zegt ze fel. 'Heeft Louis me zelf verteld. Louis deed dat soort dingen niet. Terwijl Huub Couwenberg... die deinst nergens voor terug.'

De vrouw leunt gretig naar voren: 'Waarvoor bijvoorbeeld niet?'

'Doet er niet toe,' antwoordt Beppie kortaf.

'Maar hebt u wel eens papieren gezien? Keek u wel eens in zijn administratie?'

Het zijn vast heel goeie agenten, deze twee, die misschien wel veel boeven vangen, maar wie haar Louis was, daar hebben ze dus duidelijk geen idee van. Ze slikt de brok in haar keel weg. 'Dat was niet nodig. Louis vertelde me altijd wat er speelde. Alles. Zo'n man was ie nou.' Een tissue tegen haar ogen drukkend: 'En die dag, die ellendige dag, toen Louis bij Huub was geweest en hij vertelde dat Huub helemaal over de zeik was over dat United Enterprise, zijn ze met ruzie uit elkaar gegaan. Heel onredelijk. En Björn was daarbij. Dus toen die daar 's avonds ineens op die brug stond, met zo'n rare blik in z'n ogen... zeg, loopt die camera eigenlijk al?'

Elsie is duizelig. Ze ziet sterretjes door slaapgebrek. Werktuiglijk ruimt ze de ontbijtspullen van de kinderen op. In het deurtje van de magnetron vangt ze een blik op van zichzelf: haar moe gehuilde gezicht een bleke vlek met holle ogen. Ze hoort Willem de trap af komen.

'Ik ben veel te laat,' zegt hij, zijn stropdas strikkend terwijl hij de keuken in komt. 'Had je een pilletje genomen? Je lag zo vast te slapen toen ik thuiskwam.'

Ze opent haar mond. Er komt niets, haar keel zit dichtgeschroefd. Uiteindelijk beperkt ze zich er maar toe de brief omhoog te houden, de brief met de tekst: 'Je man heeft een verhouding. Iris Hoegaarde heet ze.'

Hij verstart.

Er valt een stilte, die na een hele tijd wordt verbroken door het aanslaan van de verwarming. Hij rommelt wat aan zijn stropdas. Steekt zijn handen in zijn zakken. Haalt ze er weer uit en laat ze langs zijn lichaam vallen. 'Ik had het je vandaag willen vertellen,' zegt hij uiteindelijk.

Dus het is waar. Er ontploft iets achter haar ogen. Voor ze erover na kan denken, grist ze een pak sinaasappelsap van tafel en smijt het naar zijn hoofd.

Hij duikt weg, het suist rakelings langs hem heen en komt met een doffe plof tegen de muur.

'Lul!' De kruimels vliegen alle kanten op als ze de broodplank erachteraan gooit. Opnieuw weet hij op tijd te bukken. 'Is ze mooi? Ja, natuurlijk? En lekker jong waarschijnlijk?' De botervloot schampt zijn arm. Hij verschanst zich achter een stoel.

'Al die jaren ben ik hier bang voor geweest, maar juist de laatste tijd dacht ik: nou gaat het nooit meer gebeuren, nou zijn we samen, voor de rest van ons leven.'

Hij knippert met zijn schuldige ogen.

Ze pakt de broodrooster en rukt het snoer uit de muur.

'De kinderen,' roept hij vanachter zijn stoel.

'Allang naar school, lul.'

'Luister,' probeert hij op een verzoenende toon, 'ik wil je geen pijn doen.'

Een schamper lachje ontsnapt aan haar keel.

Hulpeloos steekt hij zijn handen in de lucht. 'Maar ik ben gewoon verliefd geworden.'

'Gewoon.'

'Ik was er niet naar op zoek, ik wilde het niet. Het overkwam me...'

Ze veegt de tranen van haar wangen. Hij doet een paar stappen in haar richting, maar ze wuift hem weg.

'Sterf. Ga maar naar haar toe.'

'Maar ik wil niet op deze manier...'

'Sodemieter op. Ik wil je nooit meer zien.'

Hoofdschuddend antwoordt hij: 'Nee. We moeten...'

'Rot op, voor ik je wat doe.'

'Elsie...'

'Ga weg!'

Als hij nu niet gaat, vreest ze dat ze niet alleen hem, maar ook zichzelf iets zal aandoen. Hij aarzelt, werpt een blik op zijn pak, dat de aanvallen goed heeft doorstaan, en pakt zijn koffertje. 'Ik bel je vanmiddag.'

Ze schopt tegen de tafelpoot. 'Niet doen.'

Huub Couwenberg onderdrukt de neiging de maquette op zijn bureau tegen de muur te slingeren, al is het maar om het mooie Smokey Robinson-nummer niet te verstoren.

So take a good look at my face,
you see the smile looks out of place,
if you look closer it's easy to trace
the tracks of my tears.

'Lelijk is anders,' mompelt Joachim. Hij bestudeert de foto die Couwenberg hem zwijgend heeft aangereikt met de woorden: 'Ze is fotografe, en haar man is een rechter. Klaar ben je d'r mee.'

Joachim trekt de laptop naar zich toe en googelt Iris Hoegaarde. ‘Nee.’ Hij schudt zijn hoofd. ‘Hij is geen rechter, maar officier van justitie.’

Op dat moment vliegt de deur open. Björn struikelt het kantoor binnen, met in zijn kielzog die hinderlijke rechercheurs.

‘Ze willen me weer meenemen, pap!’

Couwenberg springt overeind, the tracks of Smokey Robinsons tears slaan een paar groeven over.

‘Meneer Couwenberg junior is aangehouden,’ zegt Bazhouri. ‘Hij wordt verdacht van moord subsidiair doodslag op de heer Karelse, de avond van 2 mei jongstleden.’

‘Jullie hebben geen poot om op te staan,’ antwoordt Couwenberg. ‘Hij gaat niet mee.’

‘Ik ben bang van wel,’ zegt Meerdink.

Zich met over zijn borst gekruiste armen opstellend tussen de rechercheurs en Björn, zegt hij: ‘Over mijn lijk!’

Bazhouri’s stem is zacht, maar onverbiddelijk. ‘Het is heel simpel. Meneer gaat nu mee, anders bestel ik een arrestatieteam. Die zijn hier binnen een halfuur. En ze zijn een heel stuk minder zachtzinnig dan wij.’

Machteloos balt Couwenberg zijn vuisten. ‘Jullie hebben je langste tijd bij de politie gehad, daar kun je op rekenen.’

‘Jeminee, ik schrik me helemaal een hoedje,’ antwoordt de bitch verveeld. ‘Zullen we dan maar?’ Ze omklemt de arm van de hevig verwarde Björn. Indringend kijkt Couwenberg Joachim aan.

‘Willem bellen. Nu!’ blaft hij. En tegen Björn: ‘Vanavond ben je weer thuis. Ga maar gerust met Peppi en Kokki mee.’

Lijdzaam en de wanhoop nabij moet hij toezien hoe zijn zoon wordt afgevoerd.

‘Wanneer kom je nou weer thuis, mama?’ Toegegeven, het doet pijn, elke keer weer, maar zou het niet veel pijnlijker zijn als Menno ’t niet meer zou vragen?

'Weet ik nog niet, lieverd,' antwoordt Iris. Ze tilt hem op. 'In elk geval haalt papa je vanmiddag weer op. Mag ik nog een hele dikke pakkerd van je?'

Zijn adem ruikt naar pindakaas. 'Ik ga zelf wel naar binnen,' zegt hij, met zijn blik op zijn speelkameraadje, die het schoolplein op komt. 'Siem!' roept hij, en worstelt zich los.

Van alle kanten komen nu ouders met kinderen. Snel loopt ze naar de fietsenstalling, en ze kijkt vandaar af met dichtgeknepen keel toe hoe haar zoon draaft en lacht en naast Siem in de rij gaat staan om naar binnen te gaan.

Nog geen halfuur later, als ze bezig is de ontbijtborden af te wassen, gaat haar mobiel.

'Luister, Iris, ik weet niet of ik het zo'n goed idee vind dat Menno het weekend bij jou is, in je studio,' zegt Pepijn. 'Ik ben er eens in gedoken, en er zijn bepaalde gronden waarop het contact of de omgang met een van de ouders door de rechter ontzegd kan worden.'

Bijna laat ze de telefoon uit haar handen glijden. 'Wat?'

'Bijvoorbeeld wanneer het bedreigend kan zijn voor de geestelijke of lichamelijke ontwikkeling van het kind,' gaat Pepijn verder. 'Jij hebt een verhouding met iemand die met verdachten van moord c.q. doodslag omgaat. Ik wil niet dat mijn zoon daaraan wordt blootgesteld.'

Haar ontbijt vormt van het ene moment op het andere een klont in haar maag.

'Is dit een grap?' hakkelt ze. 'Hij is advocaat! Advocaten mogen kinderen hebben.'

Pepijn snuift. 'O, ga jij me nu vertellen wat er in de wet staat?'

'Maar...'

'Ik moet een vergadering in,' bijt hij haar toe. 'Vanmiddag even afspreken? Laterna, hier om de hoek. Uurtje of twee. Tot dan.' En weg is hij.

Het is koud in de cel. Björn wou dat hij een dikkere trui had aangetrokken. Hoe gaat hij dat verhaal over de club volhouden? Tante Beppie is heel verdrietig, en vast ook boos op hem, maar hij kon toch niet anders? Hij herinnert zich nog goed die keer – hij zal een jaar of zes zijn geweest – toen hij bij ome Louis en tante Beppie logeerde en in bed had geplast. Zijn vader kon daar soms erg pissig van worden, en hij had verwacht dat ook tante Beppie tegen hem zou gaan schreeuwen. Maar ze had hem juist over zijn bol geaaid en gezegd dat hij er niks aan kon doen en dat ze het helemaal niet erg vond midden in de nacht zijn bed te moeten verschonen. Ze moest eens weten hoe graag hij haar alles zou willen vertellen.

'Jij wilde ome Louis helemaal niet in het water duwen,' zou ze zeggen, en hem, net als vroeger, een kneepje in de wang geven. 'Ik begrijp best dat het een ongeluk was.'

Hij plukt aan de dunne deken op zijn bed.

Verderop in het cellenblok klinken stemmen. Een deur wordt geopend en valt even later met een klap weer in het slot. Voetstappen in de gang. Ze komen zijn kant op. Hij springt overeind en tuurt door het kijkgaatje in de deur. O, nee, dat is waar ook: het is niet om van binnen naar buiten te kijken, maar andersom. De voeten komen tot stilstand en zijn deur wordt geopend.

'Ga je mee, Björn?'

Gelukkig, de mannelijke rechercheur is alleen. Hij heeft de blonde heks niet bij zich. Misschien is hij wel met haar getrouwd. Net als hij het hem wil vragen, komen ze in de verhoorkamer, en helaas, daar is zij ook. Meneer Bazhouri wijst naar een stoel, zodat hem weinig anders overblijft dan tegenover haar te gaan zitten.

'We weten dat jij niet de waarheid vertelt,' zegt ze, een lok haar over haar schouder werpend. 'Er is iemand die jou op de brug heeft gezien, iemand die jou goed kent. Dus... ik ben bang dat ontkennen weinig zin heeft.'

Wat zegt ze? Is ze bang? Daar gelooft hij niks van. De heks is nog nooit in haar leven ergens bang voor geweest. Eigenlijk liegt zij dus ook.

'Als je gewoon de waarheid zegt, ben je er des te sneller vanaf. Liegen maakt het alleen maar erger, dat weet je toch?'

Waarom zegt ze niet gewoon wie hem op de brug heeft gezien? Dat weet hij namelijk best.

Ze trommelt op tafel met die lange, dunne vingers van haar. 'De hoer en de pooier die jou zogenaamd op de club hebben gezien, die hebben we zo plat, hoor, nu, met deze getuige. Die gaan eieren voor hun geld kiezen, dat geef ik je op een briefje. Meineed is namelijk nogal strafbaar in Nederland, moet je weten.' Ze leunt achterover in haar stoel en doet net alsof het haar eigenlijk niet echt wat kan schelen.

Maar ze heeft haar tegenstander gevonden: dat kan hij ook. Hij klemt zijn lippen op elkaar.

Willem ziet het somber in voor Björn. Een cel is niet bepaald de meest geschikte plek voor hem en daarnet, toen hij hem opzocht, bleef hij maar op hoge toon herhalen dat hij precies wist wat hij moest zeggen. Hoe meer Willem op hem inpraatte dat hij een beroep kon doen op zijn zwijgrecht, des te dieper groefde zich die Couwenberg-frons in zijn voorhoofd. En hij wist ook heus wel wie hem op de brug gezien had, al wilden de rechercheurs daar verder niets over zeggen.

'Beppie,' beaamt zijn schoonvader, als Willem even later verslag uitbrengt op Couwenbergs kantoor. 'Hoe raad ik het, hè?'

Joachim reageert niet op het nieuws. Met een tandenstoker bewerkt hij zijn kiezen.

'Maar alleen Beppies verklaring is toch niet genoeg?' zegt Couwenberg.

'Misschien niet,' antwoordt Willem. 'Maar wat hebben wij? Een drie keer veroordeelde pooier. En een hoer die alles doet voor geld. En we hadden nog een andere hoer.' Een blik op Joachim werpend: 'Een hoer die op mysterieuze wijze het leven heeft gelaten. Luister. Beppie is op die brug en ze ziet het. Wat ze óók ziet, als ik het goed begrepen heb: hij is nogal opgewonden en vasthoudend, voor zijn doen. Een halfuur later ligt Louis in het water, dood. Rara, hoe kan dat. Jullie hebben 's middags een conflict gehad. Een flink conflict. Daar is ook een getuige van. Wat zou jij denken als je rechter was? Eén en één is twee. En geef hem eens ongelijk.'

'Maar hij heeft niks gedaan, godverdomme,' ontploft Couwenberg. 'Een beetje ruziegemaakt. Dat is geen moord!'

'Maar dan heeft Björn ook nog eens een alibi,' negeert Willem de uitbarsting. 'Helpt dat? Nee. Want het stinkt aan alle kanten en het maakt hem dus alleen maar verdachter.'

Joachim legt de tandenstoker op tafel. 'Is Beppie ineens zo betrouwbaar dan?'

Vermoeid kijkt Willem hem aan. 'Ja.'

'Waarom?'

'Zou Beppie haar eigen neef – op wie ze toevallig ook nog eens dol is – aanklagen zonder een enkele reden? Nee. Dat zou ze nooit doen. Zo redeneert een rechter. Er zit maar één ding op...' Hij wendt zich tot zijn schoonvader: 'Je gaat naar haar toe. Op je knieën. En je biedt je excuses aan. Zo snel mogelijk.'

Couwenberg steekt zijn kin naar voren.

'Je geeft toe dat je Louis hebt beschuldigd,' houdt Willem aan, 'maar dat het een vergissing was. Dat je dat geld natuurlijk niet terug wil...'

'Sorry?'

'Dat je heel veel van Louis hield. Dat Björn heel veel van Louis hield. Dat we godverdomme allemaal dol op hem waren. En dat Björn in de war was die avond en dat jij echt niet weet wat er gebeurd is.'

Zijn schoonvader slaat zijn armen over elkaar en kijkt verongelijkt voor zich uit.

Inwendig telt Willem tot tien. 'Luister nou, haar verklaring kan ze misschien niet terugnemen, maar ze kan er wel iets aan toevoegen. Ze kan zeggen dat ze onder druk is gezet door de politie. En dat ze eerst stellig wist dat het zo was, maar dat ze nu begint te twijfelen. En dat ze achteraf eigenlijk zeker weet dat Björn zoiets nooit zou doen. Op die manier kunnen we de rechter weer aan het twijfelen krijgen.'

'Waarom zou ze dat doen?' vraagt Joachim.

Willem zet zijn vriendelijkste glimlach op. 'Omdat Huub het haar vraagt.'

Zijn schoonvader bevochtigt zijn lippen. 'Ik kan dat niet.' Hij slaat met een vuist op tafel. 'Dat stomme wijf! Ik doe het niet.'

Willem ademt in en weer uit. 'Jawel, dat kan je wel.' Dan spreidt hij zijn vingers en zet ze tegen elkaar. Zorgvuldig houdt hij zijn stem laag als hij zegt: 'Dacht je dat Björn het fijn had daar? Roep jij niet altijd: hij mag er niet achter, want dan gaat het helemaal fout?'

8

Als het klopt dat de confrontatie aangaan dé manier is haar demofobie te overwinnen, dan zit ze hier goed: het terras bij Laterne is afgeladen. Er was een tijd dat ze zich er druk over maakte dat cafés bij lage temperaturen straalkachels aanzetten op het terras. Zomer of winter, geen mens zit nog binnen; iedereen baadt zich buiten in de laatste stralen van de energievoorraad. Nu heeft ze wel wat anders aan haar hoofd.

Zo te zien is Pepijn er nog niet. Ze gaat aan het een na laatste vrije tafeltje zitten en wacht. En ze wacht. Net als ze begint te vrezen dat hij haar voor niks heeft laten opdraven om het haar eens allemaal goed betaald te zetten, duikt hij alsnog op. Hij ploft naast haar neer en wenkt een serveerster. 'Een jus en een pistoletje beenham,' roept hij, al voordat het meisje hun tafel heeft bereikt. Tegen Iris: 'En jij?'

'Ik hoef niks.'

'Hè, gezellig,' sneert Pepijn.

De serveerster tikt wat in op een apparaatje en loopt weg.

'Hoe kun je?' barst Iris uit. 'Hoe kun je dit doen?'

'Mijn idee was het niet, Iris. Jij begon ermee.

'Tegenover Menno. Die gewoon zijn moeder wil zien.'

'Dat jij nou met een of ander maffiamaatje tussen de lakens kruipt, wil nog niet zeggen dat mijn zoon...'

'Hij ziet hem niet eens. Hij is er niet.'

'Dat zeg jij. Maar je hebt wel vaker moeite met de waarheid de laatste tijd. Het begint met die Steenhouwer, en straks zit mijn zoon gezellig op de knie van Björn Couwenberg paardje-hop te doen.' De laatste woorden roept hij verontwaardigd uit. Menig gesprek op het terras valt stil. 'Het zijn gangsters,' gaat hij verder zonder zijn stem te dempen. 'Er vallen dooien daar. Ik wil mijn zoon er niet in de buurt hebben.'

Ze doet haar uiterste best kalm te blijven. 'Ik heb een advocaat gesproken,' zegt ze. 'En die zegt dat dit helemaal niet kan, waar jij mee bezig bent.'

'Ik zie hem graag in de rechtszaal.'

Een enorme woede laait in haar op, maar ze probeert zich goed te houden. Met alle zelfbeheersing die ze kan opbrengen, schakelt ze over op een andere toon. 'Luister,' soebat ze, 'ik vind het verschrikkelijk allemaal, maar ik heb niet op een dag gedacht: zo, nu ga ik eens iets met een ander beginnen.'

'Nee. Maar je hebt het wel gedaan.'

'Ik had ook bij jou kunnen blijven. En dan was ik heel ongelukkig geworden. En op den duur jullie ook.'

'Nou, dat is bemoedigend om te horen. Uit de mond van de vrouw die me vroeger opbelde om te vertellen dat ze kriebels in haar buik kreeg omdat ze zo verliefd op me was.'

Ze kijkt naar haar handen. Dan confronteert ze hem opnieuw. 'Ik vraag het nog één keer, voor Menno: hij wil mij zien. Ik wil hem zien. We kunnen toch een normale, fatsoenlijke regeling afspreken?'

'Ik hoor graag van je advocaat.' Na deze woorden slaat Pepijn zijn armen over elkaar.

Het is lang geleden dat ze het verlangen had iemand te slaan. Misschien was de laatste keer wel toen haar moeder zuur opmerkte dat al die achten op haar eindexamenlijst makkelijk negens en tienen hadden kunnen zijn als ze wat meer haar best had gedaan. Met een ruk staat ze op en loopt weg.

Willem parkeert de auto naast zijn kantoor. Iris is er al, ze treedt uit de schaduw zodra hij uitstapt. Hij schuift zijn hand onder haar elleboog en voert haar mee, de steeg naast zijn kantoor in, waar hij haar heftig begint te kussen. Weliswaar beantwoordt ze zijn kus, maar haar handen houden hem op afstand. 'Hoe weet ze het?' vraagt ze, zich uit zijn omhelzing bevrijdend.

'Iemand heeft een briefje gestuurd, waarop staat: "Je man heeft een verhouding. Iris Hoegaarde heet ze." Wie doet zoiets nou?'

'Je grote baas misschien? Weet hij ervan?'

Verontwaardigd kijkt hij haar aan. 'Mijn grote baas?'

'Je schoonvader.'

'Hij is mijn baas niet.'

'Weet hij ervan?' herhaalt ze, met nauwelijks verholen ongeduld in haar stem.

'Nog niet. Het zijn trouwens wel toestanden, dat met Elsie was nog niet afgelopen of haar broer werd gearresteerd. Op last van je eh... ex.'

Ze trekt haar wenkbrauwen op. 'En, is hij schuldig?'

Hij valt stil.

'Goed,' zucht ze. 'Weet je wat Pepijn net tegen mij zei? Dat ik Menno niet meer mag zien omdat ik met gangsters omga.'

'Gangsters? Ga jij met gangsters om?'

Ze laat haar adem via haar neus ontsnappen. 'Met jou bedoelt hij. En hij zegt dat de rechter hem gelijk gaat geven.'

'Wat een bullshit,' antwoordt hij kregel. 'Ik ben advocaat...'

'Hoe gevaarlijk zijn die mensen, Willem?'

Duizendmaal liever ging Couwenberg naar de tandarts dan naar zijn schoonzus, en even zoveel keer heeft hij al op het punt gestaan om te keren en terug naar huis te gaan, maar Couwenberg hoeft alleen maar aan Björn te denken en hoe verloren dat jong van hem daar in die cel zit, en hij vervolgt zijn weg. Gewoon een kwestie van door de zure appel heen bijten.

Bij de villa aangekomen steekt hij zijn vinger uit naar de bel onder het bordje 'Louis en Beppie Karelse'. Nee, hij kan het niet. Het is echt te veel gevraagd, een mens heeft zo zijn grenzen. Hij draait zich weer om. Loopt het pad weer af. Herinnert zich hoe de onderlip van zijn zoon begon te trillen toen die overijverige rechercheurs hem kwamen halen en draait zich opnieuw om. Voor hij zich voor de zoveelste keer kan bedenken drukt hij op die vervloekte bel. Secondenlang gebeurt er niets. Dan hoort hij een geluid van het balkon. Beppie staart op hem neer.

'Lazer op, moordenaar!' schreeuwt ze, waarna ze een bloempot van de rand pakt, en die naar zijn hoofd smijt. De aardkluiten vliegen alle kanten op.

Couwenberg duikt weg. 'Wacht nou effe...'

Opnieuw gooit ze een bloempot, een zwaarder kaliber nu. Zijn hoofd met zijn handen beschermend zet hij het op een lopen. Bij de auto is hij nog niet veilig. Een derde pot raakt zijn hand.

Snel stapt hij in. Joachim aarzelt geen seconde en geeft gas.

'Stom wijf!' tiert Couwenberg op de achterbank terwijl hij zijn hevig bloedende hand in een zakdoek wikkelt. 'Het is een diepe snee. Rij maar langs de eerste hulp.'

Willem staat voor het raam van zijn kantoor en kijkt hoe een vliegtuig een lange, witte streep door de lucht trekt. Hoewel hij nog een hele stapel dossiers heeft om door te lezen, kan hij er niet toe komen aan het werk te gaan. In de binnenzak van zijn jasje gaat zijn telefoon. Gretig tast hij ernaar. Misschien wil Iris nog iets liefs zeggen na dat koele afscheid van daarnet. Helaas, het is zijn schoonvader.

'Ik hou het heel kort. Het was geen succes, dat idee van je,' snauwt Couwenberg.

'Niet?'

'Nee, godverdomme!'

Vrezend dat zijn schoonvader in zijn woede details de ether in slingert die niet voor andermans oren bestemd zijn, zegt hij vlug: 'Oké, we praten binnenkort verder.'

'Als het maar snel is!'

Willem verbreekt de verbinding en hoort op hetzelfde moment, een paar meter verderop, de stem van Elsie, die zich bij zijn secretaresse meldt. Hij pakt het bovenste dossier van de stapel op zijn bureau, legt het in een van de archiefkasten en sluit deze af met een sleutel.

'Hoe gaat het?' hoort hij zijn secretaresse vragen.

'Klote.' Het is even stil. Dan zegt Elsie: 'Is mijn man er?'

De matglazen deur gaat open. Willem zet zich schrap en inventariseert snel de voorwerpen die hij naar zijn hoofd geslingerd zou kunnen krijgen, maar één blik op het gezicht van zijn vrouw leert dat haar stemming een draai van honderdtachtig graden heeft gemaakt. Ze loopt om de tafel heen. 'Alsjeblieft,' zegt ze, 'doe me dit niet aan. Zeg dat het allemaal niet waar is.' Ze pakt hem vast en legt haar hoofd tegen zijn borst: 'En als het wel waar is, zeg me dan dat het afgelopen is. Voorbij. Foutje. Slippertje. Ik vergeef het je.'

'Elsie...'

'Je gaat niet bij me weg, hè? Ik word ziek als ik eraan denk.' In tranen uitbarstend: 'Ik overleef het niet, dat weet je toch?'

'Elsie...'

'Heb ik iets fout gedaan? Ligt het aan mij? Heb ik mezelf verwaarloosd? Het is mijn schuld, hè? Maar ik ga alles veranderen, we moeten weer meer samen dingen doen, we gaan op reis, weekendjes weg.'

'Ik ben verliefd op iemand anders. Ik kan zo niet thuis blijven wonen.'

Tot zijn afgrijzen laat ze zich langs zijn benen op de grond zakken.

'Zeg wat ik moet doen, en ik doe het,' snikt ze.

'Elsie, please.'

'Wil je me dood hebben?

'Hou op.' Hij probeert haar overeind te trekken, maar ze houdt zich slap als een onwillige kleuter en omklemt zijn benen.

'Ik kan niet zonder jou,' roept ze met hoge uithalen. 'Je weet dat ik niet zonder je kan.'

Hij staakt zijn pogingen haar overeind te trekken. 'Oké,' zegt hij zacht, 'dan ga ik zelf wel.'

'Het spijt me zo, alles, alles spijt me. Ik heb het fout gedaan.'

'Nee, je hebt niks fout gedaan. Ik ga.' Hij maakt zich los en loopt zijn kantoor uit. Achter hem klinkt een bons en daarna rennende voetstappen. Opnieuw klemt Elsie zich aan hem vast.

Zijn secretaresse komt verbijsterd de gang op. Met geweld duwt hij zijn hysterische vrouw van zich af en vlucht de deur uit.

Een lange wandeling in het Amsterdamse Bos en eens goed over het een en ander nadenken, dat is wat hij eigenlijk zou moeten doen, maar alles lijkt ineens in een stroomversnelling te zijn gekomen. Eerst de volgende rampzalige ontwikkeling maar eens het hoofd bieden. Al van verre ziet hij het verband om de hand van zijn schoonvader. Voordat hij kan vragen wat er gebeurd is, gromt Couwenberg: 'Nog nieuws?'

Willem wijst naar zijn verband. 'Heeft Beppie dat...'

'Kan ik bij Björn langs of niet?' valt zijn schoonvader hem in de rede.

'Ja. Maar we wachten even op de dokter.'

'Op de dokter?'

'Ik laat een dokter bij hem langs gaan,' legt Willem uit. 'Hij heeft een hersenbeschadiging; ze kunnen hem niet zomaar de hele tijd gaan verhoren.'

'En dan? Krijgt die hem los?'

'Misschien.'

‘Elsie is toch heel goed met Beppie?’ oppert Joachim. Sluw kijkt hij Willem aan. ‘Kan zij niet wat doen?’

Koortsachtig denkt Willem na over een antwoord. Er wil hem niets te binnen schieten. ‘Ja, ja,’ zegt hij vaag. ‘Dat zou kunnen.’

9

De kruiskopschroeven zouden volgens de tekening in de bedbodem moeten, en de kleintjes in de zijschotten. Waarom passen ze dan niet in de voorgeboorde gaatjes? Met de achterkant van haar hand veegt Iris het zweet van haar voorhoofd. Haar vader draaide vroeger wel eens een conference van een cabaretier die zeer tot de verbeelding sprekend verslag deed van de waanzin die bezit van hem nam bij het in elkaar zetten van een stapelbed. Zelf begint ze dat punt ook zo'n beetje te bereiken. Hoewel er natuurlijk ergere dingen zijn dan het onvermogen een bed te monteren. Je kind nooit meer mogen zien bijvoorbeeld. Hoe zei die Nienke van het advocatenkantoor het ook alweer? O, ja, het recht van omgang met haar kind kon haar niet ontzegd worden, enkel omdat ze met een advocaat omging. Ze had een juichkreet voelen opkomen, tot de advocate eraan toevoegde dat het belang van het kind altijd het zwaarst woog, en dat het misschien anders lag bij advocaten die bij criminele activiteiten betrokken waren. Niet aan denken nu, concentreren op het bed. Ze spreidt alle planken uit op de studiovloer en legt de schroeven erboven. Ze komt er drie tekort. En ze heeft één plank te veel. Op haar knieën gaat ze ervoor zitten en telt alles nog eens na, om weer tot dezelfde conclusie te komen. Nog altijd drie schroeven te weinig en een plank te veel. En, ziet ze nu, een van de onderdelen van de lattenbodem is ook nog eens te kort. Ze slaakt een kreet, verfrommelt de tekening en smijt de prop tegen het raam.

Elsie ligt als een zombie op het bed in de echtelijke slaapkamer. Als Willem het moeilijkste gedeelte achter de rug heeft – het pakken van zijn koffer terwijl zijn vrouw met stijf opeengeklemde lippen en lege ogen naar het plafond staart – gaat hij naar de woonkamer, waar Marco televisiekijkt en Marit zit te lezen. Zijn dochter kijkt op en glimlacht. Haar ogen glanzen. O, nee, hoe kon hij denken dat hij het moeilijkste gedeelte gehad heeft?

'Is mama nog boven?' vraagt ze.

'Ja.'

'Moet ze niet naar de zaak?'

'Vanavond niet.' Hij vat moed en gaat zitten. 'Ik moet jullie wat vertellen... iets wat voorlopig verder niemand hoeft te weten. Eh... mag de tv even uit?'

'Moet dat?' vraagt Marco, zich met moeite ontrukkend aan de beelden van exploderende gebouwen en schreeuwende soldaten.

'Ja, dat moet.'

'Waarom?'

'Toe nou...'

Marco zucht en rekt met veel misbaar zijn lange lijf om de afstandsbediening van de grond te rapen.

'Ik ga voorlopig ergens anders wonen,' zegt Willem als de televisie zwijgt. 'Er zijn een paar dingen gebeurd en daarom is het 't beste als ik even wegga.'

Marits mond valt open.

'Heb je een ander?' vraagt Marco.

'Hoezo? Nee, natuurlijk niet.'

'Wat voor dingen dan? Wat is er gebeurd?'

'Het gaat gewoon even niet zo goed tussen jullie moeder en mij.'

Marit klapt haar boek dicht. 'Gewoon even niet zo goed?' herhaalt ze.

Misschien moet hij het woord 'gewoon' eens uit zijn woordenschat schrappen. Voor hij kan antwoorden, vraagt Marco: 'Waar ga je nu dan naartoe?'

'Weet ik nog niet. Een hotel of zo. Ik laat het nog weten.'

'Hoe kan dit nou?' barst Marit uit. 'Zo ineens?' Tranen springen in haar ogen.

Het scheelt weinig of hij begint zelf ook te huilen. 'Schatje, toe nou,' smeekt hij.

'Alles gaat mis!' roept ze uit. 'Alles gaat mis!'

Marco steekt de handen in zijn zakken. 'Ach, veel zal het niet uitmaken,' zegt hij. 'Je bent er toch nooit. En mama trouwens ook niet. Ik kan net zo goed meteen het huis uitgaan.'

'Leuk om dat nu te zeggen,' roept Marit.

Marco haalt zijn schouders op en loopt de kamer uit. Willem gaat achter hem aan.

'Wacht nou even!' Hij pakt zijn zoon bij de arm, maar die schudt zich los en haalt zijn jas van de kapstok.

'Laten we... laten we gauw eens eindelijk samen gaan paintballen,' zegt hij.

'Paintballen?' Marco spuugt het woord uit. 'Weet je hoe oud ik ben, man? Die tijd is allang voorbij, blinde!' Met een klap slaat hij de deur achter zich dicht. Even later hoort hij hem op z'n scooter de straat uit rijden.

Met het lood in de schoenen gaat Willem de kamer weer in. Marit springt overeind en valt hem om de hals.

'Hoe ging het, thuis?' vraagt Iris hem een paar uur later, als hij in haar studio toekijkt hoe ze tomaten snijdt. Hij weet niet wat hij moet antwoorden. Behalve dat hij nu een betoog zou kunnen houden over de klootzak die hij eigenlijk blijkt te zijn, willen hem verdomd weinig volzinnen te binnen schieten. Een zeldzame ervaring in zijn loopbaan als advocaat.

Ze draait zich om. 'Wil je erover praten?'

Hij schudt zijn hoofd.

Later, als ze aan tafel zitten, zegt ze: 'Niet zo lang geleden maakte ik me druk over de kadrering van een wolk in de achtergrond. Over een muur die gewit moest worden. Mijn administratie die een paar weken achterliep.' Ze legt haar snijmesje neer. 'Willem, als het gangsters zijn, dan moet je het me zeggen.'

'Ik heb een eed afgelegd. Ik mag niet praten over...'

'En ik heb een kind,' zegt ze resoluut. 'Is die man gevaarlijk of niet?'

Hoe dol hij ook is op zijn kleinzoon, Couwenbergs hoofd staat nu even niet naar zijn verhalen. Blijkbaar heeft Marco geen vrede kunnen sluiten met het meisje dat hij heeft geslagen, maar wat wil hij nou nog van hem? Wat kan hij daar verder aan doen?

'Je moet beter je best doen, jongen. Met conflicten kom je nergens. Ik heb ook zelden een conflict met iemand.'

'En ome Louis dan?' vraagt de knaap.

Couwenberg fronst zijn wenkbrauwen. Hij wil dat Marco opstapt, hij moet nu nadenken over de vraag hoe hij Björn uit die cel kan krijgen.

'Ome Louis was te ver gegaan,' antwoordt hij ongeduldig. 'En trouwens, wat weet jij daar eigenlijk van?'

Marco maakt een wegwerpgebaar. 'Opa, dat klusje, je zei laatst dat je misschien nog een klusje voor me had.'

Couwenberg masseert zijn slapen met zijn vingertoppen. Dan schiet hem iets te binnen. 'Antikraak,' zegt hij. 'Ik heb nog een pandje, het Deltagebouw, daar heb ik een antikraakwacht in gezet. Maar zo langzamerhand lijkt het wel alsof het krakers geworden zijn. Als jij daar nou eens naartoe gaat en vrienden met ze wordt. Uitzoekt wat ze in hun schild voeren en dan bij mij verslag komt uitbrengen.'

Marco's gezicht klaart op. 'Oké, opa. Top.'

'Maar wel oppassen, hè? Niks zeggen, voor je eigen veiligheid.'

De ogen van zijn kleinzoon glimmen. 'Natuurlijk niet.'

Als hij weg is, haalt Couwenberg de foto van Willem en dat mokkeltje weer uit de la. Hij staart ernaar tot hij vlekken voor zijn ogen krijgt.

10

Regen slaat tegen het raam. Iris draait zich om. Ze tast naar de wekker. Waar is de wekker? Waar is het nachtkastje? Haar vingers strijken over een koud oppervlak. De vloer. O, ja, ze bevindt zich in de studio. En Willem is bij haar. Dat is nog eens wakker worden. Ze draait zich op haar andere zij, om teleurgesteld te constateren dat de plek naast haar in het geïmproviseerde bed leeg is. Dan ziet ze een donkere schaduw, die de helft van het raam aan het zicht onttrekt. Willem zit omgekeerd op een stoel, zijn kin rust op zijn onderarmen. In het grijzige licht tekenen de contouren van zijn krullen zich vaag af.

Een glimlach verspreidt zich over haar gezicht. 'Wat doe je?' vraagt ze zacht.

'Je bent mooi.'

Ze gaat rechtop zitten. 'Kon je niet slapen?'

'Ik heb een hoop om over na te denken. En van hieruit kon ik je mooi bestuderen. Ik heb een beslissing genomen: ik ga ermee stoppen.'

'Waarmee?'

'Met alles. Ik wil niet dat jij ook maar het minste risico loopt. Laat staan je kind.' Hij staat op, haalt iets uit zijn koffer en gaat naast haar op het matras zitten om het haar te overhandigen. Het is een visitekaartje met de naam van een advocatenkantoor.

Ontroering maakt zich van haar meester en ze slaat haar armen om hem heen. Met haar lippen in zijn nek mompelt ze: 'Maar dat kan toch niet de enige reden zijn?'

Zijn warme adem strijkt langs haar wang.

'Dat is het ook niet,' antwoordt hij.

Marco wordt wakker met steken in zijn rug. Hij ligt op een dun matrasje, dat weinig bescherming biedt tegen de kou die optrekt uit de betonnen vloer. Kreunend draait hij zich om en kijkt een grote, kale ruimte in. Grijs daglicht valt binnen door de vervuilde ramen van het Deltagebouw, maar het meeste licht komt van een bouwlamp die een paar meter verderop de tot eettafel gepromoveerde deur op kratjes beschijnt. Een meisje met pluizig haar zit op een boterham te kauwen, met lege ogen voor zich uit starend. Her en der verspreid liggen jongeren op campingmatrasjes. De meesten slapen nog. De antikraak. Hij mag dan door en door verkleumd op dat matrasje liggen met een kater van hier tot Tokyo, hij is evengoed wel aan het werk voor zijn opa. En naast hem ligt een ontzettend lekker ding, met wie hij zich vannacht goed heeft vermaakt. Secundaire arbeidsvoorwaarden, hij kan het zijn opa bijna horen zeggen. Hij hoopt maar dat ze niet heeft gemerkt dat het voor hem de eerste keer was.

Wat zoemt daar toch steeds bij zijn oor? O, zijn mobiel. Kennelijk heeft hij erbovenop gelegen. Shit, zijn moeder. Vergeten te bellen dat hij vannacht niet thuis zou slapen.

'Waar ben je?' roept ze, zodra hij opneemt.

'Bij een vriendin.'

'Een vriendin?' vraagt ze na een verbaasde stilte. 'Wie dan?'

'Ken je niet.' Hij wendt zich af om het meisje niet wakker te maken.

'Hoe heet ze dan?'

'Eh... Simone.'

'En wat vinden haar ouders ervan?' De stem van zijn moeder schiet met elke lettergreep meer de lucht in.

'Geen probleem,' antwoordt hij.

Daar lijkt zij anders over te denken. 'Hier is het laatste woord nog niet over gesproken. Kom naar huis.'

'Maar ik moet naar school.'

'Heb je dan spullen bij je?'

'... Nee.' Hij hoort zijn moeder gejaagd ademen. 'Ga maar naar school,' zegt ze uiteindelijk. 'Ik spreek je vanmiddag.'

'Oké. Doei. O, ja, mam? Is papa nog steeds weg?'

'Ja,' antwoordt ze kortaf, en verbreekt de verbinding.

Hij legt de telefoon weg en buigt zich over het meisje. Gisteravond dacht hij dat ze bruine ogen had, maar nu ze ze opent, ziet hij dat ze donkergrijs zijn.

'Morning,' zegt ze, en gaapt luid.

'Morning.'

'What's your name again?'

'Marco. Yours?'

'Jennifer.' Na deze mededeling kust ze hem vol op de mond, en Marco kruipt dicht tegen haar aan. Geen prater, deze Jennifer, maar tongzoenen kan ze als de beste. Waren alle meisjes maar zo.

Even later, hun lijven nog verstrengeld, roken ze een joint. 'He's a bastard, you know,' zegt hij, met zijn duim de lijn van haar kaak volgend.

'You shouldn't talk about your father like that,' antwoordt ze.

'But he's a criminal.'

Ze giechelt en neemt een flinke hijs.

'No, really, I hate him. He hurt my mom very much.'

'All men are criminals,' vindt Jennifer.

Marco denkt aan zijn moeder. Zou ze gewoon naar haar werk gaan? 'I have to go.'

Haar heupen tegen de zijne duwend vraagt ze: 'Already? Why?'

'Because I have to.'

'Come on, relax.' Ze werpt een blik op haar pols, waar zich overigens geen horloge bevindt. 'Where do you wanna go?'

'To school.'

Ze proest het uit. 'School.' Aarzelend lacht hij mee. 'Let's have breakfast first,' oppert ze, en begint hem opnieuw te zoenen. Hij vermoedt dat ze met breakfast geen eten bedoelt.

Nu Willem zijn besluit genomen heeft, zou hij het liefst zo snel mogelijk willen doorpakken. Het is een kwestie van het goede moment afwachten. Helaas laat dat nog even op zich wachten; er komt nog net geen stoom uit de oren van zijn schoonvader.

'Vandaag!' roept hij. 'Vandaag moet Björn eruit.'

'Het wordt heel moeilijk,' antwoordt Willem. 'Ik doe wat ik kan.'

'En die dokter?' vraagt Joachim, die binnenkomt en de laatste woorden opvangt.

'Nog steeds niks van gehoord,' zegt Willem. 'Ik heb aangevoerd dat Björn te labiel is om zo lang te laten verhoren. Om überhaupt te verhoren.'

Couwenberg schudt mismoedig zijn hoofd. 'Als het niet lukt... dan houdt hij het nooit vol.'

'Ach,' probeert Joachim hem op te beuren, 'we hebben het verhaal uit-en-ter-na met hem gerepeteerd.'

Peinzend zuigt Willem zijn onderlip naar binnen. 'Dat houdt hij niet vol.'

Zijn schoonvader legt zijn hoofd in zijn handen. 'En wat dan?'

'We moeten het op verminderde toerekeningsvatbaarheid gooien. Wat het natuurlijk ook is. De rechter zal er gevoelig voor zijn. En het ongeluk...'

'Dat ongeluk gaat nooit never nergens ter sprake komen!' barst Couwenberg uit. 'In het openbaar, ben je krankzinnig geworden?' Hij slaat zijn armen over elkaar en kijkt langs Willem naar buiten, waar de oude eik als een spons de regen staat op te zuigen. Als hij geen aanstalten maakt nog iets over Björn of het ongeluk te gaan zeggen, haalt Willem diep adem en zegt: 'Ik wil het ook nog over iets anders hebben. Ik stap eruit, ik doe niet meer mee.' De mond van zijn schoonvader valt open. 'Ik wil het niet meer. En ik kan het ook niet meer. Er zijn dingen gebeurd.'

Couwenbergs wenkbrauwen vormen een grimmige, rechte streep. 'Dingen? Wat voor dingen?' Voor Willem kan antwoorden gaat hij verder: 'Laat me raden, zoals dat je met andere wijven rotzooit, bijvoorbeeld?' De blik van zijn schoonvader is niet geheel zonder triomf.

'Hoe weet je dat?'

Geen antwoord.

'Kunnen we dit onder vier ogen bespreken?' vraagt Willem.

'Ik heb geen geheimen voor Joachim,' repliceert Couwenberg. 'Jij toch ook niet?'

'Goed. Ik heb iets met iemand anders.'

Couwenberg knikt bitter. 'Dat is tenminste eerlijk. Hoor je dat, Joachim? De enige eerlijke advocaat ter wereld. Hebben wij in huis.' Plotseling slaat hij met een vuist op tafel. 'Nee, jij gaat niet bij me weg!'

'Er zijn achtduizend advocaten in Nederland,' antwoordt Willem.

'Geen eentje zoals jij. En ook geen eentje die van de hoed en de rand weet in het bedrijf.'

'Dat is geen probleem. Alle vertrouwelijkheid blijft...'

'Lul niet!' Couwenberg komt dicht bij Willem staan; spettertjes speeksel landen op zijn overhemd. 'Je kunt dit niet flikken! Mijn dochter ongelukkig maken. En mijn bedrijf naar de klote helpen. Vergeet het maar. Je bent een beetje in de war, dat krijg je van dat gerotzooi buiten de deur! Over een paar maanden schaam je je de ogen uit je kop dat je dit überhaupt tegen me hebt durven zeggen!'

'Het is niet van vandaag of morgen dat ik...'

'Denk je dat je zomaar al die jaren weg kan sodemieteren? Jij hoort bij ons. Of je het nou leuk vindt of niet. Je kan niet los. Vroeger was je er trots op, godverdomme!'

Quasi-peinzend wrijft Willem met een wijsvinger langs zijn kaak. 'Mja, dat kan ik me nog goed herinneren. Was dat niet die tijd voordat er links en rechts mensen dood gevonden werden?' Hij laat een stilte vallen, die zowaar eens niet door zijn schoonvader doorbroken wordt. Dan zegt hij: 'Luister, we maken een deal. Ik blijf Björn vertegenwoordigen. Ik doe mijn uiterste best hem uit de gevangenis te houden. En dat is het laatste wat ik voor je doe.' Couwenberg begint al met zijn hoofd te schudden. '... en in ruil daarvoor laat jij mij los.'

Joachim schraapt zijn keel. 'Dat je met de vrouw van de officier in bed ligt, helpt dat?'

Willem kijkt hem strak aan. 'Hoe weten jullie dat eigenlijk?' Als er geen antwoord komt: 'Het heeft helemaal nergens iets mee te maken. Maar als je 't dan weten wil: dat helpt, ja. Waarschijnlijk wordt haar man van de zaak gehaald. En dat is geen slecht nieuws voor ons.'

'Als jij denkt dat ik zomaar...'

'Het alternatief is dat ik er nú mee kap. Dan kan jij vervelend tegen me gaan doen, maar er is één iemand die kans maakt op tussen de twee à zes jaar gevangenisstraf, dat geef ik je op een briefje. Jouw zoon namelijk. Ik win die zaak. En daarna gaan we als vrienden uit elkaar. Aan jou de keus.'

Alle kleur is uit het gezicht van zijn schoonvader verdwenen. 'Vanmiddag,' brengt hij na een tijdje uit, 'spreek ik je.'

Willem kijkt naar de man die hij zo lang als een vader heeft beschouwd.

Hoelang is hij hier nu? Wanneer komt zijn vader hem nou eindelijk halen? En waarom laten ze hem geen moment op adem komen? Björn kijkt rond. Niets in deze verhoorkamer is de moeite waard om de ogen een moment op te laten rusten. Kale muren en nog eens kale muren. Zij hebben het maar makkelijk, die twee rechercheurs. Als ze moe worden, wisselen ze elkaar gewoon af. Maar hij moet alles in z'n eentje doen. Hoewel hij precies weet hoe dat gaat met verhoren – vertel hem wat, hij heeft zo'n beetje alle politieseries op dvd gezien – had hij nooit verwacht dat het in het echt zo vermoeiend zou zijn. Dat ze aan de lopende band dezelfde vragen blijven herhalen, daar wordt hij zo langzamerhand gillend gek van.

'Het is voor je vader ook niet leuk, hè, deze toestand,' zegt meneer Bazhouri. 'Hij zal je wel missen. Zo'n huishouden met z'n tweetjes.'

Ja, die Bazhouri is overduidelijk de good cop, die net als hij, Björn, een beetje in elkaar krimpt als de blonde heks iets snauwt. Zo doorzichtig als de pest. Hij is toch zeker niet achterlijk? Maar toch, dat hij nu iets aardigs over zijn vader zegt, daarop was hij niet voorbereid.

'Ik zet 's morgens altijd thee voor hem,' flapt hij eruit. 'Dat vindt hij fijn. En we doen elke dag samen boodschappen.' Er komt een brok in zijn keel. 'En ik help hem met koken.'

Meneer Bazhouri legt zijn ellebogen op tafel en leunt naar voren. De kleur van zijn ogen doet Björn denken aan koffie, zoals zijn vader het graag drinkt, zonder melk. 'Dus jij mist hem nu natuurlijk ook wel,' zegt de rechercheur zacht.

Even wil hij niets liever dan hem alles vertellen. Zou dat niet fijn zijn? Dan was hij overal vanaf. Gelukkig waarschuwt het stemmetje in zijn achterhoofd hem op tijd.

Good cop, bad cop.

Beschermend slaat hij zijn armen voor zijn borst. 'Ik was niet op de brug,' antwoordt hij.

II

Als Pepijn Menno naar school heeft gebracht – zo stoer, zijn jongen wilde niet dat hij meeging de klas in – haast hij zich naar het paleis van justitie. Op de gang komt hij de hoofdofficier tegen, die hem op een van zijn medelevende blikken trakteert. Inwendig slaakt Pepijn een zucht.

'Hoe gaat het?' vraagt de man.

'Het schiet nog niet erg op. Hij wordt verhoord.'

Mengeling trekt een wenkbrauw op. 'Ik bedoel: hoe gaat het met jou en Iris.'

'Ik wéét dat je dat bedoelt.'

'Is ze nog steeds weg?'

'Ja.'

'Heb je hulp?'

'Ja.'

Mengeling krabt in zijn hals. 'Als je een keertje vroeger weg wilt, voor je kind, of... weet je wat, wij gaan straks samen wat drinken.' Pepijn op zijn schouder kloppend: 'En ik accepteer geen nee.'

Ongeduldig onderwerpt Couwenberg zich aan de veiligheidseisen op het politiebureau. Hij identificeert zich, leegt zijn zakken en legt zijn riem bij de losse spullen in een plastic bak, die vervolgens door een poortje gaat voor hij alles weer mag verzamelen.

Zodra hij de spreekkamer in komt en Björn op hem toe ziet rennen, grijpt de emotie hem naar de keel.

'Niet toegestaan!' roept een bewaker. Couwenberg werpt de dienstklopper een giftige blik toe. Daarna wendt hij zich tot zijn zoon.

'Björre,' zegt hij zacht. 'Willem belde me net. Er is hier een dokter geweest. Wat heb je tegen hem gezegd?'

'Niks. Gewoon. Dat ik voor jou werk. Dat ik autorijd en allemaal klusjes doe. Dat ik helemaal normaal ben.'

Alle spieren in Couwenbergs lichaam spannen zich.

'Dat was toch goed?' Een onzekere blik glijdt over het gezicht van de jongen.

Met moeite knikt Couwenberg. 'Weet je,' gaat Björn verder, 'als ze zo tegen me aan zitten te lullen, in die verhoorkamer, dan denk ik gewoon aan jullie. Aan ons.' Hij glimlacht. 'Dat helpt.'

'Je hebt gehoord wat Willem zei: je hoeft geen antwoord te geven. Zwijgrecht heet dat.'

Björn haalt een hand door zijn haar. 'Aan jou en Willem, aan Elsie. Familie laat elkaar niet in de steek, hè.'

'Nee,' antwoordt Couwenberg schor, 'familie laat elkaar nooit in de steek.'

'Ik wilde niet dat ome Louis doodging.'

Ongerust kijkt Couwenberg om zich heen. 'Dat moet je hier niet zeggen,' sist hij hem toe.

'Natuurlijk niet.' Björn steekt zijn kin naar voren. 'Ik zeg niks.' Zijn ogen fonkelen. 'Ik was niet op die brug. Wij Couwenbergs, wij laten ons niet piepelen, hè pap?'

Aangenaam verrast kijkt Couwenberg zijn zoon aan. Zou het dan toch mogelijk zijn? Is hij sterker dan hij had gedacht?

De redactievergadering loopt uit. De discussie is bij vlagen heftig, maar het lukt Iris niet zich te concentreren. Af en toe werpt Jill haar een onderzoekende blik toe, en dan recht ze haar rug en doet haar best alert uit de ogen te kijken, maar zodra ter sprake komt welke herfstmode die van de zomer gaat opvolgen, en wat er voor de winter op de planning staat, dwalen haar gedachten weer af. Het gesprek op het door Willem aangeraden advocatenkantoor was niet helemaal verlopen zoals ze had gehoopt. Of beter gezegd: helemaal niet. Het verhaal van de advocate die ze eerder had geraadpleegd werd bevestigd: een rechter zou wel eens kunnen oordelen dat een kind niet mag worden blootgesteld aan een ouder die betrokken is bij een criminele organisatie. Artikel 140. Het zou er wel eens slecht voor haar kunnen uit zien.

Stoelen worden achteruit geschoven, agenda's glijden in tassen. Iris kijkt op. De vergaderruimte loopt leeg.

'Ik krijg veel complimenten over je reportage.' Jill staat naast haar.

'Welke reportage?'

'Overspel.'

'Ja?'

'Goed ingeleefd.'

'Dank je.'

Jill dempt haar stem. 'En ik hoor dat je niet meer thuis woont. Je hoeft er natuurlijk niet over te praten, maar het mag wel. Laat het me weten als ik iets voor je kan doen.'

Betrapt glimlacht Iris en mompelt een bedankje. Daarna staat ze op en maakt zich uit de voeten.

Joachim overhandigt Couwenberg een opengeslagen glossy. Mannen en vrouwen in allerlei posities, veelal verstrengeld. 'Overspel' staat erboven. Alsof Couwenberg niks anders aan zijn hoofd heeft. Wat moet hij met die flauwekul? Voor hij ernaar kan vragen, krijgt hij nog een tijdschrift in handen gedrukt. De getaande kop van Louis prijkt midden op de pagina. 'Captains of industry'.

'Niet te geloven,' roept hij boven de muziek van de Bee Gees uit. 'Is dat van diezelfde Iris?'

Joachim knikt. 'Ik ben bang van wel.'

'Overspel. Wat een klotewijf.'

'Ik heb wat onderzoek gedaan. Ze heeft een zoontje van een jaar of zeven. Maar ze woont niet meer thuis.'

Couwenberg keilt de tijdschriften in de hoek. 'Nee, natuurlijk niet.'

'Ze heeft een studio ergens bij de havens. Daar zit ze nu. Die vrouw is een probleem, Huub. Een groot risico. Wat doen we eraan?'

Haar smalle gezicht, het zijdeachtige haar dat als een waaier op het kussen ligt. Ook zonder naar de geprinte foto te kijken kent Willem elk detail, maar hij kan zich niet bedwingen en haalt hem steeds uit zijn binnenzak tevoorschijn. Pas als hij de Audi van zijn schoonvader in zijn richting ziet komen, vouwt hij het papier weer op en stopt het terug. Met zijn armen over elkaar leunt hij tegen zijn auto.

Huub Couwenberg ziet grauw. Zonder een woord voegt hij zich bij hem. Samen kijken ze naar de roeiers op de Bosbaan.

'Toen ze klein was,' zegt zijn schoonvader uiteindelijk, 'was ik altijd bang dat ze met een of andere eikel thuis zou komen. Dat hoor je vaak, toch? Een sufkees, een bouwvakker, een milieuactivist... Maar Elsie kwam met jou. Piepjong studentje met pukkels. Die van z'n vader niet verder mocht studeren. Maar dat er een goeie kop op zat, dat zag ik meteen. En weet je wat ik ook goed vond? Je deed nooit moeilijk. Nergens over. En binnen no time was je doctorandus.'

'Bij rechten word je geen doctorandus,' corrigeert Willem.

'Dat zeg ik, je had je bul.'

'Je bent bij Björn geweest, hè?'

'En dat het zo zou eindigen, dat had ik natuurlijk kunnen weten. Of moeten zien aankomen. Maar het gekke was: ik dacht altijd: Willem niet.'

Zakelijk blijven, dat is de methode. Willem haalt diep adem. 'Björn houdt zich heel goed volgens mij. Boven verwachting.'

Onverstoorbaar gaat Couwenberg verder: 'De vraag is alleen: ligt dat nou aan mij of ligt dat aan jou? Ben ik mijn intuïtie kwijt of ben jij ineens veranderd?'

Willem geeft geen antwoord. Hij kijkt naar het water, waarop het zonlicht schittert.

'Ja,' geeft zijn schoonvader toe, 'hij houdt zich fantastisch. Toch een echte Couwenberg, wat er ook met dat hoofd van hem gebeurd is.' Hij kijkt Willem aan. 'Je hebt een deal.'

'Zeker weten?'

'Zie ik eruit als Prins Carnaval?'

'Meestal niet.'

'Je hebt een deal, zeg ik.'

Wat een opluchting. 'Oké. Daar ben ik blij om.'

'En mijn dochter? Weet ze 't allemaal al?' Als Willem knikt: 'Het zijn jullie zaken. Ik heb besloten dat ik me er niet mee ga bemoeien.' Het is duidelijk dat deze toezegging hem niet van harte over de lippen komt. 'Als Björn het volhoudt, kunnen we misschien de ergste teringzooi beperken.'

'Ja.' Willem trekt zijn stropdas recht. 'En intussen moeten we nadenken of er toch nog een mogelijkheid is om Beppie op de een of andere manier te bewerken.'

Zijn schoonvader tuit zijn lippen en knikt veelbetekenend. Zijn blik doet alle alarmbellen bij Willem rinkelen Op zijn armen breekt van het ene moment op het andere kippenvel uit. 'Wat?' zegt hij. 'Wát?'

Huub Couwenberg doet er het zwijgen toe.

'Nee...'

Voor het eerst sinds tijden loopt Marit met opgeheven hoofd over het schoolplein. Het was een goede zet een afspraak te maken met Joachim. Hij had er wel vreemd van opgekeken toen ze gisteravond belde. De laatste keer dat ze hem uitgebreid sprak, was toen hij haar en Marco meenam naar de dierentuin. Of de kermis, daar hadden ze nog over van mening verschild toen ze elkaar in een café troffen. In elk geval nam hij ze regelmatig op sleeptouw toen ze nog klein waren, en zowel haar vader en moeder als haar opa weer eens te druk waren om zelf iets met ze te ondernemen. Amper had hij de lip in het bier, of ze vroeg hem wat hij tegen meneer Hartman had gezegd.

'De vader van mijn beste vriendin, die nu mijn beste vriendin niet meer is.'

Over de rand van zijn glas had hij haar eerst verbaasd en vervolgens peinzend aangekeken. Daarna zei hij dat hij niet zomaar over allerlei zaken uit de school kon klappen, maar ze was het helemaal zat, dat geheimzinnige gedoe in haar familie.

'Als jij ook niet met me wilt praten, moet ik maar naar de politie met mijn vragen,' antwoordde ze koeltjes. En toen had ze haar cola in een paar teugen opgedronken, de drankjes betaald en was ze weggelopen. Ze is er klaar mee. En dat vertelt ze Rosie, als die haar met een vage groet wil passeren op het schoolplein.

'De politie?' roept Rosie. Haar ogen worden groot. 'Heb je daarmee gedreigd? Dat meen je niet.'

'Maar misschien moet ik het wel doen,' antwoordt Marit.

'Je eigen familie, wow!'

Marit glimlacht en hijst haar tas over haar schouder. 'Ik ga naar Nederlands,' zegt ze en steekt haar hand op. Ze voelt Rosies ogen in haar rug terwijl ze naar de schoolingang loopt. En dit keer branden ze niet.

'Hé!' Victor duikt ineens naast haar op.

'Hoi.'

'Heb je 't al gehoord?'

'Wat?'

'Mijn moeder denkt dat ik homo ben.' Hij trekt een treurig gezicht.

'Hoezo?'

'Omdat ik de hele tijd zeg: deze week ga ik met Marit naar de film. Maar daar komt steeds niks van terecht. En nou denkt ze dat het een smoes is en dat ik eigenlijk op leertypes val. Zullen we op de hoek een milkshake gaan drinken? Ik trakteer.'

Marit lacht.

'Mijn vader heeft weer eens een nieuwe vriendin,' zucht hij als ze even later de snackbar uit komen. Hij leunt tegen een muurtje en lurkt van zijn milkshake. 'Een kunstenares. Ze maakt naaktportretten van zichzelf.' Hij kijkt alsof hij pure citroen drinkt in plaats van een milkshake banaan. Marit glimlacht. Hij vrolijkt haar op. Er zijn er niet veel die hem dat op het moment nadoen.

'En mijn moeder volgt nu aromatherapie,' voegt hij eraan toe. 'Zodra het kan ben ik weg daar. Ik ken genoeg mensen. En jij?' vraagt hij, na met veel gereutel de laatste restjes milkshake naar binnen te hebben gewerkt.

Ze haalt haar schouders op en mikt haar lege beker in een afvalbak. 'O, gewoon. Ik kom uit een tamelijk saai gezin.'

Beppie loopt door de Kalverstraat en blijft staan voor een etalage van een modezaak. De rokken zijn weer langer, dit voorjaar. Zal ze naar binnen gaan? Ach, voor wie doet ze het eigenlijk? Ze heeft twee kasten vol kleren. Ze vangt een blik op van zichzelf in de etalageruit. Daar staat ze in haar dure jas, een onzichtbare vrouw van middelbare leeftijd, met haar zojuist voor achtennegentig euro gekapte en geblondeerde hoofd.

'Mevrouw Karelse.'

Bijna laat ze haar tas vallen. Dan, als ze ziet dat het Joachim is die haar aanspreekt, draait ze zich abrupt om en begint te lopen. Ze zet er stevig de pas in.

'Goed dat ik u tegenkom,' teemt Joachim, die haar makkelijk bijhoudt. 'Ik wou u namelijk de excuses van Huub overbrengen.'

'Alweer?' snibt ze. 'Hoe is het met zijn hand?'

'Beter. Beter.'

'Jammer.'

'Hij heeft laatst een kaartje gestuurd, dat ging geloof ik over een bedragje dat hij nog krijgt.'

'De tyfus kan ie krijgen. In z'n hart. Met de complimenten. Als je dat zou willen doorgeven?'

Hij vertrekt geen spier. Op zijn korte beentjes blijft hij naast haar voortdribbelen. 'Dat zal ik zeker doen, maar ik moest u vertellen dat hoewel hij er absoluut recht op heeft, hij u dat bedrag wel wil kwijtschelden.'

'Kijk eens aan.'

'En dat hij het dan van zijn kant weer ontzettend zou waarderen als u nog eens goed over een bepaalde verklaring zou willen nadenken, hij dacht dat u wel wist wat hij dan bedoelde.'

Verontwaardigd kijkt ze hem aan. 'Als je soms denkt dat ik...'

'Anderhalf miljoen euro! Toch een leuk bedrag. Goed voor een rustig leven.'

'Hoe bedoel je, rustig leven?

'Nou ja, als u wél vasthoudt aan die verklaring, dat zou Huub nogal onsympathiek vinden. U kent hem, hij is nogal vasthoudend en...'

'Sodemieter op! En snel ook! Voor ik de politie roep, moordenaar!'

Meerdere mensen kijken op. Joachim trekt een gezicht, haalt zijn schouders op en verdwijnt dan in het gedrang.

Een halfuur later, als ze thuis aan de thee zit, trilt ze nog.

12

Het laatste plekje blauw in de lucht wordt verdrongen door wolken. Iris staat bij de poort van het Openbaar Ministerie en kijkt omhoog. Een regendruppel valt op haar neus, gevolgd door nog een en nog een. Stoïcijns blijft ze staan, haar blik strak op de ingang gericht. Ook als de regen de kraag van haar jas in loopt, verroert ze geen vin.

Pepijn komt met opgestoken paraplu het gebouw uit. Even is ze hem kwijt, hij lijkt opgegaan te zijn in de mensenmenigte die zich over straat haast. Dan passeert hij haar op nog geen twee meter afstand. Hun ogen ontmoeten elkaar. Hij blijft staan. 'Je wordt nat.'

'Ik weet het,' zegt ze.

'Waarom?'

'Moet er voor alles een reden zijn?'

'Strikt genomen niet,' antwoordt hij.

'Jij zit tegen mij te liegen.' Ze laat een stilte vallen die hij niet invult. 'Ik heb een advocaat genomen,' zegt ze.

Zijn ogen vernauwen zich. 'Stuur hem maar langs.'

'Het is een zij.'

'Nog beter.'

'Jij kunt mij de omgang met Menno niet verbieden.'

'Dat is aan de rechter.'

'... ook al is die Björn Couwenberg misschien honderd keer een moordenaar.'

'Eén keer is genoeg, hoor.'

'Of is het allemaal een truc? Omdat Willem Steenhouwer zelf verdacht wordt?' Als Pepijn niet antwoordt: 'Nou?'

Hij snuift verontwaardigd. 'Dacht je dat ik daar in de stromende regen onder een paraplu uitspraken over ga doen?'

'Hoe gaat het met hem?' Ze slikt de opkomende tranen weg. 'Doet ie z'n turnoefeningen? En zwemmen, hoe gaat het met zwemmen? Lees je hem wel voor elke avond? Jij bent altijd zo moe. Hoe kan je dit nou doen? Je houdt mijn jongen bij me vandaan.'

Een spiertje in zijn kaak beweegt. 'Je kan altijd weer terugkomen, bij ons.'

Tranen vermengen zich met de regen op haar gezicht. Ongeduldig veegt ze ze weg. 'Je hoort van mijn advocaat.'

Waar is het misgegaan? Wanneer is het misgegaan? En waarom heeft ze niks gemerkt? Ze hebben te weinig tijd voor elkaar gemaakt, dat is het probleem. Was ze maar vaker thuis geweest, had ze zich maar niet zo nodig moeten willen ontplooien. Elsie ligt aangekleed op bed en probeert zich te herinneren wat ze ook alweer wilde bewijzen en aan wie ze het wilde bewijzen. Haar eigen restaurant, ze heeft het altijd ervaren als een statement, een teken dat ze heel goed in staat is voor zichzelf te zorgen, maar wat is een slechtlopende eettent nou eigenlijk anders dan een slechtlopende eettent? Ze staart naar de plafonnière. Er wordt gebeld. Ze verroert zich niet. Nogmaals schalt het geluid van de bel door het huis. En nogmaals. Elsie blijft liggen. Dan gaat haar mobiele telefoon, naast haar op het nachtkastje. Onverschillig doet ze een greep en haalt de telefoon naar zich toe. Het is haar vader. Ze besluit niet op te nemen, rolt zich om en staat op. Als een zombie sloft ze door het huis. Dan, als ze de voordeur opent en haar vader ziet staan, loopt de emmer over. Ze barst in tranen uit en laat zich in zijn armen vallen. Onhandig klopt hij haar op haar rug.

Zelf ziet hij er ook allesbehalve jofel uit. Ze vermant zich, neemt hem mee naar de keuken en haalt een bak spaghetti bolognese uit de vriezer, die ze in de magnetron zet. Even later zitten ze tegenover elkaar troostslierten te eten.

Net als ze Willem ter sprake wil brengen, komt Marco binnen. Zijn kleren zijn doorweekt. 'Hé, opa,' zegt hij, licht verbaasd, 'wat doe jij hier?'

Elsie staat op. 'Welja,' zegt ze, 'en wat doe jij hier? Laten we het daar eens over hebben. Waar zit je verdomme de hele tijd? Zonder iets van je te laten horen?'

'Ik eh... was een beetje blijven hangen.'

Ze slaat haar armen over elkaar. 'Waar?'

Hij wisselt een snelle blik met zijn opa. 'Ach, laat die jongen toch,' roept haar vader. 'Hij is ook in de war van al dat gezeik. Dat had ik je nog niet verteld, Elsie, maar ze hebben Björn weer opgepakt. Hij zit in het huis van bewaring.'

Geschrokken gaat ze zitten. 'Wat? O, nee! Wat is er gebeurd?'

Terwijl zijn opa zijn moeder op de hoogte brengt van Björns arrestatie, maakt Marco van de gelegenheid gebruik ertussenuit te knijpen. Hij glipt naar zijn kamer, waar hij droge kleren aantrekt. Wat ligt daar op zijn kussen? Hij werpt zijn natte sokken in de hoek en loopt ernaartoe. Een envelop. Hij vist er een brief uit en leest: 'Lieve jongen, ik wou je nog een keer vertellen hoe erg ik het vind dat ik voorlopig even niet meer bij jullie woon, en hoe...'

In een vlaag van woede verscheurt hij de brief en gooit de snippers door de kamer.

Het wordt tijd dat hij hier wegkomt. Op naar Jennifer. En naar zijn nieuwe klus. Mooi dat zijn opa er niks over zei daarnet. Hij is tenminste iemand op wie je kunt bouwen. Zijn andere familieleden, daar komt alleen maar gezeik van.

Als hij even later door de gang sluipt, hoort hij zijn opa zeggen: 'Luister, moppie, ik weet dat je het moeilijk hebt, dus ik zal je er nu niet mee lastigvallen, maar als hij morgen nog niet los is, mag ik je dan om een gunst vragen?'

'Wat dan?' vraagt zijn moeder.

'Morgen, oké?'

Marco grist zijn leren jack van de kapstok en loopt op zijn tenen door de gang. Zorgvuldig sluit hij de achterdeur achter zich.

Pepijn kijkt toe hoe Mengeling zich door de mensenmassa bij de bar wurmt en even later terugkomt met twee whisky's.

'Moet ik me zorgen over je maken?' vraagt hij, terwijl hij de glazen op de cafétafel zet. 'Want ik kan er namelijk niet nóg een gebruiken met een burn-out.'

Pepijn brengt het glas naar zijn mond. Het wordt tijd dat meneer de hoofdofficier eens een beetje met hem meebuigt in plaats van zich te gedragen als een overijverige vader.

'Zolang je me maar op de zaak laat is er niets aan de hand,' antwoordt hij. 'Anders ga ik ook hyperventileren.'

Mengeling kijkt gepijnigd, alsof hij te krappe schoenen draagt. 'Hou erover op. Dat ik dat goed vind, daar word ik soms zwetend van wakker.'

Lange tijd zwijgen de beide mannen en bestuderen het cafépubliek. Even verbeeldt Pepijn zich dat hij Iris en haar nieuwe vriendje ziet binnenkomen, maar als ze naar de bar lopen, ziet hij dat het een ander stel is. Na een tijdje dringt het tot hem door dat Mengeling tegen hem praat.

'Ik heb het hele weekend staan schilderen,' zegt hij, aan een verfspatje op zijn pols pulkend. 'Mijn jongste heeft eindelijk een kamer gevonden.'

Pepijn knikt. De lamp boven tafel is te fel en de achtergrond lijkt te golven als hij zijn hoofd beweegt. 'De laatste die uitvliegt,' hoort hij de stem van Mengeling van ver komen. 'Margot vindt het vreselijk.'

Pepijn probeert zich te concentreren. 'En jij?' vraagt hij.

'Ik kan me er nog niet zoveel bij voorstellen. Vooralsnog lijkt het me heerlijk rustig.'

'Mijn kind groeit op zonder moeder,' antwoordt Pepijn, en hij neemt opnieuw een flinke teug van zijn whisky.

'Nou, dat is misschien een beetje...'

'Ik slaap slecht. En dan zie ik die gozer voor me, die Steenhouwer. En dan fantaseer ik. Ik heb van die schoenen met van die keiharde punten. Dat ik hem daarmee tussen zijn ogen schop. Een gapende wond in zijn voorhoofd, zo'n krater dat zijn hersenen eruit lopen.'

Mengeling zet zijn glas neer. 'Jezus, Pep...'

'Of dat ik hem tegenkom, buiten op straat, na de zitting of zo. En dat ik dan een heel lang mes bij me heb. Ik duw het zo bij zijn adamsappel naar binnen. Aan de achterkant komt het er weer uit, met een stuk stemband er nog aan.'

De hoofdofficier fronst zijn wenkbrauwen, en in Pepijns achterhoofd is er dat waarschuwende stemmetje, maar er is geen houden meer aan. 'Of dat ik hem verzuip,' raast hij door. 'In een bak met stront. Ik hou zijn kop net zolang onder tot hij stikt in de schijt. Tot hij met van die uitpuilende dooie strontogen weer bovenkomt.'

'Luister, Pepijn, ik...' Verder komt Mengeling niet. Pepijns mobiel produceert een indringend melodietje. Hij haalt het toestel tevoorschijn en leest het sms'je. Zijn woede zakt even snel als ze gekomen is. Een glimlach verspreidt zich over zijn gezicht. Zou er dan toch nog licht gloren aan het einde van de tunnel?

Iris knoopt haar blouse dicht. Boos op Willem, maar vooral boos op zichzelf. Moest ze weer zo nodig met hem naar bed, terwijl ze zich had voorgenomen alles eerst uit te praten. Kijk hem nou toch zijn horloge raadplegen, met zijn hoofd waarschijnlijk alweer bij allerhande zaken en die vreselijke schoonfamilie; je hoeft niet hoogbegaafd te zijn om te zien hoe zich hier een ontzettend fout patroon ontwikkelt. Ze voelt zich dom en vies.

'Jij kent die Couwenberg toch heel goed? Hoe gaat het aflopen?'

Als hij al baalt dat ze er nu weer over begint, weet hij dat goed te verbergen. 'Goed. Ik heb een sterke positie.'

'Vanwege die Björn.'

Willem knikt. 'Daar heeft ie me voor nodig. En in ruil kan ik alles eisen.'

'En artikel 140?'

'Artikel 140? Dat krijgt ie nooit voor mekaar. Dan moet ie langs de deken en dan hoor ik het meteen. Loze dreigementen. Bangmakerij. Typisch iets voor juristen. Jij gaat je kind ophalen, daar kan hij helemaal niks tegen doen.'

'Weet je, als jij nergens over kan praten, moet ik misschien zelf maar mijn conclusies trekken: die Couwenbergs deugen niet. Misschien zijn het nog net geen moordenaars. Maar kloppen doen ze niet.' Willem zwijgt. Wie zwijgt stemt toe. 'En áls dat zo is,' gaat ze verder, 'wat heb jij dan al die jaren bij ze gedaan? En waarom heb je zo'n ruilmiddel nodig? Waarom zeg je niet gewoon: bedankt, tot ziens? Je zou stoppen, zei je, alle schepen verbranden, waarom deze dan niet?'

Gekweld kijkt hij haar aan. 'Omdat ik... er is iets gebeurd, lang geleden. Daardoor is alles anders gelopen. En daarom doe ik wat ik moet doen.'

Hem het voordeel van de twijfel gunnend wacht ze nog even op een toelichting, maar als die uitblijft, ritst ze haar broek dicht en keert hem de rug toe.

'Naar het huis van bewaring,' roept Pepijn al tegen de taxichauffeur voor hij op de achterbank heeft plaatsgenomen. Die Tess is een zegen. Hij knijpt zich in de handen dat ze ook nu gelukkig weer wat langer bij Menno kon blijven. Hij zou niet weten wat hij zonder haar zou moeten, binnenkort moet hij haar maar eens opslag geven. O, ja, hij moet haar sowieso nog betalen. Straks even pinnen, als hij het niet vergeet. Allemachtig, hij had iets minder moeten drinken, de omgeving blijft maar deinen.

'Vertel op,' zegt hij, als Bazhouri hem in de gang tegemoet loopt. Maar eigenlijk hoeft Bazhouri hem niets meer te vertellen. Zijn gezicht spreekt boekdelen.

'Ik denk dat we hem hebben.' Ze lopen de ruimte naast de verhoorkamer in. Door de ruit zien ze Björn met het hoofd op tafel liggen. Uitgeput. Meerdink leunt achterover in haar stoel en bestudeert tevreden haar nagels. Een mooie vrouw, die Meerdink. Het is dat het zo'n bitch is... Bazhouri zegt iets tegen hem.

'Wat?' Pepijn kijkt hem niet-begrijpend aan. 'Verstond ik het goed? Zei je iets over klaverjassen?'

'Ja,' antwoordt Bazhouri. 'Klaverjassen. Toen we daarover begonnen, hield hij het ineens niet meer. Van het ene moment op het andere. En dat terwijl we de hoop al begonnen op te geven.'

Foute boel

I

Pepijn bladert door een ordner. Stomverbaasd kijkt hij op als hij Iris in de deuropening ziet staan.

'Hoe kom jij hier?'

'Ik haal hem op vanmiddag,' zegt ze plompverloren. Ze stapt zijn kamer binnen, haalt een brief uit haar tas en geeft hem die. 'Van mijn advocaat. Wij zijn niet gescheiden. De zaak is niet onder de rechter. Als jij hem bij me weg probeert te houden doe ik aangifte.'

Laatdunkend bekijkt hij de brief. 'Staakt de PTT of zo?'

'Die bestaat al een tijdje niet meer, Pep. Maar dan weet je dat. Hij slaapt bij mij en ik breng hem morgen weer naar school.' Ze draait zich om.

Pepijn grijpt haar arm. Het is het eerste fysieke contact in lange tijd. De haartjes op haar armen gaan overeind staan.

'Iris, waar ben je mee bezig? Je maakt alles kapot, weet je dat? Mij in de eerste plaats. Dat is nog tot daaraantoe. Maar jezelf ook. En Menno.'

'Laat me los,' zegt ze.

'Die nieuwe vriendjes van je draaien een voor een de gevangenis in. Dat garandeer ik je. En dacht je dat een rechter je daarna je kind ooit nog laat zien?'

'Hou op met dat gebluf van je!'

'En weet je wie die fijne jongens de schuld zullen geven?

Jou… jij hebt hun advocaat, hun steun en toeverlaat het hoofd op hol gebracht.'

'Laat me los!'

'Moordenaars zijn het. Besef je dat wel? Ik gun je heel veel slechts, Iris, maar niet dat ik op een dag een krant opensla en dat ik de moeder van mijn kind onder aan pagina 2 vind, met haar benen in zo'n rare hoek en een heleboel bloed bij haar hals op het trottoir.'

Met een vinnige ruk bevrijdt ze zichzelf en beent de kamer uit, om nog geen drie seconden later de deur weer open te gooien. 'Over PTT gesproken,' sneert ze, 'stuur jij brieven rond?'

'Sorry?'

'Over mij en wat er aan de hand is?'

'Ik begrijp niet wat je bedoelt. Nee natuurlijk niet. Waar zie je me voor aan?'

Ja, waar ziet ze hem voor aan? Een verdomd goede vraag.

Verweesd staart Elsie voor zich uit. Waarom heeft ze nou geen lijstje gemaakt? Hier staat ze in de supermarkt op de afdeling groente en fruit, en ze heeft geen idee wat ze moet kopen. Op goed geluk mikt ze een bakje champignons, een zak gemengde sla en een ananas in de boodschappenkar. Als haar moeder nog had geleefd, wat zou ze er dan van hebben gevonden dat haar vader uitgerekend aan haar, Elsie, heeft gevraagd om met tante Beppie te praten? In de hoop dat zij kan verhinderen dat ze een belastende verklaring over Björn aflegt? Ze had haar oren nauwelijks kunnen geloven. Hij had het lef om te zeggen: 'Ik vergeef het je nooit als je gewoon lekker op je reet blijft zitten terwijl je broer misschien wel voor jaren de bak indraait.' Alsof ze met zo'n opvoeding ooit ook maar één moment lekker op haar reet heeft kunnen zitten.

'Natuurlijk vergeef je me dat niet,' had ze geantwoord. 'Als ze aan je lieve zoontje komen…' Het was eruit voor ze 't wist; ze zag het verdriet in haar vaders ogen en had zich geschaamd. Ze riep nog dat ze ook wel wat anders aan haar hoofd had, dat haar man op het punt stond haar te verlaten, maar het ergste was dat ze zichzelf daarna hoorde zeggen: 'Als ik dat doe, doe jij dan iets voor mij?'

Ineens realiseert ze zich dat ze alle normen en waarden die ze haar kinderen probeert bij te brengen moeiteloos in de uitverkoop zou doen als ze Willem ervoor terugkreeg. Waarom zou zij al het leed van de wereld op haar schouders moeten nemen terwijl iedereen alleen maar bezig is zijn eigen straatje schoon te vegen?

'Sorry, mag ik er even bij?' Een vrouw buigt zich voor haar langs en pakt een net sinaasappelen uit het schap. Elsie doet een stap opzij en blijft een tijdje wezenloos naar de inhoud van haar kar turen. Dan neemt ze een besluit, parkeert de boodschappenwagen naast een rek met blikgroente, duikt onder het toegangspoortje door en loopt de supermarkt uit.

'Ik wou hem juist redden,' snikt Björn. Snot loopt uit zijn neus. Hij veegt het weg met zijn mouw. 'Ik wou helemaal niet dat hij over de reling ging. Het kwam omdat hij zelf zo zat te duwen en te trekken.'

Pepijn drukt op de pauzetoets van de laptop en het beeld bevriest. Hij heeft gemengde gevoelens bij de bekentenis.

'Ik geloof hem,' zegt Meerdink.

Pepijn knikt. 'Ik ook.' Dat is het probleem.

'Misschien geen doodslag, maar dood door schuld,' vervolgt Meerdink.

Bazhouri plukt aan zijn onderlip. 'Het is een rare gozer,' peinst hij hardop. 'Aan de ene kant slim. Dingen onthouden kan hij als de beste. Aan de andere kant is hij kinderlijk en achterlijk.'

'Zijn advocaat zal verminderde toerekeningsvatbaarheid aanvoeren,' oppert Pepijn.

'Bij hersenbeschadiging is alles mogelijk,' beaamt Meerdink. 'Van totale kasplant tot alleen maar lichte geheugenproblemen.'

'Ja,' antwoordt Pepijn zonder veel enthousiasme.

Verpletterd, een ander woord kan Willem niet bedenken voor de toestand waarin zijn schoonvader verkeert. Voor het eerst vangt hij een glimp op van Couwenberg zoals hij er over een jaar of twintig zal uitzien: gebogen, met een grauwe huid, de ogen weggezakt in rimpelige wallen. 'Hoeveel kan hij krijgen?' fluistert hij.

'Dat ligt eraan. Doodslag of dood door schuld.'

'Wat denk je?'

'Hij is niet volledig toerekeningsvatbaar,' antwoordt Willem. 'Daar kan ik iets mee.'

'Maar dan moet je met het ongeluk komen... in de rechtszaal. In het openbaar.'

'Misschien.'

'En dan? Dan ligt alles op straat. Wat zeggen we tegen Björn? Of tegen Elsie?' Het scheelt niet veel of zijn stem breekt.

'Huub, ik kan die zaak winnen.'

'Worstcasescenario. Hoeveel?'

Willem aarzelt. 'Als ze voor doodslag gaan is alles tussen negen maanden en vijftien jaar mogelijk.'

Couwenberg verzinkt in diepe, sombere gedachten. Hij mompelt: 'Misschien moet ik gewoon...'

'Wat?'

Plotseling vindt er een omslag plaats. Hij schreeuwt: 'Ik regel een gun! Christusnogaantoe, ik ga daar gewoon naar binnen en ik neem hem mee! Al moet ik iedereen neermaaien, kan me niet verdommen!' Als een gekooid dier begint hij door de ruimte te lopen.

'Geweldig idee,' antwoordt Willem. 'Briljant. Ik hoor graag

hoe het afloopt. En wie je nieuwe advocaat wordt.' Hij laat een korte stilte vallen. 'Luister nou. Ik heb nog geen aanklacht gezien. Laat me daar eerst eens goed naar kijken. Een vechtpartij op een brug betekent niet noodzakelijk meteen een veroordeling. Zeker niet in Björns geval.'

Zijn schoonvader slaat machteloos met de vlakke hand op tafel. 'Ik kan naar hem toe. Toch? Nog steeds?'

'Waarom is het nou ineens niet meer nodig dat ik met Beppie praat?' Elsie zet het krat boodschappen dat ze alsnog heeft gehaald op het aanrecht en klemt de telefoon tussen schouder en oor terwijl ze de kazen en vleeswaren in de koelkast begint in te ruimen. Haar vader zegt iets wat ze niet verstaat. Veel ruis op de achtergrond. Zo te horen zit hij in de auto.

'Wat zeg je?' vraagt ze, de gorgonzola tussen de roquefort en de mascarpone schuivend.

'Ik zei: daar kan ik over de telefoon geen uitspraak over doen.'

Ze zucht. 'Het is wel weer behoorlijk debiel allemaal. Hoe gaat het met hem?'

'Dat hoor ik zo.'

'Oké. Pap? Sorry dat ik vanochtend zo… nou ja, wat ik zei, over je zoontje.'

'Geen probleem,' antwoordt hij. 'Dag, mijn lieverd.'

'Wacht even! En Willem?' Daar. Nu heeft ze het weer gevraagd.

Hij gaat er niet op in. 'Ik bel je later nog wel.'

Björn is aan het eind van zijn Latijn. Zodra hij zijn vader in het oog krijgt, roept de bewaker al bij voorbaat: 'Niet toegestaan.' Eén blik van Couwenberg volstaat om de man achteruit te doen deinzen, wat niet wegneemt dat het een geluk bij een ongeluk is dat die dienstklopper zijn zoon tegenhoudt, want Couwenberg is als de dood dat hij zich ook niet goed kan houden. En als er één persoon is die de boel nog een beetje op de rails moet zien te houden, is hij het wel.

'Wees een vent, Björn,' zegt hij, terwijl hij tegenover zijn zoon aan tafel gaat zitten. Tot zijn opluchting blijft zijn stem stabiel.

'Sorry,' fluistert Björn.

'Niks sorry. Nergens voor nodig. Luister naar me. Jij komt hieruit. Zo snel mogelijk.'

'Echt waar? Maar hoe dan?'

'Ik beloof je: binnen no time zitten wij weer samen aan het ontbijt.'

'Meen je dat echt, pap?'

Couwenberg knikt. Het moeilijkste moment is achter de rug. Vol vertrouwen durft hij zijn hand over tafel uit te steken, de bewaarder strak aankijkend.

Björn legt zijn hand in de zijne.

De man schilt juist een appel als er een signaal binnenkomt dat aangeeft dat Couwenberg telefoneert. Hij laat de vrucht vallen en schroeft het volume van de apparatuur op, waarna hij het schilmesje verwisselt voor een pen en een blocnote.

'Met Couwenberg,' hoort hij.

'Zegt u het maar,' antwoordt een telefoniste wier stem hem bekend voorkomt.

'Ik zoek meneer Pepijn van Erkel.'

De oren van de man beginnen te suizen.

'Ik denk niet dat hij... ik kan u doorverbinden met zijn secretaresse.'

'Honderdduizend procent zeker dat hij mij wel wil spreken,' antwoordt Couwenberg. Als de telefoniste bezwaar maakt, vervolgt hij: 'Hij zal razend zijn als hij hoort dat je hem die kans ontnomen hebt, schat.'

De telefoniste snuift zenuwachtig. 'Moment.'

'Pepijn van Erkel,' klinkt even later de stem van de officier van justitie.

'Huub Couwenberg. Hebt u vanmiddag iets te doen?'

De man rukt de koptelefoon van zijn hoofd alsof hij zich ontdoet van een giftige slang.

2

De koningin – 'dame' moet je volgens Menno zeggen – gaat van de achterste rij naar het midden van het bord. Nadenkend bijt Iris op een velletje bij haar nagelriem. Waarom zet hij haar daar neer? Ze kan het stuk met haar loper slaan, dat betekent dikke winst voor haar.

'Doe maar een andere zet, Menno. Anders raak je je koningin kwijt.'

Hij slaat een hand voor zijn mond. Niet van schrik, maar omdat hij het bijna uitproest. Ze fronst haar wenkbrauwen. Concentreert zich opnieuw op de stelling. En dan ziet ze het, de strategisch achter de dame opgestelde toren: als ze zijn dameoffer aanneemt, zet ze zichzelf mat.

'Wow, Menno!' roept ze uit. 'Wat goed! Als ik je niet had zien lachen, was ik er ingetrapt.' Hij straalt. 'Dus eigenlijk heb je nu gewonnen,' vervolgt ze.

Menno schudt zijn hoofd. 'Nee, mam, dat is niet leuk. Nu moet je iets anders bedenken. Maar wat je ook doet, ik heb je toch in vier zetten mat.' Hij doet haar voor welke zetten hij in gedachten heeft. Het klopt. Vier zetten. Haar kind is een genie. Vol liefde kijkt ze hem aan. Ik ga een boek over schaken kopen, neemt ze zich voor. Ze beschouwde het altijd als een saaie bezigheid, voornamelijk bedoeld om oude mannetjes van de straat te houden, maar nu, speciaal voor Menno, is ze bereid zich te verdiepen in de wereld van de paardensprongen, de rokades en de gambieten. Alles om hem zich hier thuis te laten voelen. Lachend schudt ze de overwinnaar de hand, en gaat vervolgens koken.

Menno nestelt zich met een stapel strips op het bed dat ze met veel moeite toch nog in elkaar heeft weten te krijgen – er bleek nog een extra zakje schroeven onder de lattenbodem geplakt te zitten – en af en toe werpt ze een blik op hem. De kale studio begint er zowaar een beetje gezellig uit te zien, met de posters van zijn favoriete stripfiguren boven zijn bed.

Op het kleine fornuis bereidt ze vissticks met gebakken aardappels. Voorlopig kan ze zich hier goed redden, zeker als ze niet al te kieskeurig is bij het aannemen van werk.

'Wanneer kom je weer terug, mama?' vraagt Menno als hij zijn lievelingsmaaltje tot de laatste kruimel heeft verorberd.

En opnieuw moet ze hem afschepen met het slappe antwoord: ik weet het niet.

Behoedzaam legt hij zijn bestek neer. 'Ben je nog boos?'

'Natuurlijk niet, gekkie.'

'Ook niet op papa?'

'Nee, hoor. Ook niet op papa.' Om hem af te leiden, vraagt ze: 'Wat hebben jullie deze week allemaal gegeten?'

Zijn voorhoofd rimpelt. 'Bijna elke dag pizza,' zegt hij. 'Lekker.'

Met moeite de ergernis uit haar stem houdend: 'Heeft papa niet gekookt?'

'Dat wilde hij wel, maar hij moest steeds laat werken, en dan bleef Tess wat langer om pizza met me te eten.'

'Some things never change,' verzucht ze.

'Wat zeg je?'

'Niks, schat.'

De bel gaat. Ze staat op van tafel en doet open.

'Hai,' zegt Willem. Hij kust haar en wil haar tegen zich aan trekken. Ze duwt hem van zich af. 'Menno is hier.'

'Ach ja, natuurlijk,' antwoordt Willem spijtig. Als ze geen aanstalten maakt hem binnen te laten, vervolgt hij: 'Zal ik later terugkomen?'

'Ja.'

Mensen roeien, joggen, fietsen in het Amsterdamse Bos. Nerveus kijkt Pepijn rond. Het is wel een erg openbare plek. Couwenbergs foto heeft geregeld de krant gehaald en je weet maar nooit wie ze tegenkomen. Misschien moet hij de zaak afblazen. Zijn broekspijpen wapperen tegen zijn benen. Een auto stopt vlak naast hem. Couwenberg stapt uit in het gezelschap van de chauffeur, een type met een tanige kop. Pepijn kent hem van de foto's.

Niemand zegt iets, maar zijn bewegingen worden nauwlettend in de gaten gehouden.

This town ain't big enough for the both of us.

Bijna schiet Pepijn in een zenuwachtige lach.

'Dit is meneer Lampe,' zegt Couwenberg uiteindelijk. 'Joachim Lampe, mijn rechterhand. Die kent u vast wel.'

Pepijn knikt.

Uitnodigend zwaait Couwenberg het achterportier open. 'Ritje maken?'

De neiging in lachen uit te barsten verdwijnt als sneeuw voor de zon. Wie zegt hem dat dit geen truc is? Een verbluffend simpele manier om van een lastige officier van justitie af te komen?

Couwenberg grijnst. 'U bent toch niet bang voor me, hoop ik?'

Even reëel blijven nu, de man zou zichzelf schaden als hij hem, Pepijn, iets aan zou doen. Hij stapt in. Joachim Lampe zet de radio aan en begint rondjes te rijden in het Amsterdamse Bos. Om duidelijk te maken dat hij helemaal opgaat in de muziek, wiegt hij met zijn hoofd mee op het ritme. Een acteurscarrière zit er niet in voor de man, maar de bedoeling komt over.

Couwenberg buigt zich naar Pepijn en zegt met gedempte stem: 'Ik ben vroeger wel eens benaderd door...'

'De Ruiter,' vult Pepijn in. 'Mijn voorganger op dit dossier.'

'De Ruiter, ja. Met hem heb ik een paar gesprekken gevoerd. Is hij ontslagen?'

Ondanks alles moet Pepijn glimlachen om Couwenbergs directheid.

'Burn-out.'

'Ach, sneu. Vroeger heette dat gewoon overspannen. Maar ja, dat is natuurlijk geen Engels woord. Het komt toch hopelijk niet omdat meneer De Ruiter teleurgesteld was dat onze gesprekken geen vervolg hadden?'

'Het gaat weer beter met hem. We verwachten hem binnenkort terug op het parket.'

'Daar ben ik blij om. En mijn zoon, hoe gaat het daarmee?'

'Naar omstandigheden wel goed, geloof ik.'

'Naar omstandigheden? Welke omstandigheden bedoelt u? Een cel van twee bij drie? En die nep-Starsky en Hutch die hem de hele dag op zijn nek zitten?' Als Pepijn niet direct antwoord geeft: 'Ik heb een voorstel. Staat u daarvoor open?'

Pepijn bevochtigt zijn lippen. 'Ik sta altijd open voor alles.'

'Goed. Dit is de deal: jullie laten die zaak tegen Björn vallen...'

'Met als tegenprestatie?

Couwenberg legt een hand op zijn borst en kijkt Pepijn veelbetekenend aan.

Zachtjes neuriet Joachim met de muziek mee. Pepijn ontmoet zijn alerte oogjes in de achteruitkijkspiegel. Geen woord heeft de man van het gesprek gemist. Het zij zo.

Opnieuw wendt hij zich tot Couwenberg. 'In principe is dat in Nederland niet mogelijk,' zegt hij.

'Moet je luisteren: volgens mij bied ik jullie hier een gouwen deal aan. Mijn advocaat zegt dat het maar helemaal de vraag is of jullie Björn uiteindelijk wel wat kunnen maken.'

'Nou, dat zou u wel eens lelijk kunnen tegenvallen.'

'Maakt me niet uit. Björn gaat vrijuit. Ik lever mijn hele administratie in, jullie mogen er naar hartenlust in bladeren.'

Pepijn laat zich in de zachte stoelbekleding zakken en observeert de man, die geen spier vertrekt. Wat een offer. Zou hij in zijn plaats hetzelfde voor zijn zoon doen? Kippenvel verspreidt zich over zijn lichaam. Snel schuift hij de manchetten van zijn jas over zijn polsen.

'En waarom zou dat aantrekkelijk zijn voor het OM?'

Couwenberg haalt zijn schouders op. 'Dat moet je maar met je voorganger bespreken. Ik denk dat die een gat in de lucht springt.'

'Dat vraag ik me af. Met Björn weten we wat we in handen hebben. En met uw voorstel heb ik geen idee waar ik ja tegen zeg.'

'Laat ik het dan anders stellen: het zou me verbazen als die collega van je niet al een paar dozen vol over me heeft. Hij heeft al diverse keren geprobeerd iets voor elkaar te krijgen. Ik geef je op een briefje dat je dat dan wel gaat lukken.' Trouwhartig kijkt Couwenberg hem aan. 'Let op mijn woorden: jij gaat enorm de blits maken met die hele toestand. Terwijl je dat met Björn nog maar moet afwachten.'

'Ik denk dat u zich daarin vergist. Ik denk dat...'

'Ik denk het niet. Ik heb natuurlijk een hele goeie advocaat. Misschien ken je hem wel. Willem Steenhouwer.' Een malicieus glimlachje verschijnt om zijn lippen. 'Wel eens van gehoord? Leuke jongen om te zien. Altijd veel succes bij de vrouwen ook.'

Een directe rechtse. Maar die ouwe taaie is niet de enige die stoïcijnse koppen kan trekken.

'Hoe zit het met die Oekraïense?' informeert Pepijn op neutrale toon.

'Welke Oekraïense? Geen idee wie je bedoelt.'

'Meneer Couwenberg…'

'O, je bedoelt dat hoertje?'

'Die is vermoord, hè?'

'Meen je dat nou?'

'De moordenaar. Maakt die ook deel uit van het pakket?'

Met meesterlijk gespeelde verbazing – de man overtreft zijn chauffeur met gemak – zegt Couwenberg: 'Ik wist niet dat ze vermoord was. Wat erg.'

Pepijn schudt zijn hoofd. 'Ik had meer van dit gesprek verwacht, moet ik u zeggen. Kunt u mij terugbrengen naar mijn auto? Ik heb het nogal druk.'

Als Marit thuiskomt, staat haar moeder juist op het punt te vertrekken.

'Ga je weer werken?' vraagt Marit.

Haar moeder, bleek, met wallen onder de ogen, ritst haar jas dicht. 'Ja. Er staat eten in de koelkast.' Plotseling verandert haar blik van afwezig naar oplettend. 'Wat is er met jou aan de hand?'

'Hoezo?' zegt Marit.

'Er is iets met je.'

Het bloed vliegt naar haar wangen. 'Welnee.' Als ze nu doorvraagt vertelt ze het, van Victor. Hoe de verliefdheid gisteren ineens toesloeg toen ze met hem in de bioscoop zat. Aanvankelijk weerde ze zijn liefkozingen af, slechtgehumeurd als ze was, maar toen hij over de bioscoopstoelen klom en achter haar ging zitten om haar nek te masseren – het was midden op de dag en de bioscoop was praktisch leeg – werd ze, gek genoeg, behalve kalm en ontspannen, ook op slag waanzinnig verliefd. Na een paar minuten had ze hem zowat over de rij bioscoopstoelen heen getrokken.

'Oké, je hebt gelijk. Er is wel iets met me. Ik ben…'

Maar haar moeder is alweer mijlenver weg met haar gedachten. Ze pakt haar tas en wipt met haar wijsvinger de sleutels van het haakje onder de kapstok. Als ze bijna bij de voordeur is, zegt ze: 'Marco is er niet. Hij sms'te dat hij vanavond pas laat thuis zou zijn.' Ze kijkt of ze, als ze zich ertoe zou zetten, allerlei bezwaren zou kunnen aanvoeren, maar de energie ontbreekt haar.

'En papa?' vraagt Marit voorzichtig. 'Heb je nog iets van hem gehoord?'

'Nee.' Abrupt draait ze zich om. 'Ga je niet te laat slapen?'

Door het voordeurraam kijkt Marit hoe ze het grindpad af loopt, in de auto stapt en zonder te zwaaien wegrijdt.

Eén blik op de grote, lege woonkamer, en ze pakt haar telefoon. Tien minuten later staat Victor al opgetogen voor haar neus en na elf minuten liggen ze samen op de bank.

Als de deurbel klinkt, maakt ze zich geschrokken los uit zijn omhelzing, trekt haar kleren recht en doet open voor haar vader, die schaapachtig lacht. 'Ik heb wel een sleutel, maar ik dacht... is mama aan het werk?'

'Ja.'

'Mooi.' Hij geeft haar een kus op haar wang en loopt langs haar heen naar binnen. 'Ik pik nog even een paar spullen op. Hé, hallo, wie ben jij?' Lichtelijk verbaasd neemt hij Victor op, die naast de bank is gaan staan. Ze schudden elkaar de hand.

'Victor is een vriend van mij, pap,' zegt ze, een beetje verlegen.

Haar vader draait zich om. Hij doet duidelijk zijn best niet te glimlachen, wat haar zo mogelijk nog meer in verlegenheid brengt. 'Oké,' zegt hij, 'waar is je broer?'

'Geen idee.'

Welwillend knikt hij haar toe, waarna hij naar boven loopt. Marit wisselt een blik met Victor. 'Ik ga hem even achterna. Neem alvast een colaatje.'

Haar vader is bezig kleren uit de garderobekast te trekken, die hij vervolgens op bed legt.

'Pap,' zegt ze, 'Victor is gewoon een vriend, hoor.'

'Dat hoef je niet uit te leggen, lieverd. Niks aan de hand.' Hij vouwt een sweater op. 'Heb je mijn briefje gevonden?' Als ze zonder veel enthousiasme knikt: 'Zullen we dit weekend iets doen samen?'

'En dan?'

'Hoezo, en dan? Iets leuks doen met z'n tweeën.' Van de bovenste plank pakt hij een sporttas, waar hij de sweater in legt.

Ineens heeft ze er genoeg van. 'Wat denk jij eigenlijk van mij?' barst ze uit. 'Dat ik zes ben? Even samen naar de speeltuin of een slap briefje op mijn kussen leggen en alles is weer goed? Wat is dit? Het huis der geheimen? Jullie vertellen ons helemaal niks, nada, nul.'

'Lieverd, het is ingewikkeld.'

'Nou en?

'Dit weekend gaan we samen op stap. En dan vertel ik je alles. Dat beloof ik.'

'Alles?'

Een ernstig knikje. 'Alles.'

Victors hand bevindt zich in haar blouse, waar hij teder een van haar borsten omvat. Met zijn andere hand probeert hij de knoop van haar broek los te krijgen. Het is fijn, maar het gaat te snel. Bovendien heeft ze niks in huis. Ze kust hem, en verwijdert dan vriendelijk maar beslist zijn hand.

'Het feest,' zegt ze.

'Ach, laat toch zitten, dat stomme feest.' Zijn adem gaat snel.

Ze maakt zich los uit zijn omhelzing. 'Kom op,' zegt ze. 'Ik wil naar het feest.' Ze pakt hem bij een arm en hijst hem, lachend om zijn gelaten uitdrukking, uit de bank. Dan loopt ze naar de spiegel in de hal om haar make-up bij te werken.

'Hé, ik ken die man,' hoort ze hem zeggen.

De mascararoller blijft in de lucht hangen. 'Welke man?'

'Deze man.' Ze steekt haar hoofd om de deur. Hij wijst naar

een ingelijste foto op de kast. Haar opa met skilatten als trofeeën in zijn handen. 'Dat is toch die boef? Ik heb over hem gelezen.'

Als door een adder gebeten laat ze de mascararoller vallen. Ze stapt de kamer in.

'Dat is mijn opa.'

'Je opa?'

'Ja.'

Peinzend kijkt hij haar aan. 'En, is het waar wat ze over hem schrijven?'

Ze slaat haar armen over elkaar. 'Kunnen we het over iets anders hebben?'

Grijnzend kijkt hij om zich heen. 'Jezus, nou begrijp ik waarom jullie zo wonen. Geef mij zo'n opa.' Zich blijkbaar in het geheel niet bewust van de omslag in haar humeur grapt hij: 'Die van mij is fietsenmaker. Lijkt me te gek om een beetje een criminele...'

'Godverdomme!'

Abrupt sluit hij zijn mond. 'Hé, het was maar een geintje.'

'Steek maar in je reet, dat feest! Ik ga niet meer mee.'

'Jezus, Marit.'

'Rot op! Ik wil je niet meer zien.'

Perplex staart hij haar aan. Hij loopt naar haar toe en wil zijn hand op haar schouder leggen.

Met een driftig gebaar slaat ze hem weg. 'Flikker op! Mijn huis uit!'

Een paar seconden nog blijft hij staan, zoekend naar woorden. Dan geeft hij het op.

3

Echt vet, de combinatie van wiet en bier. Marco leunt tegen een pilaar en kijkt door de vervuilde ruiten naar de kantoorgebouwen aan de overkant, waar al op verschillende plekken het licht aanfloept. Kratten bier en zakken chips worden aangesleept door jongens die hij nog steeds niet goed uit elkaar kan houden. Allemaal hetzelfde kaalgeschoren hoofd en een leren jack met glimmende gespen. Geen types die de goedkeuring van zijn vader zouden wegdragen. Maar wat kan het hem schelen wat zijn vader denkt? Wie denkt die klootzak eigenlijk dat hij is? Hij brengt het bierblikje in zijn hand als een microfoon naar zijn mond en imiteert Stef Bos op z'n lulligst. 'Papa, ik lijk steeds meer op jou,' zingt hij op zeikerige toon, en barst in lachen uit. Een eindje verderop kijkt een jongen die languit op een van de matrassen ligt hem ongeïnteresseerd aan.

'Vroeger,' hikt Marco, 'vroeger dacht ik: ik ga later bij Artsen zonder Grenzen werken.' Opnieuw krijgt hij een lachaanval. 'Jezus, man, Artsen zonder Grenzen.' De jongen neemt het voor kennisgeving aan, wat Marco er niet van weerhoudt verder te vertellen. 'Daarna dacht ik: makelaar. Lekker op een scooter door de stad crossen en intussen je zakken vullen. Mijn moeder heeft een restaurant. Kutleven. Elke avond weg. Stinken als de hel als ze thuiskomt. Ben jij antikraak?'

Jezus, wat een kop trekt die gast. O, nee, dat is waar ook. Het is een Pool; die verstaat hem natuurlijk niet. Hij kijkt rond. 'Hé, wie is er hier nou eigenlijk antikraak?' roept hij. Er komt geen antwoord. Hij ziet alleen vijandige blikken. Misschien is dit niet helemaal de manier om zijn opa straks van belangrijke informatie te kunnen voorzien. Nou, jammer dan, dat doet hij dan morgen wel, als hij weer nuchter is.

'Waar is Jennifer?' vraagt hij. Opnieuw blijft een reactie uit. 'Where is Jennifer?' Godsamme, wat een klerezootje hier.

Hij begint door de enorme ruimte te dwalen. Het feest begint op gang te komen, overal staan groepjes drinkende en blowende mensen. Op onvaste benen loopt hij naar een jongen die bij de stapel kratten zijn lege bierflesje voor een volle verruilt.

'Hey, where are you from?' vraagt hij hem.

'Israel.'

'Ook antikraak?'

Bevreemd kijkt de Israëliër hem aan.

'You here against the squatting?'

Als de jongen in de lach schiet, draait Marco zich om en klampt een magere dertiger aan met een baard van een paar dagen. 'You live here against squatting?'

De man trekt een wenkbrauw op. 'Fuck off, asshole.'

Om zich een houding te geven neemt Marco snel een slok bier en slaat baardmans op de schouder, waarna hij zich afwendt. Dan ziet hij Jennifer in een hoek van de ruimte hartstochtelijk zoenen met een jongen.

Zo geruisloos mogelijk heeft Willem zich aan de tafel in Iris' studio geïnstalleerd. Zijn koffer en sporttas staan in een hoek. Terwijl hij een tijdschrift doorbladert, luistert hij naar het verhaal dat Iris haar zoontje voorleest.

'De blauwe krokodil liep verdrietig door het oerwoud. Hij hoorde nergens bij. Hoe moest het nou verder met hem?'

'Wie is dat, die je net binnenliet?' onderbreekt Menno haar.

Nieuwsgierig probeert hij over haar schouder een glimp van Willem op te vangen.

'Een vriend van mama.' Ze gaat verzitten. 'De blauwe krokodil dacht: als ik nou nergens bij hoor, kan ik dan nog wel gelukkig worden?'

Willem sluit zijn ogen en denkt aan Marit en Marco. Hoe ze samen op zijn knieën zaten en altijd eensgezind smeekten om het sprookje van Repelsteeltje. God, wat heeft hij ze dat vaak voorgelezen. Hij kende het op een gegeven moment uit het hoofd.

Later, als hij haar handen vasthoudt en voor de derde keer heeft gevraagd of ze er zeker van is dat Menno slaapt, begint hij te vertellen. Aanvankelijk aarzelend, maar gaandeweg met steeds minder terughoudendheid.

'Huub Couwenberg was schilder,' begint hij. 'Huisschilder. Zo is hij begonnen. Hij had een paar mensen in dienst. Nadat hij een keer een heel pand had geschilderd waarvan de eigenaar failliet ging, nam hij bij wijze van betaling dat pand uit de boedel over en toen was hij ineens huiseigenaar.'

'Was jij toen al in de familie?' vraagt Iris.

'Nee. Dit was lang voordat ik in beeld was. Maar zo is het gegaan. Na dat ene pandje kwam er nog een pandje, en op een gegeven moment kon hij stoppen met schilderen.'

'En toen kwam jij Elsie tegen.'

Willem knikt. 'In een discotheek. Ik was iets jonger, zij had overal een mening over. Ze was stoer. Ze gedroeg zich een beetje als een vent. Maar wel met de looks van een vrouw. Ik viel als een blok voor haar. Ze had allerlei baantjes. En ze wilde geen geld van haar vader. Nog steeds niet.' Hij glimlacht bitter. 'Ik had mijn studiebeurs net verspeeld. Ik kon niet meer verder studeren. Mijn vader vond het wel best. "Dat is toch niks voor ons soort mensen," zei hij altijd.' Hij neemt een slok wijn. 'Ik moest maar gaan werken, in een winkel of een fabriek. Net als hij. Had ik maar beter mijn best moeten doen. Maar Huub verbood het gewoon. Ik moest van hem verder studeren. Hij zag iets in me.'

'En toen heb je verder gestudeerd,' zegt ze.

Hij knikt. 'En mijn eigen vader heb ik nooit meer gezien.'

Verbaasd zegt ze: 'Dat meen je niet.'

'Een verrader vond hij me. Zo jong als ik was. Ik moest het verder zelf maar uitzoeken. Vier jaar later was ik jurist.'

'Ging je direct daarna Huub Couwenberg helpen?'

'Hij was mijn schoonvader. En hij had mijn studie betaald.'

'Maar wat er in de kranten over hem staat, is dat waar?'

De glimlach verdwijnt van zijn gezicht. 'Daar kan ik niet over praten.'

'Jawel,' antwoordt ze beslist, 'nu wel. Tegen mij wel.'

Langdurig bestudeert hij zijn handen. Dan vervolgt hij schoorvoetend: 'Huub deed in huizen, later ook kantoren. Het is een harde wereld, niet alles gaat volgens de letter van de wet. Dat zou ook niet kunnen.'

'Bullshit,' merkt ze op.

'Het is anders als je van de straat komt, Iris. Met een dikke laag eelt op je handen van een half leven op een steiger staan schilderen. Zijn vrouw was vroeg doodgegaan. Dat beschouwde hij als een persoonlijke aanval. Hij nam zich voor om zich nooit meer zo te laten pakken. En van daaruit heeft hij bepaalde keuzes gemaakt.'

'En daar heb jij hem bij geholpen.'

'Ja.'

'Maar waarom dan? Ik kan met de beste wil van de wereld niet begrijpen waarom.'

Hij zwijgt. De woorden van Iris echoën in de studio. Achter hen maakt Menno geluidjes in zijn slaap. Met een ruk staat ze op en loopt naar het raam. 'Je zei dat je er een eind aan zou maken.'

'Dat heb ik ook gedaan. Min of meer.'

'Het is elke keer hetzelfde liedje. Je zou me alles vertellen.

Vandaag zou je me alles vertellen. Wat je nu vertelt had ik net zo makkelijk kunnen googelen.'

'Maar ik kan niet...'

'Zie je wie daar ligt te slapen?' zegt ze, met een barse hoofdknik in Menno's richting. 'Mijn kind. Weet je wat Pepijn vanochtend zei? Dat die hele familie Couwenberg van jou de gevangenis in draait, en dat ze mij daar de schuld van gaan geven.' Ze slaat haar armen over elkaar.

'Toe nou, liefje...' Hij wil haar omhelzen, maar ze duwt hem weg. Ze gebaart naar een matras bij een van de magazijnstellingen. 'Ga jij daar maar liggen. Ik ga bij Menno in bed.'

Achter de ramen van Couwenbergs villa brandt geen licht. Pepijn doet een schietgebedje terwijl hij zijn auto parkeert: laat hem alsjeblieft thuis zijn, ik weet niet of ik het kan opbrengen deze rit nog een keer te maken. Soms hoor je mensen beweren dat ze een bepaalde daad tot uitvoering hebben kunnen brengen door een knop om te zetten. Nou, in dat geval heeft hij een hele schakelkast doorgewerkt voor hij in zijn auto stapte. Maar er blijft hem weinig anders over. Na opnieuw de opnamen van Björns verhoor bekeken te hebben is hij tot de conclusie gekomen dat die zwakbegaafde sukkel wel eens de waarheid zou kunnen spreken, en dus inderdaad allerminst van plan is geweest zijn oom om zeep te helpen. Vermoedelijk dood door schuld, maar niet of moeilijk te bewijzen. Aan die kant valt dus weinig te winnen.

Hij heeft met de gedachte gespeeld de handdoek in de ring te gooien, maar terwijl hij naar de hevig geëmotioneerde Björn zat te kijken, diende zich ineens een plan aan. Een geniaal plan, waarvoor hij wel bereid zou moeten zijn een stuk of wat morele grenzen te overschrijden. Maar hoe luidt dat gezegde ook alweer? Het doel heiligt de middelen.

Hij belt aan. Tien, twintig seconden blijft het stil. Net als hij zichzelf vertelt dat het ook maar beter is zo, en op het punt staat rechtsomkeert te maken, doet een verbaasde Couwenberg open en even later staat Pepijn in het kantoor van de vastgoedman. Bewonderend bekijkt hij de draaitafels en de singletjes.

'"Ferry Cross the Mercey', wat leuk,' zegt hij, een singletje uit de verzameling halend. 'Dat vond mijn vader zo'n mooi nummer. Van die man van dat voetballied, toch?'

'Was je vader een voetbalman?'

'Ja,' antwoordt Pepijn. 'DWS-supporter. Die hebben ooit betaald voetbal gespeeld.'

'Zeker weten. Rinus Israël. Frits Flinkevleugel.'

Pepijn knikt. 'Jan Jongbloed.'

'Ik wou net naar bed gaan.'

'Sorry dat ik zo laat kom binnenvallen. Ik heb nagedacht over uw voorstel.'

Couwenberg loopt naar een kast en haalt een fles jenever tevoorschijn. De fles uitnodigend omhooghoudend vraagt hij: 'Kan ik je iets aanbieden?'

Als Pepijn zijn hoofd schudt, schenkt hij zichzelf een glas in. 'Israël was de hardste verdediger die ik ooit heb gezien,' zegt hij, het glas in een proostend gebaar heffend. 'Maar die was dan ook stratenmaker geweest.'

Genoeg koeien en kalveren. 'Ik vind uw voorstel interessant,' zegt Pepijn. 'Maar het is natuurlijk lang niet genoeg.' Hij laat een stilte vallen. 'Dat dossier tegen u krijg ik vroeger of later toch wel rond.'

Couwenberg grijnst, in het geheel niet onder de indruk. 'Denkt u?'

'Ik vroeg me af of u niet meer te bieden hebt. Want, kijk, als ik de zaak tegen Björn moet laten vallen...'

'Hoe bedoelt u, meer?'

Pepijn kijkt rond en gaat in een leren leunstoel zitten. 'Zullen we eens wat kaarten op tafel gooien? Het alibi dat u in elkaar heeft laten draaien voor die avond, wie zat daarachter?'

Couwenbergs ogen vernauwen zich. Hij neemt een slok van zijn jenever. 'Wat wil je nou eigenlijk?' vraagt hij kortaf.

'Ik wil Björn ruilen.'

'Voor mij, ja.'

'Of voor wat anders.'

'Wat dan?'

'Bedenk eens wat.'

'Iets anders heb ik niet in de aanbieding.'

Pepijn leunt naar voren. 'Nee?' Buiten doet een windvlaag de bomen voor het huis ruisen. De ogen van Couwenberg boren zich in de zijne. 'Wat ik bedoel is dat er misschien wel iets te bedenken valt in ruil waarvoor zowel uzelf als Björn onder strafvervolging uit zou kunnen komen.'

De klok in de hal slaat het halve uur. Er is een lange nagalm.

'Iets,' vervolgt Pepijn, en laat zijn stem dalen: 'Of iemand.'

De muziek dreunt. Marco wacht onder de bouwlampen bij de bierkratten en bekijkt de mensen die zich allemaal kostelijk lijken te vermaken. Ook Jennifer, die zowat in die vent met dat zwarte haar kruipt. Het duurt lang, maar uiteindelijk moet die gast toch een keer pissen, en zodra hij zijn hielen heeft gelicht, grijpt Marco zijn kans. Hij legt een arm om Jennifers schouder en gebaart dat ze hem moet volgen. Als er voldoende afstand is tussen hen en de dreunende geluidsboxen, kijkt hij in haar kauwgum kauwende gezicht en zegt: 'I thought we were a couple.'

'Well, you were wrong.' Ze hervat het kauwen.

'But...'

Ze lacht. 'You are very burgerlijk. That's Dutch, isn't it? Burgerlijk.'

Het bloed stijgt naar zijn hoofd. 'I don't care how you call it.'

'Is he bothering you?' klinkt ineens een stem achter hen.

Marco draait zich om. Het is de knakker die haar net stond af te lebberen. 'Fuck off,' zegt hij.

'Excuse me?'

Marco laat zijn ogen over het licht gebruinde gezicht gaan. Het zwarte haar.

'Sodemieter op, rot op naar je eigen land.'

Plotseling heeft die klootviool een mes in zijn hand. Pff, alsof hij daarvan onder de indruk is.

'Wat moet je nou?' zegt hij met een cynisch lachje.

Jennifer doet een stap achteruit. 'Please, don't,' roept ze.

De jongen ratelt iets in een andere taal, waarschijnlijk Israëlisch.

'Wat brabbel je nou, lulletje?'

'Lulletje?' vraagt de jongen. 'What is lulletje?'

'Zoek dat zelf maar op, fuckface.' Hij geeft hem een duw. De jongen valt en krabbelt meteen weer overeind. Het mes blikkert in zijn hand.

'No!' gilt Jennifer.

'Pa!' roept Elsie getergd als het haar eindelijk lukt contact te krijgen. Hoewel ze met haar telefoon in de donkerste hoek achter haar restaurant staat, dempt ze haar stem. 'Je zou me bellen.'

'Ja, eh...'

'Pap...'

'Lieverd...'

'Hallo? Heb je nog iets bedacht? Of met hem gesproken? Denk je dat je iets kan doen?'

'Iets met Willem, bedoel je?' Haar vader klinkt afwezig.

'Ja!'

'Elsie, schat, misschien...'

'Wat is er nou?' roept ze ongeduldig.

'Misschien moet je Willem, eh, soms moet je dingen accepteren.'

'Wat bedoel je nou?'

'Dingen gaan voorbij.'

Wat is er verdomme aan de hand? Zit hij nou te janken? 'Pa,' zegt ze, 'heb je gedronken?'

'Nee, lieverd. Misschien moet het zo zijn. Je kunt hem beter uit je hoofd zetten. Proberen los te laten.'

Elsie stikt zowat in haar eigen speeksel van woede. 'Godverdomme, papa,' zegt ze gesmoord.

'Schatje, luister,' begint hij, en houdt vervolgens zijn mond. Er valt niets te luisteren.

'Bedankt voor je hulp,' schampert ze. Met een woeste duimklik kapt ze het gesprek af.

'Papa, ik lijk steeds meer op jou,' probeert Marco zichzelf moed in te zingen terwijl hij de trappen van het Deltagebouw af strompelt. Zijn stem verwaait in de wind. Er is niemand die hem helpt. Hij drukt zijn hand tegen zijn maag en zijn vingers worden warm en nat. Waar is zijn scooter? Hij moet naar huis. Waar is zijn scooter? Bij de onderste traptrede begeven zijn benen het. Hij zakt in elkaar. De ijskoude stenen verdoven onmiddellijk het gevoel in zijn gezicht. 'Papa, ik lijk...' Nee, hij moet niet zingen, hij moet om hulp roepen. Wat was het woord ook alweer? Tranen branden achter zijn ogen en de pijn in zijn maagstreek wordt heviger. Hoe kan hij nou hulp krijgen als hij niet weet wat hij moet roepen?

Boven zijn hoofd steken de door de maan verlichte bomen hun takken naar hem uit. En ineens weet hij wat hij moet roepen. 'Mama!'

Voetstappen op de trap. De punt van een schoen raakt zijn voorhoofd en hij hoort iemand vloeken. 'What the fuck?'

Ik mag mijn ogen dichtdoen, denkt Marco. Ze hebben me gevonden. Alles komt goed. Iemand ademt een zware bierwalm in zijn gezicht en mompelt: 'A lot of blood. Shit.' De voetstappen verwijderen zich gehaast. Alleen de dreunende bassen die uit het gebouw komen houden hem nog gezelschap.

Laat me hier niet liggen. Ik ga dood. O, god, ik ga dood.

Hij probeert aan iets moois te denken, iets goeds, en hij spert zijn ogen open als hij een bekend gezicht ziet opdoemen. Is dat Victor, of droomt hij dat maar?

Het licht in de maan gaat uit.

4

Hoe Elsie na dat telefoontje in het ziekenhuis is gekomen weet ze niet meer. Waarschijnlijk heeft ze alle verkeersregels overtreden terwijl ze in haar auto door de nacht scheurde. Op een gegeven moment meende ze het geluid van ijzer op ijzer te horen. Misschien schampte ze een geparkeerde auto, of een paaltje. Ze heeft er geen aandacht aan besteed. Vijf of zes keer heeft ze Willem geprobeerd te bereiken, en al haar angsten in zijn voicemail geschreeuwd. Ook haar vader neemt maar niet op. Waar is iedereen? Waarom rent ze hier alleen door de gangen van het ziekenhuis? Ze durft zich geen voorstelling te maken van wat ze zo dadelijk zal aantreffen.

Willem, denkt ze, laat me in godsnaam niet alleen. Niet nu.

'Ik begrijp er niks van,' roept Joachim boven het Doors-nummer 'Riders on the storm' uit. 'Het is goddomme halfdrie, ik hoop dat je een verdomd goed excuus hebt om me midden in de nacht hiernaartoe te laten komen.' *En dat je dat jengelorgel uitzet. Hoe kan een mens die muziek goed vinden?*

Als hij er een uur slapen op heeft zitten is het veel, en de alcohol die hij in de kroeg tot zich heeft genomen, doet zijn verwoestende werk nog op volle kracht.

'Die officier van justitie was hier,' zegt Couwenberg, die zijn glas bijvult met jenever en voor Joachim ook een glas pakt. 'Hij heeft voorgesteld Willem te ruilen voor Björn. Hij hing een heel verhaal op over advocaten van kwade zaken, architecten van criminaliteit, dat soort blabla. Maar jij en ik weten natuurlijk waar het echt om gaat.'

Glazig kijkt Joachim zijn baas en oude vriend aan.

Gelukkig komt Huub eindelijk op het idee de muziek wat zachter te zetten.

'Nee? Oké, ik zal je een hint geven.' Hij opent een la en haalt een geprinte foto tevoorschijn waarop Willem een aantrekkelijke blondine omhelst.

De munt valt. 'O...'

'Dat bedoel ik.'

'Maar je gaat Willem toch niet zomaar...'

'Luister, hij had het steeds over dat alibi. En dat hoertje.' Als Joachim schrikt: 'Rustig maar, ze weten van niks. Het enige wat ze hebben gevonden is een champagnefles met vingerafdrukken. Die niet van dat meisje waren.'

'Maar dat kan niet. Ik heb de hele tijd handschoenen aangehad. En ik heb die fles nog afgeveegd ook.'

'Maar je had hem wel laten staan, want je bent een vakman of je bent 't niet.' Hij pakt hem bij zijn elleboog en troont hem mee naar een verzameling foto's aan de muur. Willem en zijn gezin, lachend en gearmd. Op de achtergrond een groenblauwe zee. Couwenberg en Willem, fonkelende glazen champagne in hun handen. Champagne die hij, Couwenberg, nooit opdronk. Joachim is in één klap ontnuchterd. 'Dat meen je toch niet echt?' stamelt hij.

Gekweld brengt Couwenberg een hand naar zijn hoofd. 'Je weet dat ik van die gozer hou,' zegt hij met omfloerste stem. 'Misschien wel net zoveel als van Björn. Twintig jaar lief en leed, familie. En nu wil hij niet meer voor me werken. Hij laat vrouw en kinderen in de steek, en dan vindt dat mokkeltje van hem het ook nog nodig om mijn dochter belachelijk te maken in een of ander wijvenblaadje.' Hij wijst naar het tijdschrift op tafel, waarop in grote letters 'Overspel' staat. 'Vertel jij me maar eens wat ik moet doen.'

'Jezus, Huub.'

'Hoelang geleden was alles nog normaal? Werd ik nog niet besodemieterd door Louis, zat Björn nog lekker te gamen op z'n kamer, lag Willem gewoon bij Elsie in bed. En kijk nou...' Hij verbergt zijn gezicht in zijn handen. 'Vertel jij me maar wat ik moet. Ik kan toch niet anders?'

Willem wordt wakker met pijnlijke botten. Een matras op de vloer, het is te doen als je met je geliefde in je armen ligt, maar als die geliefde heeft besloten zich van je af te keren, is zo'n ding weinig anders dan een met schuimrubber gevulde hoes die de kou uit de grond op je lichaam overbrengt. Zo te horen zijn Iris en Menno al op. Een kreun onderdrukkend werpt hij het dekbed van zich af, komt overeind en schiet snel zijn broek aan.

Iris is bezig aan het aanrecht een lunchpakket voor haar zoon klaar te maken.

'Dag, meneer,' zegt Menno, die zijn jack dichtritst.

'Dag, Menno, ik ben Willem.' Hij steekt zijn hand uit. Het jongetje neemt hem aan en blikt monter naar hem op. 'Ik heb gedroomd,' zegt hij. 'Van Pokemons.'

'O, ja? Dat heb ik ook vaak. Reuzenpokemons, die achter me aan zitten.'

Tot zijn onuitsprekelijke vreugde moet Iris glimlachen. Ze heeft zich omgedraaid en overhandigt Menno zijn lunchpakket.

'Opschieten,' zegt ze. 'We moeten naar school, dat is niet naast de deur.' Ze drijft Menno voor zich uit. Natuurlijk kan ze hem niet ten afscheid zoenen; niet waar haar zoon bij is. Een paar tellen blijft ze voor hem staan, haar ogen droevig. Dan zegt ze: 'Doe de deur goed dicht als je weggaat.'

Hij bijt op zijn lip. 'Het spijt me. Het spijt me voor alles.'

'Dag, Willem!' roept Menno opgewekt.

'Dag, Menno, goed op de juf letten, hè, dat ze geen rare dingen doet.'

'Mam,' lacht Menno, 'hij is grappig.'

'Ja.' Iris kijkt hem nog een moment vertwijfeld aan, steekt dan haar hand op en zegt: 'Dag.'

Amper is de deur achter haar dichtgevallen of ze komt terug. 'Wacht even,' roept ze over haar schouder tegen Menno. Zorgvuldig sluit ze de deur, slaat haar armen om Willems hals en drukt hem tegen zich aan. Ze geeft hem een kus, de laatste. Dan slaakt ze een beverige zucht en gaat haar zoon achterna.

Neerslachtig gaat Willem aan tafel zitten. Pas na een paar minuten lukt het hem zich aan zijn verstarring te ontworstelen. Bij het opruimen van het matras ziet hij zijn mobieltje liggen. Hij zet het aan. Acht gemiste oproepen, allemaal van Elsie. Voorbereid op nieuwe smeekbedes luistert hij zijn voicemail af. En krijgt de schok van zijn leven.

Zijn vrouw zit stijf rechtop in de wachtkamer van het ziekenhuis. Tegenover haar geeft een jonge man een baby de fles. Willem gooit de deur open. 'Els!'

Zowel Elsies hoofd als dat van de man en de baby schieten omhoog. Zodra Elsie hem ziet staat ze op en barst in tranen uit.

'Hij ligt nog op de operatietafel,' snikt ze.

'Nog steeds? Hoelang zijn ze al met hem bezig?'

'Lang,' antwoordt ze schor.

Een koude rilling loopt langs zijn rug. 'Maar het komt toch wel goed?'

Ze spreidt haar handen. Wanhopig zoekt hij naar geruststelling in haar ogen. Die vindt hij niet. Een kort moment staan ze in totale, blinde paniek tegenover elkaar. Is dit het moment om de moeder van zijn zwaargewonde zoon op afstand te houden?

De vraag stellen is hem beantwoorden. Hij zet zijn reserves aan de kant en neemt haar in zijn armen.

Pepijn steekt zijn hoofd om de deur van de ruimte waar Wim Holtrop werkt. Op zijn bureau ligt een zak mueslibollen en een puzzelboekje. Het zou Pepijn niet verbazen de man nog eens boven een oude krant met pelpinda's aan te treffen.

'Goedemorgen, Wim. Heb je nog wat voor me?'

Holtrop kijkt op van een tijdschrift, tast in een la en overhandigt hem een cd'tje en een uitgetypt rapport. Op hetzelfde moment trilt het mobieltje in Pepijns broekzak en tegelijkertijd gaat bij Wim een signaal af.

Holtrop fronst zijn wenkbrauwen.

Pepijn trekt zijn gezicht in de plooi, knipoogt en steekt zijn duim op, waarna hij snel wegloopt. Als hij op de gang is, neemt hij op. 'Van Erkel.'

'Couwenberg.'

'Ga nou maar naar school, lieverd,' zegt Elsie, die met de telefoon aan haar oor door de wachtruimte ijsbeert. Ze blijft staan voor een poster die adviezen verstrekt wat te doen wanneer je kind giftige stoffen heeft binnengekregen. Niets ziend tuurt ze naar de opsomming.

'Maar ik wil bij jullie zijn,' smeekt Marit aan de andere kant van de lijn. 'Mag ik niet samen met jullie wachten?'

Bij de klapdeuren haalt Willem voor de vierde of voor de vijfde keer – Elsie is de tel kwijt – koffie uit de automaat.

'Het heeft geen nut, schat,' zegt Elsie. 'We houden je op de hoogte, echt waar.'

Een chirurg komt de operatiekamer uit. 'Ik bel je straks terug, oké?' Ze stopt haar mobiel in haar zak en haast zich naar de chirurg. Willem nadert van de andere kant met de twee bekers koffie.

Het mondkapje onder zijn kin duwend kijkt de chirurg hen ernstig aan. 'Ik ben bang dat zijn toestand kritiek is. We hebben zijn milt verwijderd. Maar zijn maag en darmen zijn ook geperforeerd, wat nog tot ernstige problemen kan leiden. Vooralsnog is het afwachten. Hij gaat zo naar de intensive care.' Na deze mokerslag uitgedeeld te hebben, gaat hij de operatiekamer weer in.

'Willem, o, Willem,' fluistert Elsie.

Hulpeloos staat haar echtgenoot daar met zijn dampende bekers. Als ze aanstalten maakt hem te omhelzen, spreidt hij zijn armen. Ze legt haar hoofd tegen zijn borst en houdt hem stevig vast.

Een groep grijnzende Japanners is bezig een creatieve opstelling te bedenken om zich, met de molen op de achtergrond, voor de Amstel te laten vereeuwigen. Even vreest Pepijn dat hem gevraagd zal worden de foto te nemen, maar de glimlachende vrouw die met een camera op hem toe komt, heeft kennelijk geen bijbedoelingen. Ze draait zich om naar de groep en begint luidkeels aanwijzingen te verstrekken.

'Welke garanties krijg ik?' vraagt Couwenberg, terwijl ze de groep passeren.

'Daar komen we uit,' antwoordt Pepijn.

Ze lopen langs het standbeeld van Rembrandt. Een waterig zonnetje werpt zijn bleke licht op de cape van de oude meester.

'Hm. Vaag,' moppert Couwenberg.

'Ik kan u verzekeren dat het goed komt. Als u mij tenminste iets substantieels te bieden hebt.'

'Willem weet alles over mij. En mijn zaken. Als jullie hem gaan...'

'Daar mag hij niets over zeggen.'

Ongelovig kijkt de vastgoedman hem aan. 'Tegen jullie toch wel?'

Pepijn schudt zijn hoofd. 'Advocaat-cliëntgeheimhouding. Dat is helemaal afgegrendeld. Als u me niet gelooft, zou ik het zeker even juridisch laten checken.'

Couwenberg verzinkt in gepeins. Ze wandelen verder. Het water is nauwelijks zichtbaar, flarden mist drijven voorbij. Na een tijdje schraapt Couwenberg zijn keel.

'Hij is...'

'Ja?' hapt Pepijn.

'Willem is...' De vastgoedman wendt zich af, laat zijn ogen over het water gaan.

'Wat is Willem?'

'Moet ik dit straks in de rechtszaal herhalen?'

'Dat ligt eraan wat u gaat zeggen,' antwoordt Pepijn vriendelijk.

Couwenberg schudt zijn hoofd zoals een natte hond zich uitschudt. 'Ik wil eerst mijn garanties.'

'Die kan ik alleen geven als ik weet wat u me gaat vertellen.'

De man naast hem blijft staan en wrijft zijn ogen uit. Dan slaakt hij een lange, diepe zucht.

'Björn nog gezien vandaag?' merkt Pepijn op, nonchalant een pluisje van zijn kraag verwijderend. Een blik vol grenzeloze verachting is zijn deel.

'Teringlijers zijn jullie, stuk voor stuk, met jullie gladgeschoren koppen. En die zogenaamde onkreukbaarheid.'

'Het is een vrij land,' antwoordt Pepijn minzaam. 'Als dat uw mening is: prima.'

Een jongetje op een driewieler komt hun zigzaggend tegemoet. Couwenberg en Pepijn maken ruimte om hem ertussendoor te laten. Hetzelfde procedé volgt voor de moeder, die met een verontschuldigende glimlach achter haar zoon aan rent.

'Als je me belazert,' waarschuwt Couwenberg, 'trek ik alles weer in.'

'Ik kan u niet belazeren. Begrijpt u? Ik ben gebonden aan regels en wetten. Ontzettend vervelend, die zogenaamde onkreukbaarheid.'

Couwenberg bindt in. 'Goed. Die fles die jullie gevonden hebben... het zou heel goed kunnen dat je daar vingerafdrukken op vindt... van hem.'

Pepijn trekt zijn wenkbrauwen op. 'Van Steenhouwer?'

Couwenberg knikt.

Razendsnel denkt Pepijn na. 'En waarom? Waarom zou een advocaat een prostituee willen vermoorden?'

In Couwenbergs kaak trilt een spiertje. 'Wat maak jij nou zo, per maand?'

'Hoezo?'

'Moet ik alles voor je bedenken?'

Pepijn tuit zijn lippen en zegt: 'Oké. Bedankt.' Hij keert zich op zijn schreden om en wil teruglopen.

'Hé!' IJzeren vingers klauwen zich in zijn mouw.

Hij draait zich opnieuw om.

'En Björn!?'

Met een opgewekte glimlach legt hij zijn hand over die van Couwenberg en bevrijdt zijn arm. 'Vanmiddag is hij vrij. Als het tenminste klopt wat u vertelt.'

Als Pepijn even later in zijn auto is gestapt, moet hij zich bedwingen om geen overwinningskreet te slaken. Het is dat die Joachim, die als een trouwe hond zijn baas bij de auto staat op te wachten, hem met argusogen volgt, anders had hij even een flinke roffel op het stuur gegeven.

Het gezicht van Marco is grijs. Heel stil ligt zijn door donker haar omkranste hoofd op het kussen. Het enige geluid dat in de kamer klinkt is zijn rasperige ademhaling. Elsie zit met gezwollen ogen naast hem, en houdt zijn slappe hand in de hare. Willem voelt de schuld als een bijna fysieke last op zijn schouders drukken. Had hij maar beter opgelet. Had hij Marco maar tegengehouden toen hij er laatst kwaad op zijn scooter vandoor ging. Maar nee, zodra zijn zoon de deur achter zich dicht had gesmeten, was hij zowat over z'n eigen benen gestruikeld om weer zo snel mogelijk bij Iris te kunnen zijn. Zijn hormonen zijn blijkbaar nog ernstiger van slag dan die van zijn puberende zoon; op dit moment zou hij niet graag zijn eigen verdediging op zich nemen.

'Ik moet even weg, ben zo snel mogelijk weer terug,' zegt hij met verstikte stem tegen Elsie. Vluchtig strijkt hij met zijn lippen langs haar wang en verlaat de kamer. Eenmaal op de gang laat hij zijn adem ontsnappen en leunt een moment met zijn hoofd tegen de muur.

5

Nog niet zo lang geleden heeft Huub Couwenberg ergens een artikel gelezen over de mogelijkheid traumatische ervaringen uit je geheugen te laten wissen. Terwijl hij vanaf de achterbank van zijn auto de bedrijvigheid op de Amstel gadeslaat, betrapt hij zich op de hartstochtelijke wens het verraad dat hij zojuist heeft gepleegd ter plekke te vergeten. Hij houdt van Willem als van een zoon, dat is van het begin af aan zo geweest. Zijn mondhoeken trillen. In de achteruitkijkspiegel vangt hij de spiedende blik van Joachim op en hij vermant zich. Had hij soms een keuze? Het was Björn of Willem, daar komt het toch op neer? En als je dan moet kiezen tussen een onschuldige zoon met beperkte verstandelijke vermogens of een schoonzoon die zijn vrouw belazert en van het ene moment op het andere de samenwerking opzegt, dan is die keuze toch niet zo heel erg ingewikkeld? Kop op, idioot, bekijk het van de zonnige kant. Straks, als je thuis bent, neem je samen met Joachim een hartversterkertje en daarna is het vast al zowat tijd om Björn uit het huis van bewaring op te halen.

Hij probeert zich te ontspannen en leunt achterover in de kussens. Tegen de tijd dat Joachim de oprit van zijn villa op draait, heeft hij een aarzelende glimlach om zijn lippen weten te plooien, die echter als sneeuw voor de zon verdwijnt als Willem belt.

'Ben je nog bij Björn geweest?' vraagt Willem, zodra hij opneemt.

'Eh, ja. Vanochtend...' *Voor ik naar de Amstel ben geweest om je uit te leveren.*

'En?'

'Eh... hetzelfde. Hij is bang en in de war. Hij vraagt wanneer hij eruit mag.'

Aan de andere kant van de lijn valt een stilte. Hij weet het, flitst het door Couwenberg heen. Hij weet het en hij gaat me aangeven.

'Huub,' zegt Willem, 'ik moet je wat vertellen. Er is iets met Marco.'

Opluchting, op de voet gevolgd door ongerustheid. 'Wat dan?'

'Hij is neergestoken.'

Couwenberg verstijft in zijn autostoel.

'Volgens de politie was hij in een of ander kraakpand.'

'O, god,' fluistert Couwenberg, via de achteruitkijkspiegel een snelle blik wisselend met Joachim. 'O, god, wat erg.'

Hoeveel van je geheugen zou je kunnen wissen zonder dement te worden?

'Leuk wonen hier,' zegt Meerdink. Achteloos trekt ze het lint kapot dat de voordeur van het appartement van Mireille van de buitenwereld afsluit, doet handschoenen aan en opent de deur met een sleutel. Ook Bazhouri trekt zijn handschoenen aan. Meerdink haalt voorzichtig de fles champagne uit de meegenomen zak met bewijsstukken en bekijkt de foto's die haar collega een voor een laat zien.

'Hier stond de fles,' zegt hij, naar een van de foto's wijzend waarop de fles naast een leeg glas op tafel prijkt. Eronder is, door het glazen tafelblad heen, het dode gezicht van Mireille te zien.

Meerdink zet de fles op tafel. 'Ik vind het verbluffend,' merkt ze sarcastisch op. 'Wat een geweldig bewijsmateriaal.'

‘Op het glas geen andere dan vingerafdrukken van het slachtoffer,’ leest Bazhouri voor uit het rapport.

‘Half werk?’

‘Hoe bedoel je?’ vraagt haar collega.

‘Je glas goed schoonvegen en de fles niet? Is dat niet vreemd?’

Bazhouri neemt het interieur in zich op en denkt na. ‘Het kan wel. Misschien haast. Of paniek.’ Opnieuw werpt hij een blik in het rapport. ‘Er zijn geen afdrukken op deurkrukken of stoelen aangetroffen.’

Meerdink slaat haar armen over elkaar. ‘Maar waarom vermoordt een advocaat een Oekraïense hoer? Kon ze niet lekker pijpen? Had ze een tongpiercing of zo?’

‘Ik zou het niet weten, Christien.’

‘Ik heb vriendinnen met een tongpiercing. Die zeggen dat het geen fuck uitmaakt. Maar mij lijkt het voor een man toch niet zo lekker. Heb jij daar ervaring mee?’

Onverstoorbaar antwoordt hij: ‘Het schijnt dat je ’m uit kan doen. Maar waar waren we gebleven? O, ja, zijn vingerafdrukken.’

Voor ze haar jas aan de kapstok hangt, checkt Marit haar mobieltje. Geen berichten. Geen nieuws is goed nieuws, wordt beweerd, maar ze put er weinig troost uit. Wat doet ze eigenlijk op school? Ze zou bij haar broer moeten zitten. De twee s.o.’s die voor vanmiddag in haar agenda staan verprutst ze toch. Ze kan nog geen koe van een paard onderscheiden op het moment, laat staan dat het haar lukt een tekstverklaring Duits door te werken.

‘Hoi.’ Victor staat naast haar. Hij ontdoet zich van zijn rugzak en hangt zijn jas op.

‘Hoi,’ antwoordt ze mat.

Omstandig krabt hij aan een oorlel. ‘Ik, eh… sorry wat ik over je opa…’

'Ja, ja, het is wel goed. Luister, ik moet verder.' Ze maakt aanstalten om weg te lopen.

'Dat feest, hè, van gisteren,' zegt hij snel, 'weet je waar dat was?'

Haar wenkbrauwen fronsend antwoordt ze: 'Het Deltagebouw?'

'Ja,' antwoordt Victor. 'En weet je waar je broer is neergestoken? Voor het Deltagebouw. Ik ben toch maar even naar dat feest gegaan, ook al had ik weinig zin. Dus ik ging al vrij vroeg weer weg. En toen ik buiten kwam, lag daar iemand op straat te bloeden.'

Het is rustig in de mediatheek. Bij het raam is nog een computer vrij. Victor schuift erachter en klikt op de muis. 'Ik heb alles aan de politie verteld,' zegt hij tegen Marit, die naast hem is blijven staan. 'Maar ja, veel wist ik er natuurlijk ook niet van. Toen ik thuiskwam ben ik maar eens gaan googelen.' Hij zoekt het handelsregister van de Kamer van Koophandel op en tikt 'Deltagebouw' in.

Marit bestudeert het lijstje dat op het scherm verschijnt. Een paar woorden trekken haar speciale aandacht. Eigenaar Couwenberg Investments BV. De haartjes op haar armen springen overeind. Ze knippert met haar ogen en leest opnieuw. Nog steeds staat het er: Eigenaar Couwenberg Investments BV. De letters pulseren op het scherm. Voorzichtig legt Victor een hand op haar schouder.

Björn heeft overal jeuk. Op zijn armen heeft hij al meerdere plekken tot bloedens toe stuk gekrabd. Hoewel hij weet dat de jeuk er alleen maar erger van wordt, kan hij er niet mee ophouden. Stel je voor dat hij jaren wordt opgesloten, dan gaat hij door het lint. Zeker weten dat hij dan na een tijdje geen huid meer over heeft. Vanuit zijn binnenste welt een schreeuw op. Niet doen, niet doen. Tellen, dat moet je doen. Tellen, net zolang tot papa komt. Vanmorgen moest hij weliswaar drie keer opnieuw beginnen omdat hij steeds de tel kwijtraakte, maar al voordat hij bij achtduizend was, was zijn vader toch maar mooi gekomen. Nooit, maar dan ook nooit zou hij hem, Björn, in de steek laten. Dus niet janken, maar tellen. Een, twee, drie, vier, vijf, zes... zevenhonderachtenzestig, zevenhonderdnegenenzestig...hé, een bewaker. Wat zegt hij? Is Willem er?

'Mag ik eruit?' vraagt hij ademloos zodra Willem de drempel over is.

Hier lijkt Willem vreemd van op te kijken. 'Hoezo?'

'Papa heeft het beloofd. Dat ik er zo snel mogelijk uit zou komen.' Waarom trekt Willem nou zo'n raar gezicht? Heeft hij soms nog niet met zijn vader gepraat? Dat zou natuurlijk kunnen, dat hij het nog niet weet...

Pas na een tijdje krijgt hij in de gaten dat er tegen hem gepraat wordt.

Hij gaat rechtop zitten. 'Sorry, wat zeg je?'

Geduldig herhaalt Willem: 'Weet jij iets over een kraakpand waar Marco wel eens kwam?'

'Bedoel je het Deltagebouw?' Blij dat hij iets kan vertellen waar Willem wat aan heeft, doet hij uitgebreid uit de doeken dat Marco een klusje voor zijn vader zou klaren in het Deltagebouw. Vreemd dat Willem zo boos kijkt ineens. Zo erg is het toch niet dat Marco ook eens wat voor zijn opa doet?

Het is van het grootste belang dat Pepijn het hoofd koel weet te houden. Als hij de steun van de hoofdofficier kwijtraakt, is alles voor niets geweest. Maar de tekenen lijken gunstig. Om te beginnen heeft Mengeling die stropdas van hem weer eens af gegooid, dat betekent in elk geval dat hij bereid is de tijd te nemen voor het gesprek. Meerdink en Bazhouri hebben zojuist bevestigd dat de vingerafdrukken op de fles inderdaad die van Willem

Steenhouwer zijn, en dat bovendien gebleken is dat hij de avond van de moord op de Oekraïense mobiel heeft gebeld vanuit een andere plek dan zijn eigen huis. Wat een gelukkig toeval. Mengeling stipte nog aan dat de inhoud van dat gesprek niet gebruikt mocht worden, maar het feit dat er gebeld is wel, evenals de paallocatie. Tot zover alles onder controle. Nu de man alleen nog zien te overtuigen van het motief van Willem Steenhouwer, want daar lijkt hij niet erg in te geloven.

Pepijn begint door de kamer te ijsberen. Lopend kan hij beter nadenken en het kan ook geen kwaad zich letterlijk boven de hoofdofficier te verheffen, voor het psychologische overwicht. Mengeling oogt vermoeid en daar moet hij van profiteren. Kwestie van suflullen.

Hij steekt van wal: 'Luister, het is eenvoudig. Björn maakt ruzie met Louis Karelse op de brug. Karelse belandt in het water. Hartproblemen, hoge bloeddruk, plotselinge, sterke afkoeling. Dood. Vermoedelijk kunnen we Björn daarvoor net niks of te weinig maken. Maar bij de Couwenbergjes schrikken ze zich een beroerte. Willem, juridische man, bedenkt een alibi. Ze hebben haast, want wij kunnen elk moment op de stoep staan. En waar komt hij mee op de proppen? Hij stelt voor een alibi te regelen bij die seksclub.' Triomfantelijk kijkt hij de hoofdofficier aan.

Mengeling schudt echter zijn hoofd. 'Steenhouwer? Die is niet genoemd op de club.'

'Nee. Dat zou ik ook regelen als ik die Steenhouwer was.'

'Maar heb je bewijzen dat uitgerekend hij dat alibi in elkaar geknutseld heeft?'

'Couwenberg heeft het verklaard,' zegt hij. Zijn opmerking treft doel. Mengeling gaat rechtop zitten. Nu doorgaan. 'Vervolgens begint Mireille of hoe ze ook heette, onze Oekraïense, te muiten. Vermoedelijk wil ze meer geld. Steenhouwer maakt een afspraak dat hij meer geld komt brengen.'

'Waarom Steenhouwer? En niet iemand anders?'

'Omdat zijn afdrukken op die fles zitten,' besluit Pepijn zijn verhaal. Hij pakt de foto die Bazhouri en Meerdink hebben achtergelaten en legt hem voor de hoofdofficier neer. 'Dusss... wat mij betreft gaan we aanhouden.'

Mengeling wrijft zijn ogen uit. Hij lijkt naar woorden te zoeken, niet zo verwonderlijk als je een zaak zo netjes en pasklaar in je schoot geworpen krijgt. Gerechtigheid. Een warm gevoel begint Pepijn te doorstromen, tot hij merkt dat het gezicht van Mengeling strak staat.

De hoofdofficier komt achter zijn bureau vandaan. 'Ben je helemaal gestoord geworden?' buldert hij. 'Hoe kom je aan die vingerafdrukken?'

'Ze matchen met die op de pen waarmee Steenhouwer zich heeft uitgeschreven nadat hij Björn op het politiebureau heeft bezocht.'

'Maar een rechter zal onmiddellijk...'

Pepijn slaat zijn armen over elkaar. 'Een rechter doet helemaal niks,' onderbreekt hij zijn superieur. 'Het is misschien niet gebruikelijk, maar ook niet illegaal. We houden hem aan. En op het politiebureau nemen ze nog een keer zijn afdrukken. Niks aan de hand.'

'Pepijn, ik waarschuw je...'

'Ik doe mijn werk. Zo goed mogelijk. Zoals je van me gewend bent.'

'Nee, dat doe je niet! Dit is een afrekening. Dit is een persoonlijke kwestie. Dit is de punt van je schoen in zijn voorhoofd!'

'Er is hier sprake van moord,' gaat Pepijn onverstoorbaar verder. 'We hebben nu vingerafdrukken. We hebben een motief. Het gaat hier om een maffiamaatje eersteklas. Ik vraag me af: waar klaag je nog over? Zonder Steenhouwer is die hele Couwenberg-club in één keer vleugellam.'

Mengelings armen vallen langs zijn lichaam. 'Pepijn, je begrijpt toch wel dat het out of the question is dat jij, als je vrouw je in de steek heeft gelaten voor...'

Nu is het moment aangebroken om zijn troef uit te spelen. 'Ik?' zegt hij, zijn vingers op zijn borst leggend. 'Wie heeft het over mij? Je zei toch pas nog dat De Ruiter maandag weer aan het werk gaat?' Zijn tanden ontblotend: 'Ik draag het dossier netjes over. Het wordt zíjn zaak. Dat was het trouwens al.'

Verdomd, de hoofdofficier lijkt zich iets te ontspannen. De frons zakt weg, hij tuit nadenkend zijn lippen en hij trekt zich weer terug achter zijn bureau. Hij heeft hem plat. Zijn triomf verbijtend kijkt Pepijn op zijn horloge. 'Ik moet mijn kind van school halen. En o ja, de rest van de middag werk ik thuis.'

De antikrakers zijn al vroeg aan het bier. Ze toosten, waarschijnlijk op de goede afloop van het politieonderzoek. Joachim zag ze net vertrekken, een stuk of wat politiemensen, van wie sommige in witte pakken. Heel degelijk allemaal, de legale weg, compleet met sporenonderzoek, maar als je echt iets aan de weet wil komen, zijn er snellere methoden. Vandaar dat hij maar even met een knokploegje langsgaat om zelf poolshoogte te nemen.

'Goeiemiddag!' begroet hij de pils innemende meute. 'Klopt het dat hier gisteravond een jongen is neergestoken?'

De antikrakers kijken hem wantrouwend aan. Niemand reageert.

'Hallo? Ontvangt u mij? Is hier gisteravond een jongen neergestoken?'

'Who's asking?' vraagt een bleke slungel.

Vriendelijk glimlachend loopt Joachim op hem af en geeft hem een stomp in zijn maagstreek. De jongen klapt dubbel en hapt naar adem.

'Ik dacht dat we hier gewoon in Nederland waren. Best een

mooie taal, hoor. Mooier dan Engels. Weet je dat die Engelsen geen verschil kennen tussen knippen en snijden? Dat is toch armoede, of ben ik nou gek?'

De groep wijkt uiteen. Hier en daar wordt een blikje omgestoten. Gemompelde protesten.

'Nou, helden? Vertel 's? Wie heeft er hier gisteren met een mes lopen wapperen?'

Een andere jongen verzamelt moed. 'De politie is hier de hele dag geweest!'

'Ja? Dus? Weten die 't al?'

'Het was een Israëliër. Komt hier verder nooit.'

'O ja? Hoe heet hij?'

'Wij kennen hem niet, zeg ik toch,' antwoordt de jongen. Ontwijkend staart hij langs zijn ondervrager en stopt zijn handen in zijn zakken.

Joachim kijkt over zijn schouder, naar de met zonnebril en pet getooide jongens van zijn knokploeg, en geeft een van hen een teken, waarop deze een honkbalknuppel tevoorschijn haalt. Iemand gilt.

'Hé! Fuck op!' roept de jongen die beweerde de Israëlische messentrekker niet te kennen. De zware jongen grijpt hem vast.

'Moet je luisteren, studentenmeneer,' sist Joachim, terwijl hij zijn mobieltje uit zijn zak haalt en onder de neus van het joch houdt. 'Hier ga jij je naam en je nummer in zetten. En dan ga ik jou bellen. Vanavond. En jij neemt op. Snap je dat?'

De jongen knikt. Een snor van zweet tekent zich af boven zijn lip.

'En dan ga jij me vertellen hoe je Israëlische vriend heet en waar ik hem kan vinden. Als je niet opneemt, of mij dat niet kan vertellen, kom ik weer langs. Met mijn vrienden hier.'

Opnieuw knikt de jongen. Met trillende vingers begint hij zijn nummer in te toetsen.

Het eerste wat Marit ziet als ze de intensive care betreedt, is haar moeder die in een hoek in haar telefoon staat te fluisteren. Is haar broer... zou Marco... Ze durft niet verder te denken. Dan hoort ze tot haar opluchting dat haar moeder het over een speciale kaart heeft, met twee keuzes: vlees of vis.

Haar ogen glijden naar het bed, waar iemand een wassen replica van Marco tussen de lakens heeft geschoven. O, broertje.

Haar moeder beëindigt het telefoongesprek en omhelst haar. 'Nog geen nieuws,' zegt ze op gedempte toon. 'Hij heeft een gat in zijn maag.'

Marit knijpt haar ogen dicht. 'En nu?' brengt ze uit.

'Afwachten.'

Uiteindelijk, met de arm van haar moeder om zich heen, loopt ze naar het bed. Wat hebben ze met hem gedaan? Hebben ze hem een aderlating gegeven? Godverdomme, een gat in zijn maag. En dat dankzij hun lieve opa. Machteloos balt ze haar vuisten.

6

Zon! Blauwe lucht! Bomen met ritselende blaadjes! Met zijn ogen knipperend tegen het felle licht loopt Björn de poort van het huis van bewaring uit. Daar is zijn vader! Wat kijkt hij ernstig. Er is zoveel dat hij hem wil vertellen: hoe erg het was in die donkere cel en hoe akelig die blonde heks tegen hem deed, maar belangrijker nog: hoe blij hij nu is. Hij beweegt zijn lippen, maar er komt geen woord.

Zijn vader neemt hem bij de arm en loopt met hem naar de auto, die verderop staat.

'Mag ik rijden?' Eindelijk, hij kan weer praten.

Zijn vader antwoordt niet maar knikt. Hij houdt het portier voor hem open.

Björn stapt in. Amper heeft hij de sleutel in het contactslot, of zijn vader zegt hees: 'Wacht. Uitstappen.'

'Wat?' Verward kijkt Björn van zijn vader naar de poort van het huis van bewaring en weer naar zijn vader.

'Uitstappen!'

Als hij niet reageert, stapt zijn vader zelf uit, loopt om de auto heen en trekt het portier open. 'Kom er 's uit.'

'Waarom?'

'Kom eruit!'

Aarzelend verlaat Björn de auto. De handen van zijn vader landen op zijn rug en hij trekt hem tegen zich aan. Opgelucht beantwoordt Björn zijn omhelzing. Nadat ze een aantal seconden zo hebben gestaan, wordt hij weer losgelaten. De ogen van zijn vader zijn roodomrand, maar hij lacht.

'Oké,' zegt hij, 'karren maar.'

Een kluwen schreeuwende en lachende kinderen komt naar buiten als de felgeel geschilderde schooldeuren opengaan. Menno bevindt zich midden in de groep, en doet schaterend zijn best de priemende wijsvinger van een leeftijdgenootje te ontwijken. Tevergeefs. 'Tik! Jij bent 'm!' roept het jongetje, waarna hij er als een pijl uit de boog vandoor gaat en het schoolplein op rent. De mist in Iris' hoofd trekt iets op als ze haar zoon met haar ogen volgt. Daarnet, toen de psychologe een beschouwing hield over de overeenkomsten tussen angst voor mensenmenigtes en pleinvrees, had ze ineens het licht gezien. Als ze Menno wil houden, moet ze Willem opgeven, zo simpel is het. Zijn connecties met die maffiafamilie zijn niet langer te negeren. Het doorhakken van de knoop ging daarna snel; het verwerken ervan zal ongetwijfeld meer tijd in beslag nemen. Uit alle macht concentreert ze zich op haar zoon die, zijn jas halfopen en zijn rugzakje bungelend aan één arm, naar zijn vader rent.

'Papa!'

Pepijn vangt hem op in zijn armen. 'Dag, mijn lekkere jongen.'

Menno's ogen worden groot. 'Hé!'

'Wat is er?' vraagt Pepijn.

'Daar!' Hij wijst.

'Waar?'

'Daar, mama!' Hij bevrijdt zich uit de armen van zijn vader en holt op Iris af, die bij het hek heeft staan wachten. Het rugzakje glijdt op de grond. Pepijn draait zich om. Zijn ogen ontmoeten die van haar. Wat doe je hier, zeggen de zijne.

Ze glimlacht verontschuldigend, kust haar zoon en neemt

hem bij de hand, en dan loopt ze samen met hem naar Pepijn. Onderweg pakt ze de rugzak op.

Als ze voor hem staat, zegt ze zacht: 'Zullen we naar huis gaan?'

Pepijn is te verbijsterd om te reageren. Rondom hen krioelt het van de kinderen en hun ouders. 'Alsjeblieft?' voegt ze er met toegeknepen keel aan toe. Ze begint te lopen, weg van die benauwende mierenhoop. Opgetogen huppelt Menno aan haar hand. Pepijn komt er lamgeslagen achteraan.

Zodra ze thuis zijn, en Menno in de kamer verdiept is in een computerspelletje, wenkt Iris Pepijn naar de keuken. Ze sluit de deur en legt haar hand op de koelkast. 'Ik... ik weet niet wat ik moet zeggen.'

'Ik ook niet,' antwoordt hij.

Ze slikt. 'Als je me niet... als je vindt dat ik weg moet gaan, dan snap ik dat.'

'Het kost me moeite zomaar even om te schakelen.'

'Dat snap ik. Weet je wat, ik ga weg en dan ben ik met een uur weer terug. Dan kun je erover nadenken. Goed?'

Een wezenloos knikje is het antwoord.

Ze loopt naar de kamer. 'Waar ga je heen, mama?' Het blonde hoofd van Menno komt met een ruk omhoog.

Snel gaat ze de deur uit, om nog juist zijn verontruste stem te horen: 'Waar gaat mama heen, papa?'

Willem rijdt hard door de stad, stoplichten negerend en mensen van het zebrapad blazend. Hij snijdt een tram en neemt een kortere route door tegen de rijrichting van een eenrichtingsstraat in te rijden. Een motorrijder zoekt noodgedwongen zijn heil tussen twee geparkeerde auto's; in de achteruitkijkspiegel ziet Willem hoe de man hem woedend iets naschreeuwt. De tekst zal wel overeenkomen met wat Willem daarnet allemaal in zijn razernij tegen zijn schoonvader heeft geroepen over diens rol in wat Marco is overkomen. Het is dat Elsie belde, anders had hij misschien onvergeeflijke dingen gezegd.

'Marco wordt opnieuw geopereerd,' had ze schril van afgrijzen geroepen. 'Er is onverwacht een bloeding opgetreden.'

Hij had niet de moeite genomen zijn schoonvader op de hoogte te brengen van de nieuwe ontwikkeling en zonder verdere omhaal de verbinding verbroken.

Lukraak zet hij de auto op een invalidenparkeerplaats voor het ziekenhuis en rent naar binnen.

Elsie en Marit zitten met een bleek gezicht in de wachtkamer te zwijgen, hun blik strak gericht op de deur van de operatiekamer. Hij sluit zich bij hen aan. Ze staren naar die deur alsof ze hem met hun ogen willen openbranden.

'Ik begrijp het niet,' zegt Pepijn als hij de voordeur voor Iris opent. Hij is niet van plan haar ook maar een vinger te geven, laat ze het maar mooi alleen opknappen. In zijn achterhoofd is er weliswaar dat juichende stemmetje, dat niet moe wordt hem te vertellen hoe goed alles gaat komen, maar vooralsnog staat hij sceptisch tegenover juichende stemmetjes in het algemeen, en dat in zijn achterhoofd in het bijzonder.

'Ik wil het weer proberen,' zegt ze.

'Proberen!?'

'Het klinkt jou misschien bizar in de oren. Ik snap dat je woedend bent.'

Hij glimlacht om het understatement.

'Ik kan alleen maar dit zeggen,' vervolgt ze. 'Ik wil terugkomen. Ik hou van mijn kind en ik wil vierentwintig uur per etmaal bij hem zijn. En geen oorlog voeren over omgangsregelingen of dat soort verschrikkelijke dingen.'

'Juist,' antwoordt hij afgemeten. 'Je kind. En ben ik ook nog ergens in dit verhaal?'

Ze aarzelt. Staart een poosje naar de grond en zegt dan: 'Soms eet je iets verkeerds. Dan is je maag van streek. Misselijk. Zo voel ik me nu in mijn hoofd. En in mijn hart. Draaierig, misselijk. Maar ik wil het wel. Ik bedoel: weer van je houden. Net zoals vroeger. En ik denk dat het kan lukken.'

Woede, hoop en trots voeren strijd in zijn binnenste.

'De vraag is of dat genoeg is voor jou,' voegt ze er nauwelijks hoorbaar aan toe.

Hij zwijgt.

Na een hele tijd steekt ze haar hand naar hem uit. Hij legt de zijne erin. Onbeholpen streelt ze zijn vingers. Hij had op meer passie gehoopt, maar voor nu moet hij het er maar mee doen.

Over de parkeerplaats van het ziekenhuis jagen dorre bladeren. Het dreigt te gaan regenen. Bazhouri wrijft met zijn mouw een vlekje van het autoportier en Meerdink leunt met een heup tegen de achterklep. 'Waar wachten we eigenlijk op?' verzucht ze.

'Tot we Pepijn kunnen bereiken,' antwoordt hij.

Zijn collega rekt zich uit en gaapt met wijd open mond. Het licht van de lantaarn weerkaatst in haar vullingen. 'Maar ik snap het niet,' zegt ze 'We weten toch al dat die Steenhouwer daar zit?'

'Aan het bed van zijn neergestoken zoon.'

'Precies. Dus wat let ons?' Een gemanicuurde nagel naar hem uitstekend: 'Als we nog langer wachten en hij blijkt straks via een achterdeurtje ontsnapt te zijn, is het jouw schuld.'

Bazhouri kijkt naar haar fraaie gezichtje. Soms vraagt hij zich af wat er moet zijn gebeurd om van zijn collega zo'n tot de haarwortels gepantserde persoonlijkheid te maken. Zoals wel vaker wordt hij heen en weer geslingerd tussen bewondering en weerzin.

'Wat ons let,' antwoordt hij, 'is dat we het niet kunnen maken die man op te pakken terwijl zijn zoon op de operatietafel ligt. Laten we iets te eten halen.'

Een kwartier later staan ze weer op dezelfde plek. De vegaburger was redelijk van kwaliteit, maar de frietjes doen Bazhouri denken aan gebakken takken. Hij propt de kartonnen bakjes terug in hun zak en deponeert de restanten in een prullenbak. Meerdink kijkt hem uitdrukkingloos aan. Haar kaken malen.

'Niet lekker?' vraagt ze met volle mond.

'Nee.'

'Probeer Pepijn nog eens te bereiken.'

Hij haalt zijn telefoon tevoorschijn en drukt op redial. Deze keer wordt er onmiddellijk opgenomen.

'Het schiet niet op,' zegt Bazhouri.

'Hoezo niet?' vraagt Pepijn.

'We hebben begrepen dat ze nog steeds in die jongen staan te snijden.'

'Ik wil hem van de straat.'

'Straat? Hij zit daar in dat ziekenhuis en zolang zijn kind...'

'Vanavond halen jullie hem op, begrepen?' snauwt Pepijn. 'Voor twaalf uur wil ik hem in verzekering hebben.' De man klinkt bepaald getergd, je zou haast denken dat hij er persoonlijk belang bij heeft Willem Steenhouwer op te bergen.

'Weet je het zeker?' informeert Bazhouri aarzelend. 'Ik bedoel, hij is niet vluchtgevaarlijk.'

'Dat weet ik zeker, ja.'

'Whatever you say,' zegt Bazhouri gelaten, en kijkt van de verlichte ramen van het ziekenhuis naar de langsrazende auto's. Dan ontmoet hij Meerdinks vragende blik.

'We zien het nog even aan,' mompelt hij.

Elsie, Willem en Marit eten in oranje olie drijvend voedsel uit bakjes die Willem in de kiosk in de centrale hal heeft gehaald. Buiten valt de schemering in. De auto's op de snelweg ontsteken hun lichten.

Elsie maakt een geluid dat het midden houdt tussen een kreun en een zucht. 'Het duurt zo lang. Zo lang.' Ze werpt een moedeloze blik op de deur van de operatiekamer.

Marit legt haar lepel neer en schuift haar nog niet voor de helft opgegeten maaltijd aan de kant.

'Weet je al in welk kraakpand hij zat, pap?'

'Ja,' antwoordt haar vader toonloos.

'Welk kraakpand dan?'

'Doet er niet toe.'

Marit bestudeert het plafond. 'Ik ving iets op over het Deltagebouw?'

'Zou kunnen,' is het gemompelde antwoord.

'Van wie is dat ook alweer, dat gebouw?'

'Wat maakt dat nou uit?'

Verstoord kijkt Elsie haar dochter aan. Wat mankeert haar, een beetje te gaan zitten drammen over een gebouw. 'Ja, wat maakt het uit, Marit? Je broer ligt...'

Met een ruk staat Willem op. 'Verdomme, wat duurt dat lang.'

Zelden doet Joachim zijn werk met tegenzin, maar deze keer is hij extra gemotiveerd. Huub had de tranen in zijn ogen toen hij hoorde hoe zijn kleinzoon eraan toe was. Wat hem betrof hoefde die messentrekker geen kinderen meer te krijgen, zo heeft hij het onder woorden gebracht, en die mededeling is niet aan dovemansoren gericht. Inmiddels heeft Joachim genoeg gegevens over die messentrekker van die brave antikraker doorgekregen, zodat hij precies weet waar de jongens hem het beste kunnen opwachten. Het gebeurt in een donker achterafstraatje, ergens in Oost. Aan het mishandelen zelf beleeft Joachim geen plezier, het vieze werk besteedt hij waar mogelijk liever uit, maar voor het wreken van Huubs kleinzoon maakt hij een uitzondering. Hij blijft dan ook in de buurt als twee van zijn jongens de Israëliër insluiten en indachtig het advies van Huub op zijn kruis mikken als ze op hem in beginnen te trappen.

Gehuld in een zedige nachtpon schuift Iris naast Pepijn in bed. Ze twijfelt of ze zal zeggen dat ze hoofdpijn heeft of dat ze de relatie liever langzaam weer wil opbouwen, als hij al tegen haar aan gaat liggen. Teder begint hij haar te strelen, maar al spoedig versnelt zijn ademhaling. Hij trekt het flanel open – de bovenste knoopjes springen alle kanten op – en begint haar borsten te kussen. Geschrokken houdt ze haar adem in. Zijn lippen verplaatsen zich naar haar hals en hij stroopt haar slipje naar beneden, waarna hij zijn vingers tussen haar dijen wrikt. Ze maakt een geluid dat met een grote dosis fantasie voor een uiting van genot gehouden zou kunnen worden en slaat haar armen om zijn hals.

Willem probeert voor Marit en Elsie te verbergen hoe zijn handen trillen. Hij stopt ze in zijn zakken, om ze er onmiddellijk weer uit te halen als eindelijk die vermaledijde deur opengaat.

De chirurg komt naar buiten en verwijdert zijn mondkapje. Voordat hij iets kan zeggen, gaat aan de andere kant van de wachtkamer eveneens een deur open. Meerdink en Bazhouri vallen binnen.

'Meneer Steenhouwer?' vraagt Meerdink. En zonder de situatie verder in ogenschouw te nemen roept ze triomfantelijk: 'U staat onder arrest.'

7

Iris staat op haar tenen voor de slaapkamerkast en pakt een stapeltje beddengoed van de bovenste plank. Vanuit de deuropening observeert Pepijn haar; hij laat zijn ogen goedkeurend over haar gestalte gaan. Die smalle taille, haar ranke enkels. Van hem. Ze is van hem.

Hun ogen ontmoeten elkaar in de spiegelwand. 'Hou even vast,' zegt ze.

Onmiddellijk komt hij in beweging en helpt haar het hoeslaken om het matras te spannen. Heen en weer geslingerd tussen wraaklust en de wens het zo snel mogelijk achter de rug te hebben, overweegt hij of hij de bom ter plekke zal laten barsten, of ermee zal wachten tot ze samen op de bank zitten. Nog geen vijf minuten geleden heeft hij Wim Holtrops cd'tje met afgetapte telefoongesprekken op zijn werkkamer in stukken gebroken. Eén keer heeft hij het bericht maar hoeven beluisteren, genoeg om het voor altijd in zijn geheugen te griffen.

Hoe die Steenhouwer tegen zijn schoonvader zei dat hij onderweg was, en daar dan ineens de stem van Iris doorheen te horen: 'Willem, je weet dat ik van je hou...' Al zou hij de cd vriesdrogen, verbranden en de restanten in een vulkaan deponeren, dat ene zinnetje, en de manier waarop ze het zei, zal de rest van zijn leven in zijn hoofd galmen.

Terwijl hij toekijkt hoe ze haar armen en hoofd in een dekbedhoes steekt, zegt hij nonchalant: 'Volg je het nieuws eigenlijk nog een beetje, de laatste tijd?'

In de dekbedhoes steekt haar silhouet af alsof ze geluidloos om hulp roept. 'Ja, maar soms ook wel eens even niet. Hoezo?'

'Ik vind het een beetje ingewikkeld om over te praten.'

Haar gezicht komt tevoorschijn. 'Wat bedoel je?'

'Willem Steenhouwer is aangeklaagd. Voor moord. Ik vind dat je het moet weten.'

Verbijsterd staart ze hem aan.

Hij heft zijn handen. 'Het is mijn zaak niet, hoor, maar die van De Ruiter. Er zijn bewijzen tegen hem.'

Alle kleur trekt uit haar gezicht. 'Moord?'

'Hij wordt ervan verdacht op 16 mei een hoer te hebben vermoord.'

Mechanisch begint ze het dekbed in de hoes te proppen. Als ze daarmee klaar is volgt hetzelfde procedé voor de kussens en de kussenslopen. Haar kaak beeft.

'Gangsters, Iris, ik heb het je gezegd.'

Ze antwoordt niet.

'Ik ben zo blij dat je... dat je de keus hebt gemaakt om... wat denk je nu?'

Een half verfrommeld kussen op bed gooiend antwoordt ze: 'Ja, jezus!' Daarna draait ze zich om en loopt de slaapkamer uit. Even later hoort hij haar de badkamerdeur op slot draaien. Hij balt zijn vuisten.

De zomer lijkt nu echt voorbij. Mist en regen teisteren de stad al dagen achtereen. Elsie staart naar de ruitenwissers van haar auto terwijl ze stapvoets van stoplicht naar stoplicht rijdt. Als ze een halfuur later eindelijk een parkeerplek heeft gevonden, haast ze zich onder een paraplu naar het huis van bewaring.

Zodra ze zich heeft gelegitimeerd en het poortje wil passeren, schalt er een doordringend gepiep door de hal. Zuchtend doet ze een stap achteruit. O, ja, het metaal in haar lijf. Een bewaker snelt toe. Ze diept een kaartje op uit haar tas. 'Drager dezes heeft als gevolg van een medische ingreep metaal in het lichaam,' leest de bewaker hardop als ze het omhooghoudt.

'Stalen pin in mijn heup,' legt ze uit. 'Vanwege een skiongeluk.'

De bewaker knikt en stapt opzij om haar erdoor te laten.

In de spreekkamer zit Willem aan een formicatafeltje op haar te wachten. De twee bewakers doen discreet een stap naar achteren.

'Hoe is het met Marco?' vraagt Willem.

'Morgen komt hij thuis,' antwoordt ze. 'Om drie uur.'

'Goddank.' Hij laat zich achteroverzakken in zijn stoel.

'Maar hij kan nog niet veel beginnen. Ze hebben beneden een bed geplaatst. En er komt thuishulp.'

'En heb je nog iets gehoord over dat pand van de steekpartij?'

'Marit doet al weken raar. Ze kijkt me steeds aan alsof ze me wil vermoorden. En nu snap ik waarom. Mijn vader blijkt de eigenaar van het Deltagebouw te zijn.' Ze sluit een moment haar ogen. 'Meer weet ik er ook niet van, maar het klinkt weer helemaal verkeerd. Hij belt de hele tijd of hij mag langskomen. Maar ik hoef die man voorlopig niet meer te zien.' Als ze haar ogen weer opent zegt ze: 'Willem... ik snap het nog steeds niet. Hoe kunnen ze in godsnaam bij die hoer vingerafdrukken van jou vinden?'

Hij kijkt haar recht aan. 'Ik begrijp het als je me niet meer gelooft, maar ik zweer je dat ik daar nooit geweest ben. Ik heb ergens een fles aangeraakt, en die fles is daar beland. Iets anders kan ik niet bedenken.'

Haar hart gaat naar hem uit, zoals hij tegenover haar zit. Geen moment komt het in haar op aan zijn woorden te twijfelen. 'Uit ons huis gestolen?' oppert ze.

Hij schudt zijn hoofd. 'Dat hadden we dan toch moeten merken?'

Die gekwelde blik in zijn ogen, ze zou hem in haar armen willen nemen en hem net zolang kussen tot hij weer lacht. Zou het ooit nog goed kunnen komen? 'Weet je wat laatst bij me opkwam?' zegt ze, en voor ze zich kan bedenken gooit ze het eruit: 'Toen we samen bij het bed van Marco stonden, in het ziekenhuis, toen had ik het gevoel dat het nog niet helemaal weg was, tussen ons...'

Een schaduw glijdt over zijn gezicht. Hij antwoordt niet, maar neemt haar hand in de zijne en knijpt erin. Misschien moet ze nu ook maar niet te veel van hem verwachten, hij heeft nogal wat te verstouwen.

'Het enige wat ik kan doen is bewijzen dat ik daar nooit geweest ben. Gelukkig heb ik een goede advocaat: Joost Bachman, een jaargenoot van me.'

'Tijd!' roept de bewaker. Elsie werpt hem een geërgerde blik toe. Dan buigt ze zich naar haar man. 'Maar Willem... moord!' fluistert ze.

Hij klemt zijn lippen op elkaar. 'Ik weet het,' zegt hij moedeloos.

'Tijd!'

Woest draait Elsie zich om. 'Als jij nou eens even je grote bek houdt! Ik zit hier afscheid te nemen!'

De man trekt een gezicht en pruttelt nog wat na.

'Geef Marit een knuffel van me. En Marco ook,' zegt Willem.

Zal ze hem kussen of omhelzen? *Neem geen risico, doe het allebei.*

Na een uitdagende blik op de bewaarder slaat ze haar armen om Willems hals en drukt haar lippen stevig op de zijne.

Willem kijkt Elsie na. Een vrouw uit één stuk. De moeder van zijn kinderen, jarenlang zijn grote liefde. Is het echt voorbij? En zo ja, komt het door Iris of is er sowieso iets tussen hen veranderd? Als het een beetje tegenzit, heeft hij de komende jaren alle tijd zich daar eens goed in te verdiepen. Zijn prioriteit is nu hoe te bewijzen dat hij die prostituee niet heeft vermoord. Weliswaar was hij de zestiende mei, de avond van de moord, op kantoor, maar hij was daar alleen, en niemand kan dus zijn alibi bevestigen. Maar je was niet de hele avond alleen, fluistert een stemmetje in zijn achterhoofd. Iris was er ook nog. Hij duwt de gedachte weg. Iris mag hier niet in betrokken worden. Volgens Joost Bachman zijn ze er via de provider achtergekomen dat Couwenberg hem gebeld heeft rond halfnegen. Daarbij heeft hij ook nog eens de pech dat de plek van de moord zich zo dicht bij zijn kantoor bevindt, dat de driehoeksmeting van zijn gsm-gegevens niets oplevert. Hij zou dus net zo goed in het appartement van die Mireille kunnen zijn geweest als op kantoor. Hij heeft zijn secretaresse opdracht gegeven een buurtonderzoek te doen, in de hoop dat buurtbewoners hem die avond achter zijn verlichte ramen hebben zien zitten. Tot nu toe heeft dat niets opgeleverd. Heel vervelend allemaal, maar wat hem echt schokt is wat Bachman hem vertelde: zijn schoonvader schijnt tegen de politie te hebben verklaard, dat toen Björn 'iets stoms had gedaan', Willem had beweerd 'alles te zullen regelen', maar daarvoor wel een bedrag van honderdvijftigduizend euro had geëist. Een bedrag bovendien dat niet in de boekhouding opgenomen diende te worden.

'Maar dat geld wilde ik alleen van hem lenen!' verklaarde Willem tegen zijn advocaat. 'Het was voor mijn vrouw bestemd.' Daarna heeft hij Bachman het hele verhaal uit de doeken gedaan en verteld dat Elsie geen geld van haar vader wilde aannemen, en hoe hij, na vergeefse pogingen een officiële lening af te sluiten, uiteindelijk toch bij Couwenberg was aangeland. Hoe hij toen nog wel een schriftelijke verklaring op papier heeft gezet, heel provisorisch, maar zich niet meer kan herinneren of hij die Couwenberg ook daadwerkelijk heeft overhandigd. Volgens Bachman is een dergelijke verklaring in Willems administratie niet aangetroffen. Dat is dan weer een geluk bij een ongeluk, maar nu blijft hij met één vraag zitten: was zijn schoonvader in de war of heeft hij gelogen toen hij beweerde dat hij, Willem, beloofde alles te zullen regelen?

Björn knijpt een spons uit boven het dak van de auto. Het water loopt in de mouwen van zijn sweater. Koud, maar wat kan hem dat schelen? Driftig begint hij te boenen. Zijn vader leunt tegen de motorkap. 'Er verandert niks, lieve jongen,' zegt hij. 'Het is echt heel leuk in Brasschaat. Vlamingen zijn aardige mensen, met die zachte g en zo. En we nemen alles mee: je posters, je games, mijn spullen, mijn pick-ups...'

Als het allemaal zo leuk is, waarom klinkt zijn vader dan zo paniekerig? Voor Björn staat één ding vast: hij wil niet weg. En al helemaal niet naar België. Hij kent er niemand.

Hij spoelt de spons uit in de emmer. 'Waarom gaan we dan als er toch niks verandert?'

Nerveus tekent zijn vader met zijn wijsvinger cirkeltjes in de autolak. Wat doet hij nou? Hij beschadigt de lak toch niet?

'Er is van alles gebeurd, Björn. Dat weet jij ook. En ik was trouwens toch al van plan er een punt aan te draaien.'

Wat betekent dat nou weer? Er een punt aan draaien? Normaal zou hij braaf hebben gevraagd wat zijn vader bedoelde, maar daar heeft hij nu mooi even geen zin in. Met de emmer in de hand loopt hij naar de achterklep. 'Ik wil niet naar België,' zegt hij, en begint met overgave de bumper af te sponzen.

Opgelucht zet Pepijn de laatste ordners over de zaak Couwenberg op het bureau van De Ruiter. Hij heeft het zo goed mogelijk voorbereid; alles wat hem nu nog te doen staat is zijn hyperventilerende collega te bewerken.

'Ken jij Bachman? Joost Bachman?' vraagt hij.

De Ruiter kijkt op. 'De advocaat van Steenhouwer? Ja. Geen domme jongen.'

'Hmm. Heb je alle tapverslagen al bekeken?'

'Moet ik nog in duiken,' antwoordt De Ruiter. 'Maar dat Björn op die brug was die avond, dat heeft hij zelf bekend. En toch seponeren we wegens gebrek aan bewijs.'

Pepijn knikt. 'Dat hij daar was is duidelijk. Maar niet dat hij iemand vermoord heeft. Geen getuigen, geen sporen van verwurging, geen kneuzingen, je krijgt het niet hard.'

De Ruiter opent een van de ordners en spreidt de inhoud van een map foto's en papieren uit op zijn bureau. Het levenloze gezicht van Mireille onder de glasplaat van haar eigen tafel. Pepijn wendt zijn blik af.

'Waar het mij om gaat is dat de rechter niet steil achterover zal slaan van de verklaring van een type als Couwenberg,' zegt De Ruiter. 'En als hij daar niet in meegaat, hebben we problemen met het motief van Steenhouwer. Heb je het trouwens gehoord? Bachman heeft een aanvraag ingediend om Couwenberg te horen bij de rechter-commissaris. En Steenhouwer is daarbij. Ik wil die confrontatie wel eens zien.' Voor Pepijn kan reageren, vervolgt hij: 'Wanneer was je trouwens van plan het me te vertellen?'

'Wat bedoel je?'

'Van die verdachte die het met jouw vrouw doet.'

Pepijn slaat zijn ogen neer.

'Godverdomme, man!' roept De Ruiter.

'Het was maar een hele korte periode,' sust Pepijn. 'Allang afgelopen. En het heeft nergens iets mee te maken.'

'O, nee? Als we pech hebben komt het in de krant. De rechter zal het ook een heel mooi verhaal vinden. En dan krijgen we belangenverstrengeling aan onze broek.'

'Ik doe die zaak toch niet? Jij doet 'm.'

De Ruiter fronst zijn wenkbrauwen. 'Maar jij hebt het dossier samengesteld.'

'Deels. En jij neemt er nu verantwoordelijkheid voor. Toch?'

De Ruiter kijkt hem aan, niet erg overtuigd.

'Jij was al vier jaar met die lui bezig,' gaat Pepijn verder. 'Ik ben maar een tussenpausje. En nu kun je de kroon op het werk zetten.' Hij zet een plechtige stem op. 'Officier van justitie Pieter de Ruiter zet bijl in de wortels van crimineel vastgoedsyndicaat...' Met een spottend lachje: 'Klinkt beter dan "Ziekelijke ambtenaar die rondloopt met plastic zakjes, haakt af in zaak Couwenberg", vind je ook niet?'

'En toen zei de blauwe krokodil: "Ik vind blauw eigenlijk best een coole kleur. De zee is blauw. De lucht is blauw. En sommige krokodillen zijn blauw. En nu heb ik honger."' Iris klapt het boek dicht. 'Uit.'

Menno laat zijn hoofd op het kussen zakken en vraagt: 'Morgen weer?'

'Of zullen we dan eens aan een ander verhaal beginnen? Iets nieuws?' vraagt ze, een lok haar van zijn voorhoofd strelend. Zijn ogen worden groot van schrik en ze lacht. 'Nee? Ook goed.' Ze kust hem. 'Welterusten, schat.'

Nadat ze Menno's slaapkamerdeur achter zich gesloten heeft, blijft ze op de overloop staan. Ze kan zichzelf er niet toe zetten nu een gesprek met Pepijn te beginnen alsof er geen vuiltje aan de lucht is. Willem is onschuldig, dat staat vast. Ze durft haar handen voor hem in het vuur te steken. Natuurlijk, ze kennen elkaar nauwelijks, maar er zijn mensen die ze beter kent dan Willem, waar ze beduidend minder zeker van zou zijn.

Ze loopt naar de werkkamer en start de computer op. Al na een paar muisklikken en het invoeren van de woorden '16 mei' en 'prostituee', stuit ze op een bericht over een 29-jarige, Oekraiense vrouw die in een seksclub werkte en op 16 mei is vermoord. Pepijn heeft het dus niet verzonnen. Ook al dwingt ze zichzelf de mogelijkheid onder ogen te zien dat Willem het wel degelijk heeft gedaan, ze slaagt er niet in het ook maar één moment serieus te nemen. Ineens veert ze overeind in haar bureaustoel. 16 mei, stel dat zij die avond bij Willem was, dan heeft hij een alibi. Snel opent ze haar outlookagenda en bekijkt de afspraken die ze in mei had, om tot de ontdekking te komen dat uitgerekend 16 mei de enige lege dag is. Koortsachtig denkt ze na. Als er die dag al een ontmoeting met Willem heeft plaatsgevonden, zou ze die niet hebben genoteerd hebben, zijn naam komt sowieso geen enkele keer voor in de agenda. Ze zet haar vingertoppen tegen haar slapen. 16 mei, 16 mei... er is iets met die datum, maar ze kan er niet opkomen wat.

Als ze de kamer binnenkomt, zit Pepijn met de avondkrant aan tafel.

Iris knielt op de grond en begint de Kapla-toren die ze voor het eten samen met Menno heeft gebouwd op te ruimen.

'Zit je ermee?' roept Pepijn, boven het lawaai uit van de blokken die ze in de doos gooit.

'Waarmee?' vraagt ze, zonder zich naar hem om te draaien. 'Hij is geen moordenaar, hoor.'

'Maar zit je ermee?'

'Advocaat van verkeerde zaken, oké. Maar moordenaar?'

'Zit je ermee?' houdt hij vol. 'Ik begrijp best dat het raar is.' Hij staat op en loopt naar haar toe. 'Ik snap dat het moeilijk voor je is.'

De scherpe rand van een van de blokken snijdt in haar dichtgeknepen vuist. 'Is dit jouw werk?'

'Nee. De Ruiter doet het. Maar er is bewijs. Hij heeft het gedaan. Met voorbedachten rade.'

Iris ademt scherp in. Na een hele tijd vraagt ze, bijna onhoorbaar: 'En als hij veroordeeld wordt?'

'Dan krijgt hij twintig jaar. Schat ik. Het is niet alleen maar... nou ja, ik zal je niet lastigvallen met de details.' Voorzichtig omhelst hij haar. Ze laat hem begaan. 'Iris,' fluistert hij in haar oor. 'Het komt goed. We komen hier doorheen.'

Terwijl zijn warme adem de huid van haar hals beroert, neemt ze de beslissing. Ze gaat alles op alles zetten om Willem te helpen. Met opeengeklemde lippen laat ze zich de strelingen van haar wettige echtgenoot welgevallen.

8

Willem zit met handboeien in de auto die hem van het huis van bewaring naar het kantoor van de rechter-commissaris brengt en kijkt door de geblindeerde ramen naar buiten. Trams, auto's en fietsende mensen doemen op in de mist en verdwijnen weer. Natuurlijk heeft Joost Bachman er goed aan gedaan aan te dringen op een verhoor van Huub Couwenberg door de rechter-commissaris, maar dat betekent niet dat hij zich erop verheugt erbij te zijn. Als alles wankelt, kan een mens er behoefte aan hebben nog een paar illusies in stand te houden.

Tegenover rechter-commissaris Meijer en officier van justitie De Ruiter zit Couwenberg achter een tafel. Hij draagt een pak dat Willem niet kent. Dit is het moment waarop zijn schoonvader zou moeten opstaan en zeggen dat alles op een misverstand berust. Want wat er ook is gebeurd: zijn kinderen zijn Huubs kleinkinderen.

Maar Couwenberg staat niet op. Hij blijft zitten en werpt hem een meewarige blik toe, alsof hij een enorme teleurstelling te verwerken heeft gekregen. Het is zo absurd dat Willem in de lach zou zijn geschoten als het niet zo treurig was.

Nadat een bewaker hem van zijn handboeien heeft bevrijd en hij naast zijn advocaat is gaan zitten, zegt de rechter-commissaris: 'Welkom, allemaal. We zijn hier bijeen om meester Bachman, raadsman van de heer Willem Steenhouwer, de gelegenheid te geven getuige, de heer Couwenberg, te horen, betreffende moord, subsidiair doodslag op Natalia Korzatsjenko, in de leeftijd van 29 jaar, op 16 mei jongstleden.' Zijn blik op Willems schoonvader richtend: 'Meneer Couwenberg, belooft u de waarheid en niets dan de waarheid te vertellen? Zegt u mij na: dat beloof ik.'

'Dat beloof ik.'

'Ik benadruk dat u weliswaar verplicht bent de waarheid te spreken, maar dat u niets hoeft te zeggen waarmee u zichzelf belast of beschuldigt. Ik geef het woord aan de raadsman.'

Joost Bachman schraapt zijn keel. 'Dank u, meneer de rechter-commissaris. Meneer Couwenberg, u heeft verklaard dat de heer Steenhouwer u heeft aangeboden een alibi te construeren voor de mogelijke betrokkenheid van uw zoon bij de dood van Louis Karelse, op 2 mei van dit jaar.'

Met zijn treurigste gezicht antwoordt Couwenberg: 'Het spijt me dat ik het moet zeggen, maar dat klopt, ja.'

'Kunt u iets specifieker zijn?'

Couwenberg kijkt Willem verontschuldigend aan. 'Björn had iets vaags uitgehaald, ik begreep er geen reet van, waarschijnlijk iets stoms. Hij deed zo raar, hij was zo overstuur, ik wist niet meer hoe ik het had met die jongen. En volgens mij zei jij toen: "Ik regel het wel." "Zullen we dat nou wel doen?" vroeg ik nog. Maar jij zei: "Ja dat moet echt, anders komen er problemen." Toen zei ik: "Nou ja, jij bent de juridische man, jij zal het wel weten." Waarop jij weer zei: "Oké, het kost wel wat." Ik vertrouw jou blindelings, dus ik zei: "Doe maar."'

Een bittere smaak welt op in Willems mond. Zo smaakt verraad.

Joost Bachman wrijft met duim en wijsvinger langs een denkbeeldige baard. 'U zegt: "Volgens mij zei jij toen..." Dat betekent dus dat u het niet zeker weet.'

Huub Couwenberg legt een hand op zijn borst. 'Ik vind het

echt verschrikkelijk dat Willem hier nou zit. Voor mij is ie nog steeds gewoon familie.'

'Dat vroeg ik niet.'

Zonder blikken of blozen kijkt Couwenberg Willem recht in de ogen. 'Volgens mij heb jij dat toen gezegd, Willem. Ik zou niet weten wie anders?'

'Meneer Couwenberg,' brengt Bachman in, 'mijn cliënt weet honderd procent zeker dat het niet zo gegaan is. Vanuit zijn functie zou hij zoiets nooit, maar dan ook nooit doen.'

'O, nee, Willem? Waar moest ik je dan die anderhalve ton voor geven, en er met niemand over lullen?'

Willem kan zich niet langer beheersen. 'Jij weet best dat...'

Bachman legt een waarschuwende hand op zijn arm en Willem slikt de rest van zijn woorden in.

'Dat geld was voor het restaurant van uw dochter,' reageert Bachman. 'Op dat moment zat ze in de problemen.'

'Dat is dan toch wel een beetje gek. Het lijkt mij de gewoonste zaak van de wereld dat je dan zegt: "Je dochter zit knijp, schiet mij even een tonnetje of wat voor." Ik ben drie jaar geleden uitgeroepen tot Buitenvelderts Ondernemer van het Jaar, ik ben lid van de Vereniging van Vastgoed... Waarom deed Willem zo geheimzinnig over dat geld? Ik zou er nog een briefje voor krijgen... heb ik ook nooit gehad trouwens.'

'Meneer Couwenberg, het blijft heel merkwaardig dat u de gebeurtenissen van die avond zo anders interpreteert dan mijn cliënt. Mijn cliënt is namelijk nog nooit in die seksclub geweest en hij kende het slachtoffer niet eens. Volgens de verklaringen is daar diverse keren contact geweest met een man die beweerde voor u te werken. Maar mijn cliënt konden ze niet beschrijven.'

Huub Couwenberg haalt zijn schouders op. 'Ik weet het ook niet, ik herinner me niet anders dan dat Willem tegen mij zegt: "Ik regel het wel." Ik geef hem geld, en voor je het weet wordt dat hoertje gevonden met zijn vingerafdrukken erbij.' Theatraal brengt hij een hand naar zijn voorhoofd. 'Ik vind het verschrikkelijk wat er is gebeurd, dat hij hier nu zit. Ik zou alles willen doen om hem eruit te krijgen. Is het… kan het… dat er ergens iets een beetje misgegaan is zijn hoofd? Is hij psychiatrisch onderzocht?'

Willem gelooft zijn oren niet. 'Al die jaren, Huub, dat ik loyaal ben gebleven. Schaam je je niet?' Zijn schoonvader slaat zijn ogen neer.

'Meneer Steenhouwer,' kapittelt de rechter-commissaris, 'u mag vragen stellen, maar het is niet de bedoeling dat u…'

Bachman heft zijn handen. 'Excuses, mijn cliënt liet zich even gaan.'

'Schaam je. Schaam je diep, jij!' Willem spuwt de woorden uit.

'Ik? Hallo? En dat zegt degene die mijn dochter, die zijn eigen vrouw…'

'Heren!' De rechter-commissaris verheft zijn stem. 'Genoeg.'

Geïrriteerd fronst Bachman zijn wenkbrauwen. 'Geen vragen meer.' Hij staat op, evenals Willem. Als één man springen de bewakers overeind.

'Wat heb je gedaan?' vraagt Bachman zodra hij de deur van de overlegkamer achter zich heeft gesloten. Hij begint te ijsberen. 'Waarom haat die man je zo dat hij jou dit aandoet? Een conflict? Over geld?'

Willem laat het hoofd hangen. 'Ik heb zijn dochter bedrogen.'

'Fijn. En daar kom je nu mee?'

Verontschuldigend spreidt Willem zijn handen. 'Ik wist dat hij rancuneus was, maar dit had ik nooit verwacht.'

Marit bindt een van boeken uitpuilende tas op de bagagedrager van haar fiets. Ze heeft ze uit de mediatheek meegenomen, voor Marco. Hoewel ze hem zelden met een boek betrapt heeft, is dit misschien de kans hem aan het lezen te krijgen. Hij ligt daar maar in dat bed voor het raam, en de hele dag televisiekijken moet toch op den duur ook stomvervelend zijn.

'Is je broer weer thuis?' vraagt Victor, het zadel van zijn fiets droogwrijvend met de mouw van zijn jas.

'Ja. Gisteren.'

'En weten ze nu al wie erachter zit?'

Ze haalt haar schouders op.

Hij legt een hand op haar stuur. 'Je opa, toch? Want het was zijn gebouw. En je vader zit in de gevangenis.'

Haar mond valt open. 'Hoe weet jij dat?'

'Welcome to the world wide web.'

Een rood waas verschijnt voor haar ogen en haar oren beginnen te bonzen. Actie! Actie moet ze ondernemen, en wel nu! Ze wil haar fiets uit het rek trekken, maar Victor houdt zijn hand stevig op het stuur.

'Doe eens even rustig aan.'

Ze blikt omhoog, in het kalme blauw van zijn ogen. En dan kan ze het niet langer voor zich houden. 'Ik heb papieren gevonden in mijn vaders werkkamer,' roept ze. 'Ik heb wel eens gedacht: ik ga naar de politie en ik overhandig die hele zooi gewoon en ik vertel alles wat ik weet over mijn fijne familie. Dan is het in één klap allemaal afgelopen. Al dat liegen en bedriegen en weet ik veel wat ze allemaal uitvreten...'

Victor zuigt peinzend zijn onderlip naar binnen. 'Maar je doet het niet.'

Ze schudt haar hoofd. 'Nee. Natuurlijk niet.'

Willem trekt wit weg als hij door een bewaker de spreekkamer wordt binnengeloodst en hij ziet wie daar op hem wacht. 'Wat doe je hier!?' roept hij uit. 'Je moet weg!'

Standvastig blijft Iris staan. 'Ik hoorde wat er...'

'Iris, ga naar huis.' Zijn stem klinkt rauw.

'Vertel me dat je geen moordenaar bent,' zegt ze. Als hij niet antwoordt, dringt ze aan: 'Je bent geen moordenaar. Zeg het!'

Willem buigt zijn hoofd. 'Ga naar huis,' zegt hij vermoeid. 'Wees gelukkig met je man. En je kind. En vergeet alles.' Hij staat op en roept de bewaker: 'Wij zijn klaar.'

Onwrikbaar blijft ze op haar plaats. 'We zijn helemaal niet klaar.'

'Jawel. Mag ik naar mijn cel?'

'Jij bent geen moordenaar.'

De aanwezige bewakers beginnen zenuwachtig te kijken. In arren moede gaat Willem weer zitten.

De verontwaardiging komt uit haar tenen. Verbaasd hoort ze zichzelf zeggen: 'Die hele fucking schoonfamilie van je bestaat uit misdadigers. Maar jij niet. Jij hoort er niet bij. Je meent toch niet serieus dat jij nou godverdomme op gaat draaien voor wat dat stelletje idioten allemaal uitgehaald heeft?' Ze begint op dreef te komen. 'Je komt mijn leven binnenvallen. Je schopt alles ondersteboven. Vertel me, heb ik alles op het spel gezet voor een moordenaar?'

'Iris, alsjeblieft,' smeekt hij, 'ga naar huis.'

'Goed, dat doe ik. En ik kom niet meer terug, op voorwaarde dat je het me nu vertelt.'

'Wat vertelt?'

'Is het omdat je met die vrouw getrouwd bent? Wat heb je daar gedaan al die tijd? Met wat voor rare draadjes zit jij aan die klotefamilie vast?'

Hoe vaak heeft hij nou al aangebeld? Minstens drie keer, en hij geeft het maar niet op. Elsie hoort haar vader door het grind lopen, in de richting van het raam van de zitkamer, waar Marco ligt te slapen. Als die idioot hem maar niet wakker maakt. Ze haast zich de voordeur alsnog te openen en roept hem.

Op zijn schreden keert hij terug. 'O, dus je was er wel,' zegt hij.

'Wat moet je?' vraagt ze kil.

'Mijn kleinzoon zien.'

Ze zet haar elleboog tegen de deurpost. 'Ach, natuurlijk. Je zoekt nog iemand voor een van die gebouwen van je waar ze met messen lopen te zwaaien.'

Smartelijk kijkt hij haar aan. 'Denk je nou echt dat ik daar iets mee te maken heb?'

'Ik weet niet meer wat ik moet denken. Ik weet alleen dat mijn zoon bijna dood was. En dat mijn man in de bak zit. En dat Björn weer vrij rondloopt.'

'Lieverd…'

'Alles draait alleen maar om Björn,' zegt ze heftig. 'Björn, Björn, Björn. Geef het nou maar toe.'

In een impulsief gebaar steekt hij zijn handen naar haar uit. Ze reageert niet. Hij laat ze weer vallen. 'Luister, ik denk erover om weg te gaan. Het land uit. Laat me alsjeblieft binnen. Tien minuten.'

De donkere wimpers werpen scherpe schaduwen op het gezicht van zijn slapende kleinzoon. Een ader klopt in zijn hals. Zestien jaar, het is verdomme nog maar een kind. Goddank hebben ze gezegd dat alles weer goed komt met die jongen. Als dat niet zo was, dan zou hij… ja, wat zou hij dan? Hij zit klem, want hij moet voor Björn zorgen. Noemen ze dat geen patstelling? Na een tijdje in stilte naar die levenskrachtige ader te hebben gekeken, loopt hij naar de kamer, waar hij tegenover zijn dochter aan tafel gaat zitten. Nog altijd is haar blik vijandig en ze maakt geen aanstalten hem koffie aan te bieden. Met haar armen over elkaar geslagen wacht ze op wat hij te melden heeft. Ze moet het weten. Hij had het haar al veel eerder moeten vertellen.

Hij ademt diep in. 'Jij had havo gedaan,' zegt hij, met de palm van zijn hand een plooi in het tafelkleed gladstrijkend. 'Ik was zo trots op je als een aap met zeven lullen. Dat weet je. Maar Björn had het atheneum gehaald, als eerste van de familie. De eerste Couwenberg die misschien wel naar de universiteit zou gaan.' Een droevig glimlachje plooit zich om zijn lippen. 'Weet je wat ze tegen mij zeiden toen ik op school zat? "Nee, jongen, de universiteit, dat is voor jouw soort mensen niet weggelegd."'

Het is duidelijk dat Willem een innerlijke strijd voert. Onder zijn haargrens glinstert zweet, maar hij klemt zijn kaken op elkaar. Hoe kon Iris ook denken dat ze er zomaar even tussen zou kunnen komen? Tegenover haar zit meer dan twintig jaar loyaliteit. Ze voelt hoe alle energie haar verlaat. Maar net als ze van plan is het op te geven, slaat hij zijn ogen op en begint te praten.

Hij wrijft met zijn handen door zijn gezicht en zegt: 'Björn was vroeger een leuke, slimme gozer. Ik werkte toen net voor mijn schoonvader. Allemaal keurig en netjes. Iedereen was dol op Björn, zijn vader nog het meest.' In gedachten verzonken staart hij een moment voor zich uit. 'Die dag, toen we met z'n drieën onderweg waren met de auto, Huub, Björn en ik, was hij net voor z'n eindexamen geslaagd. En toen... toen vroeg hij of hij even mocht rijden.' Zijn lippen trillen. 'Zijn vader was ertegen, maar ik zei: "Ach, laat die jongen toch even. Hij is net geslaagd." Ik hoor het mezelf nog zeggen. En even later, toen hij eenmaal achter het stuur zat, heb ik hem nog opgejut ook. "Harder, Björn, je kunt nog veel harder."'

Hij slaat zijn handen voor zijn ogen.

'Het was een automaat,' gaat Huub Couwenberg verder tegen Elsie, die al minder sceptisch begint te kijken. 'Reed als een zonnetje, een kind van drie kon dat ding met een pink besturen. Björn was bijna achttien. Maar toch zei ik: "Nee, laten we dat nou maar niet doen." Willem maakte een opmerking, iets in de trant van "laat die jongen toch", en ik herinner me dat ik dacht: wat ben ik toch ook een stijve, ouwe zak. Er was geen kip op de weg. Dus ik zei: "Nou, twee minuutjes dan."'

Elsie slaat een hand voor haar mond. 'Pap, sorry, ik bedoelde het niet zo. Ik weet heus wel dat je net zoveel van mij houdt als...'

Maar haar vader is met zijn gedachten bij die rampzalige dag. 'Hoe hij het voor elkaar gekregen heeft, weet ik nog niet. Er waren geen tegenliggers, geen storm, geen wind. Hij draaide zich om naar Willem en wilde iets zeggen, en ineens reed hij zo het water in.' Hij slikt. 'Willem en ik gooiden ons portier open en konden op tijd uit de auto komen. Maar toen we op de kant stonden, merkten we dat Björn ons niet was gevolgd. Willem sprong gelijk weer in het water. Het was Björn niet gelukt de gordel af te doen. Nieuw systeem, nieuwe auto.' Zijn stem breekt.

'En toen het me eindelijk lukte Björn eruit te krijgen, was hij al bewusteloos,' besluit Willem zijn verhaal, en buigt het hoofd.

Iris legt haar hand op de zijne. 'Maar jij bent niet degene die het water in is gereden,' zegt ze zacht.

Willem maakt een wanhopig gebaar. 'Ach Laat Die Jongen Toch Even... die woorden hangen voor eeuwig in de lucht. Ik kan ze bijna aanraken.' Hij schudt zijn hoofd. 'Weg universiteit. Weg toekomst.' Zijn ogen opslaand: 'Zo, nu weet je het. En Elsie zou zo meteen wel eens kunnen komen. Je kunt beter weggaan.'

Verontwaardiging welt in haar op. 'Dus dit is de reden dat je levenslang terug moet betalen? Dat kun je toch niet menen?'

Hij zendt haar een gekwelde blik. 'Alsjeblieft, word gelukkig met je man en je kind.' Een klein knikje krijgt ze nog, daarna staat hij op en wenkt de bewaker.

9

Duits, Engels, biologie. Verdorie, het economiewerkboek vergeten. Marit rent de trap op naar haar slaapkamer en pakt het werkboek van haar bureau. Weer beneden aangekomen ziet ze dat Marco net wakker wordt. Ze propt alles in haar tas en gaat naar hem toe.

'Grote slaapkamer heb jij tegenwoordig,' zegt ze, als ze op de rand van zijn bed gaat zitten en een denkbeeldig pluisje van zijn hoofdkussen veegt.

Marco glimlacht. 'Ja, het werd tijd. Wanneer komt opa?'

'Hoezo?'

'Of is hij boos op me?'

'Hoezo?'

'Omdat ik het verkloot heb. Niet tegen papa en mama zeggen, maar het was een klusje. Voor hem.'

'Een klusje?' Ze knippert met haar ogen. 'Voor opa?'

Voetstappen klinken op de trap. 'Hé,' roept haar moeder opgewekt. 'Al wakker?'

Marit vist haar jas en haar tas van de stoel. 'Ik moet gaan,' zegt ze met verstikte stem. 'Bijna te laat.'

Eenmaal op de fiets buigt ze zich over het stuur en trapt en trapt. Villa's maken plaats voor drukke wegen vol kantoorgebouwen, en binnen in haar maakt verbijstering plaats voor woede. Woede zoals ze die nog nooit ervaren heeft. Op de hoek van een druk kruispunt blijft ze staan. Trams bellen, auto's toeteren en aan alle kanten schieten fietsers, brommers en scooters voorbij. Rechts van de pakhuizen kan ze de school zien liggen. Ze slaat linksaf. Een vrouw met een bakfiets vol kinderen moet plotseling uitwijken. Ze wankelt maar blijft overeind.

'Kun je niet uit je doppen kijken!' schreeuwt de vrouw over haar schouder.

Marit besteedt geen aandacht aan haar. Opnieuw buigt ze zich over het stuur en zet het weer op een fietsen.

When you are a king, Royal Gifts they all will bring. Ze hoort de muziek al voordat Björn haar het kantoor van haar opa binnenlaat. Als kind zong ze dit nummer vaak mee in een soort steenkolenengels, zeer tot vermaak van haar opa. Ik zal je eens een gift brengen, denkt ze tandenknarsend.

'Hé, snoepje van de week!' roept haar opa. Hij schuift een stapel papieren terzijde, komt achter zijn bureau vandaan en omhelst haar. 'Al die toestanden met je broer, en niemand heeft het meer over jou, natuurlijk.'

Ze maakt zich los. 'Ik kom alleen maar iets vragen.'

'Zeg het maar, lieverd.'

'Waarom heb je mijn broer op die mongolen afgestuurd?'

De glimlach besterft op zijn gezicht. 'Sorry?'

'Is het al niet erg genoeg dat je mijn vader...'

'Ho ho ho! Wacht even!'

'Het had niet veel gescheeld of Marco was hartstikke dood geweest.'

'Lieverd, niemand die dat verschrikkelijker vindt dan ik, maar dat is niet mijn...'

'Je maakt iedereen kapot,' roept ze. 'Iedereen. Alles wat in jouw omgeving is, gaat kapot. Tot mijn vriendin aan toe.' Wie heeft die Vesuvius in haar tot productie aangezet? Ze wordt kwader en kwader.

'Schatje, ga naar huis. Laten we er een andere keer over...'

'Hou je bek!' roept ze met overslaande stem. 'Ome Louis dood! Marco bijna dood! En papa in de bak! Z'n verdiende loon waarschijnlijk. Jullie moeten nooit meer schatje tegen mij zeggen, of snoepje van de week!'

'Luister nou eens.' Opnieuw probeert hij zijn armen om haar heen te slaan, maar ze is een grens gepasseerd. Ze geeft hem een duw. Hij valt. Ziek, alles hier is ziek en corrupt. Ze draait zich om en rent naar de tafel, waar ze het singletje van die idioten die zich koning wanen van de pick-up rukt. In één klap is het stil. Ze trekt de arm kapot en smijt de pick-up op de grond. Ineens voelt ze de handen van haar opa op haar schouders en ziet ze zijn geschokte gezicht. De wereld houdt op met draaien. Ze barst in tranen uit. Dan zet ze het op een lopen.

Pepijn schreeuwt het nog net niet uit van frustratie. Nou heeft hij zoveel materiaal aangeleverd en is het hem gelukt zo ver te komen, en het enige wat Mengeling en De Ruiter lijkt bezig te houden is dat ze de verklaring van Couwenberg contra Steenhouwer te mager vinden. En dat het hier in de overlegkamer erg warm is, ook dat schijnen ze van groot belang te vinden. Godallejezus, nou controleert Mengeling al voor de tweede keer de thermostaat, alsof er geen belangrijker zaken spelen.

Er wordt op de deur geklopt.

'Ja?' zegt Mengeling.

Meerdink en Bazhouri komen binnen met een opgetogen gezicht. 'Waar zijn de slingers?' zegt Meerdink. 'Hebben jullie nog wat koud staan?'

Drie paar ogen kijken hen verbaasd aan.

'We kregen een belletje,' legt Meerdink uit. 'Je raadt nooit wie er net op de stoep stond.' Ze overhandigt Pepijn een plastic bewijszak met een papier erin. ' Een verklaring van ene Marit Steenhouwer. Ze had het helemaal gehad met haar familie, zei ze.'

'Wat heb ik nou gezegd? Je moet hier niet meer komen,' roept Willem zodra hij Iris weer aan de spreekkamertafel ziet zitten. Ze reageert niet. In plaats daarvan zegt ze: 'Ik ben heel netjes, wist je dat? En freelancer bovendien.'

Niet-begrijpend kijkt hij haar aan.

'Wat ik ook doe, ik vraag altijd een bonnetje. Dat gaat automatisch.'

'Wat bedoel je nou?'

'De zestiende mei, 's avonds. Ik was bij je, op je kantoor.' Ze haalt een bonnetje uit haar tas en legt het voor hem neer.

'Ik ben toen met een taxi gekomen. Ik wist dat ik het bonnetje nog had, maar ik kon het eerst niet vinden. Toen realiseerde ik me dat ik het al naar mijn boekhouder gestuurd had. Ik heb het opgehaald.'

Hij bekijkt het bonnetje. 'Er staat geen tijd op.'

'Nee,' beaamt ze, 'maar toch...'

'Ik wil dit niet,' zegt hij bars. 'Weet je wat dit betekent? Dat jij in de rechtszaal een verklaring moet gaan afleggen. Waar je man bij is. Denk je dat hij daar blij mee zal zijn? De hele wereld weet dan wat er is gebeurd. En raad eens wie je dan kwijtraakt? Je man. Definitief. En je kind.'

In de zak van haar jas knijpt ze een papieren zakdoekje fijn.

'En het ergste is, het helpt niet!' gaat hij door. 'Het is geen hard bewijs. Jouw woord tegen dat van hen. De rechter zal denken dat je het doet om mij te redden.'

Ze leunt naar voren. 'Er is wél bewijs!' zegt ze nadrukkelijk. 'Jij kreeg een telefoontje, weet je nog van wie?'

Een spiertje trilt onder zijn oog. 'Een cliënt waarschijnlijk.'

Ze steekt haar wijsvinger naar hem uit. 'Couwenberg, of niet? Ik had niet meteen door dat je telefoneerde. Ik riep "Willem, je weet dat ik van je hou." Ik herinner me nog dat ik me lullig voelde omdat het jou misschien in moeilijkheden kon brengen.'

Nu begint er bij Willem ook iets te dagen.

'Ik weet van Pepijn dat die Couwenberg wordt afgeluisterd, en dat zijn gesprekken worden opgenomen,' zegt ze opgewonden. 'Dat betekent dus dat ik ook op een of ander tapeje sta.'

Helaas deelt hij haar opwinding niet. Somber kijkt hij haar aan. 'Die gesprekken worden vernietigd. Zogenaamde geheimhoudingsgesprekken. En ik wil niet dat jij op wat voor manier dan ook hierbij betrokken wordt. Je moet hier niet meer komen. Echt niet meer doen.' Hij staat op. 'Dag, Iris.'

Met een roos in haar hand loopt Elsie naar de ingang van het huis van bewaring. Toen ze elkaar net kenden nam Willem bij elke ontmoeting een roos voor haar mee, nu gaat ze hetzelfde voor hem doen. Wat er ook gebeurt, Willem is haar man. Ze gaat hem erdoorheen slepen. Als dit allemaal achter de rug is, zal hij heus wel beseffen... Een bekende gestalte komt naar buiten. Een slanke vrouw met lang, goudkleurig haar.

Elsie onderdrukt een kreet en schiet snel tussen een paar geparkeerde auto's. Nietsvermoedend, diep in gedachten, loopt Iris langs haar heen.

Als ze uit het zicht is, laat Elsie de roos uit haar verkrampte handen vallen. Lange tijd staart ze voor zich uit, dan vermorzelt ze de roos onder de hak van haar schoen.

10

Iris weet nu hoe ze Willem kan helpen. En ze weet ook dat ze geen keuze heeft. Ongeacht de consequenties. Ongeacht de consequenties? dringt het stemmetje in haar achterhoofd aan. Je beseft toch wel wat dit betekent? Je verraadt de ene man voor de andere, en wat als je hierdoor Menno kwijtraakt?

Maar hij is onschuldig. Onschuldig.

Het voelt als hongerklop, dit trillen van haar lichaam. Ze mag het zich nu niet veroorloven aan Menno te denken, anders ziet ze er op het laatste moment van af. Hoe zou ze zichzelf ooit nog in de spiegel kunnen aankijken als ze de informatie achterhoudt die Willem kan vrijpleiten?

Nadat Pepijn eindelijk naar zijn werk is vertrokken – er ontstond nog een bijzonder ongemakkelijk moment toen hij haar wilde kussen en zij hem onwillekeurig haar wang toekeerde – brengt ze Menno snel naar school. Daarna spoedt ze zich terug naar huis en keert Pepijns bureau binnenstebuiten op zoek naar gegevens over zijn collega's. Met name naar die van de man die ze door Pepijn ooit 'speciale chef luistervink' heeft horen noemen. Gelukkig heeft Pepijn zo'n groepsfoto met genummerde silhouetten, en blijkt de als gedetacheerd rechercheur te boek staande Wim Holtrop, ofwel silhouet nummer 63, een licht kalende man met een gereserveerde oogopslag te zijn. In een van de bureauladen bevindt zich ook een medewerkerslijst, met daarbij de doorkiesnummers op het OM.

Met het zweet in de handen waagt ze de sprong. Als de telefoon drie keer is overgegaan, verbreekt ze de verbinding. Natuurlijk weigert hij haar te spreken. Ze is tenslotte niet alleen een wildvreemde voor hem, maar ook nog eens de vrouw van een officier van justitie. En wat ze hem wil vragen is allesbehalve legaal.

Ze zet thee, doet een poging aan het werk te gaan, laat de thee koud worden, staart uit het raam zonder iets te zien, pakt de telefoon en drukt op de redialtoets.

Als Iris naar het Openbaar Ministerie loopt, ziet ze Wim Holtrop al bij het hek staan. Natuurlijk, ze heeft hem eerder ontmoet, op personeelsfeestjes, en een keer in de gangen van het gebouw, toen ze Pepijn van zijn werk kwam halen. Een aardige, maar non-descripte man, die haar tamelijk merkwaardig aankijkt. Misschien kan hij zich haar ook niet goed meer herinneren.

'Goed je weer te zien,' zegt hij, terwijl een blos vanuit de boord van zijn beige jas via zijn hals naar zijn wangen stijgt. 'We hebben elkaar gesproken op je expositie.'

Wat een vreemde man. Maar voor hem is dit natuurlijk ook een vreemde situatie. Ze mag blij zijn dat hij überhaupt naar haar wil luisteren.

'O, wat leuk. En... vond u het wat?'

'Ik vond het prachtig,' antwoordt hij. De blos verhevigt. 'Gaat het goed met Menno op school?'

Verbaasd vraagt ze: 'Menno? Weet u dat ook al?'

'Zeg maar je. Ja, hij is nu toch zeven? Ik heb ook een zoon in die leeftijd.'

Ze knikt beleefd. 'Mag ik u... mag ik je iets vertrouwelijks vragen?'

'Natuurlijk. Zeg het maar.'

'Kent u Pepijn goed?'

'Je. Ja, redelijk goed. Ik ben natuurlijk politieman, maar ik zit hier al een hele tijd en ik lever regelmatig verslagen aan hem.'

Nerveus wringt ze haar handen. 'Ik heb hier lang over nagedacht. Pepijn weet niet dat ik hier ben. En hij zal het niet goedvinden ook. Sterker nog, wat ik nu met u ga bespreken, betekent waarschijnlijk het einde van mijn huwelijk. Ik begrijp dat u helemaal niet over bepaalde dingen mag praten. En ook dat u voor Pepijn werkt en dus niet zomaar om hem heen kunt. Maar het punt is: ik ben ten einde raad. Officieel weet ik natuurlijk van niks, maar na zoveel jaar met Pepijn... ik weet dat u... jij... dingen hoort, telefoongesprekken...'

'Ik mag daar helemaal niets over zeggen.'

'Twintig jaar,' smeekt ze. 'Twintig jaar kan Willem Steenhouwer krijgen, terwijl dat voorkomen kan worden. Er is iemand die een telefoongesprek moet hebben gehoord die avond. En die iemand heeft ook mijn stem gehoord. Ik heb erover gedacht een handtekening te vervalsen en net te doen of ik in opdracht van Pepijn die tape zou ophalen. Krankzinnig natuurlijk. Uiteindelijk leek het me beter dan maar contact op te nemen met u, en eerlijk te vertellen wat er aan de hand is. Dat er iemand veroordeeld gaat worden voor iets wat hij niet heeft gedaan. Dat het om een groot onrecht gaat.'

Hij is wit weggetrokken. 'Het spijt me,' onderbreekt hij haar abrupt. 'Ik moet terug. Mijn lunchpauze is voorbij.'

Wanhopig tast ze naar zijn mouw. 'Er moet iets in een verslag terecht zijn gekomen,' dringt ze aan, 'of er is iemand die dat gehoord heeft.'

'Sorry.' Hij rukt zich los, draait zich om en loopt weg.

'Alsjeblieft!' roept ze hem na.

Hij versnelt zijn pas.

Morgen

I

De laatste herfstblaadjes dwarrelen door de lucht op de avond voor het proces. Marco parkeert zijn scooter aan de zijkant van het huis van bewaring. Hoewel hij alweer een week naar school gaat, heeft hij een bezoek aan zijn vader tot nu toe uitgesteld. Hij ziet ertegen op. Wat zeg je tegen je vader, die misschien wel voor lange tijd de gevangenis in moet? Hij neemt zich voor iets leuks te vertellen, iets waar hij hem mee kan opmonteren, maar er schiet hem niets te binnen, en als ze elkaar even later onwennig hebben begroet, weet hij niets beters te zeggen dan: 'Hoelang moet je zitten als je veroordeeld wordt, pa?'

'Twintig jaar.' Ernstig kijkt zijn vader hem aan.

Zei hij echt twintig jaar? Hij is magerder geworden sinds hij hem voor het laatst heeft gezien. Wat dat betreft kunnen ze elkaar trouwens de hand schudden, van die infuusvoeding is hij zelf ook niet bepaald aangekomen. Maar twintig jaar, godsamme, dat is geen kattenpis. Zijn vader zegt dan wel dat het er met een beetje geluk twaalf of dertien kunnen worden, maar ook dat lijkt Marco een eeuwigheid.

'Voorlopig niet paintballen dus,' probeert hij een grapje.

'Daar was je te oud voor, toch?' Zijn vader glimlacht treurig. 'Maar met je buik gaat het dus beter?'

Marco haalt zijn schouders op. 'Gaat wel, ja.'

Hoewel hij iedereen hoort beweren dat zijn vader onschuldig

is, fluistert een stemmetje in zijn achterhoofd: Je kon je toch ook niet voorstellen dat hij je moeder voor een andere vrouw in de steek zou laten, of wel? Maar dat komt misschien ook omdat hij er nooit bij heeft stilgestaan dat zijn ouders er überhaupt een seksleven op na zouden kunnen houden.

'Topvader heb jij, hè?'

Marco peutert aan een stiksel van zijn spijkerbroek.

'Weet je,' gaat zijn vader verder, 'je krijgt kinderen, je hebt een beeld van hoe dingen zullen gaan en ineens kijk je terug en dan blijkt alles totaal anders gelopen.'

Er lijkt geen einde aan het stiksel te komen. Minstens tien centimeter oranje draad trekt hij tevoorschijn uit zijn broekspijp. Met een ruk trekt hij hem kapot en laat hem op de grond vallen. 'Heb je iemand anders?' vraagt hij zonder zijn vader aan te kijken. 'Een andere vrouw?'

Het antwoord laat even op zich wachten. 'Nee, het is nu afgelopen.'

'Kom je dan weer terug bij mama als je... als je eruit komt?'

Zijn vader schuift heen en weer in zijn stoel. 'Je moeder is ontzettend boos op me.'

Marco's ogen beginnen te prikken. Al die tijd dat hij met een van pijn schreeuwend lijf op bed heeft gelegen is er geen traan over zijn oogleden gekomen, en dat wil hij graag zo houden. Mis. De eerste druppel spat al op het tafelblad.

'Het spijt me zo, lieve jongen,' zegt zijn vader zacht.

Uit alle macht dringt Marco de tranen terug. Met zijn mouw over zijn ogen vegend, zegt hij: 'Je hebt het gehoord van Marit, hè? Ze is nooit meer thuis. Zit alleen nog maar bij die gozer, Victor.'

'Ja. Ze heeft iets gevonden in mijn werkkamer. Een papier.'

'Ik haat dat kutwijf!'

'Dat wil ik niet horen,' reageert zijn vader fel. 'Je bloedeigen zus!'

'Gaat ze tegen je getuigen?'

'Hoe dan ook, het is mijn schuld. Ook dat jij ineens in gebouwen komt waar ze met messen rondlopen.'

Hij kijkt zijn vader aan alsof hij gek geworden is. Zijn hand uitstekend: 'Pa...' Zijn vader legt een hand op de zijne. Opnieuw worstelt hij met zijn tranen: 'Ik wil niet dat je de gevangenis in gaat. Kan ik niet iets doen?'

Zijn vader knikt. 'Lief zijn voor je moeder...'

Als een razende gaat Elsies hart tekeer. Haar handen trillen terwijl ze het kleine pistool aan een onderzoek onderwerpt. Ze kan nog terug. Joachim zal er geen woord aan vuil maken als ze hem vraagt dat moordwapen per kerende post weer in ontvangst te nemen, maar elke poging zichzelf tot de orde te roepen, strandt als ze weer voor zich ziet hoe die slet daar doodleuk het huis van bewaring uit kwam paraderen. En hoe zij, Elsie, daar half weggedoken tussen twee auto's met die lullige roos had gestaan. Wat is er met Willem aan de hand? Hij is haar Willem niet meer. Hoe kan hij haar zo verraden? Haar wijsvinger glijdt langs het magazijn, ze spant en ontspant de haan. Het metaal wordt warm in haar zweterige hand.

Van beneden komt een geluid. Ze stoot zich aan de kastdeur in haar haast het pistool weer tussen het ondergoed te verstoppen. De brievenbus kleppert, het geluid van op de mat ploffend drukwerk. Ze herademt.

2

Regen slaat tegen de witte, keramische tegels van het gerechtsgebouw als Willem onder escorte van de politie en zijn advocaat naar de achteringang loopt. Joost Bachman geeft hem een bemoedigend kneepje in zijn schouder en loodst hem onder een paraplu naar binnen. In de blauwe ramen ontmoet Willem zijn reflectie: een gestalte in de handboeien; de schouders gebogen.

'Goedemorgen, allemaal. Ik wend mij tot de verdachte. Is uw naam Willem Frederik Steenhouwer, geboren te Amsterdam op 8 april 1971, woonachtig op de Leopoldlaan 14 te Amsterdam-Buitenveldert?' De rechter kijkt Willem over de rand van zijn bril aan.

'Ja,' antwoordt hij.

'U bent niet verplicht om op vragen te antwoorden. U moet wel goed opletten wat hier gezegd wordt. Ik geef het woord aan de officier van justitie voor het voorlezen van de tenlastelegging.'

'Dank u,' zegt De Ruiter, waarna hij zijn papieren raadpleegt.

'De heer Willem Steenhouwer wordt ervan verdacht op de avond van 16 mei jongstleden met voorbedachten rade om het leven te hebben gebracht mevrouw Natalia Korzatsjenko, in haar woning in Amsterdam, op of omstreeks halfnegen in de avond.'

Pepijn zit in de zaal en kijkt gefascineerd toe.

Elsie en Marco betreden de grote hal van de rechtbank. Elsie meldt zich bij de beveiligers, zet haar tas op het röntgenapparaat en loopt het poortje door. Het alarm gaat af. Met een geroutineerd gebaar haalt ze het pasje uit haar portefeuille en overhandigt het aan de beveiligers.

'Skiongeluk,' zegt ze. 'Stalen pin in mijn heup.'

Een vrouwelijke beveiliger knikt en gebaart dat ze door mag lopen.

'Ga maar vast,' zegt Elsie even later tegen Marco. 'Ik zie je straks.' Ze verdwijnt in het eerste het beste toilet dat ze tegenkomt. Nadat ze zich in een van de wc's heeft opgesloten, telt ze tot tien. En nog een keer. En nog een keer. Niet nadenken nu. Verstand op nul en bij haar plan blijven.

De belangstelling voor de rechtszaak is groot. Marco gaat de rechtszaal binnen, om tot de ontdekking te komen dat zijn vader al in het beklaagdenbankje zit. Zijn moeder, zijn opa en Marit gaan straks nog getuigen, en bevinden zich daarom nog niet in de zaal. Maar hij ziet wel een ander familielid: tante Beppie. Ze zwaait naar hem. Hij zwaait terug, zoekt een vrije plek op de volle tribune en probeert zich te concentreren op de vraag van de officier van justitie.

'Dus, meneer Steenhouwer. Honderdvijftigduizend euro, waar verder niet over gepraat mocht worden. Waar zo min mogelijk over op papier moest. Verklaar u nader.'

'Het was voor het restaurant van mijn vrouw. Dat liep even niet zo goed.'

'Voor uw vrouw. Maar waarom moest dat dan zo stiekem gebeuren?'

'Omdat zij geen geld van haar vader wilde aannemen. En ik geen andere manier wist om haar te helpen.'

Honderdvijftigduizend euro? Restaurant dat niet goed liep? Waar gaat dit over? Verdwaasd kijkt Marco van de officier van justitie naar zijn vader en weer terug.

'Uw vrouw heeft verklaard dat zij diverse schuldeisers rechtstreeks naar u mocht sturen. Ook hiervan is niets op schrift gesteld. Meneer Steenhouwer, is het niet gewoon zo dat u dat geld nodig had om een aantal personen in seksclub Baccara te betalen, zodat zij een valse verklaring zouden afleggen?'

'Dat is absoluut niet zo. En u kunt dat ook niet bewijzen.'

Mannen lopen in en uit met verhuisdozen. Met lede ogen ziet Björn hoe het huis leger en leger raakt, en de vrachtwagen die buiten met de wielen in de bloembedden staat steeds voller. Voor de derde keer in een halfuur tijd gaat hij naar zijn kamer, die zijn kamer niet meer is. Alleen de verbleekte rechthoeken aan de muur, waar zijn posters hebben gehangen, wijzen erop dat dit ooit zijn domein was. Hij zoekt steun bij de deurpost.

De hand van zijn vader landt op zijn arm. 'Zo, jongen, ik moet naar de rechtbank. Over een paar uurtjes ben ik terug en dan vertrekken we meteen.'

Björn schokschoudert.

'Kom op nou!' roept zijn vader. 'Vanavond zit jij aan de Vlaamse frieten!'

Hoe kan hij dit nog stoppen? Mismoedig schudt Björn zijn hoofd. Het valt niet meer te stoppen. Ongelooflijk dat zijn vader dit allemaal in de steek wil laten.

'Vlaamse frieten?' zegt hij. 'Dat zijn van die dikke. Ik vind kleine dunne veel lekkerder.'

Zijn vader slaakt een zucht en draait zich om. 'Nou zijn die kleine dunne weer lekkerder,' hoort hij hem mompelen.

De nagalm van zijn voetstappen in de lege gang blijft nog lang hangen.

'Mevrouw Couwenberg, ik wijs u erop dat u verplicht bent de waarheid te vertellen, maar tevens dat u – als echtgenote van de verdachte – verschoningsrecht hebt en niet op alle vragen hoeft te antwoorden. Wilt u de eed afleggen of de belofte?'

Willem kijkt toe hoe Elsie nerveus de belofte opzegt, haar ogen onafgebroken op hem gericht. Wat kijkt ze treurig. Hij neemt een slok water. Na een paar inleidende vragen komt de rechter ter zake. 'Waarom wilde u geen geld van uw vader aannemen?'

Elsie plukt aan de tas op haar schoot. 'Gewoon, dat wilde ik niet.'

'Geneerde u zich? Dat uw zaken niet goed liepen?'

'Ja,' antwoordt ze. 'Ja, dat was het.' Opluchting in haar stem.

'En toen?'

'En toen kon Willem iets regelen. Hij zei verder niet wat. Iets met zijn eigen zaak.'

'Maar uw man verzweeg de werkelijke herkomst van dat geld. Hij loog dus tegen u.'

Ze kijkt Willem aan.

Wat zit ze toch aan die tas te plukken?

Joachim beweert met een stalen gezicht niets te maken te hebben met het creëren van een alibi voor Björn. Tot zover niks nieuws. Als Bachman hem aan de tand voelt en zegt dat het personeel van die seksclub doodsbang voor hem lijkt te zijn, haalt hij enkel zijn schouders op. Willem had niet anders van hem verwacht, maar wat hij wel had gehoopt en misschien ook een beetje verwacht, was dat Huub Couwenberg, na er nog eens een nacht over geslapen te hebben, het niet zou kunnen opbrengen zijn schoonzoon voor zijn daden op te laten draaien. Hij houdt zijn adem in als Bachman aan de beurt is om zijn schoonvader te ondervragen.

'Meneer Couwenberg, volgens uw verklaring hebt u gezegd, en ik citeer: "Volgens mij zei jij toen: ik regel het wel." Klopt dat?'

'Hoe meer ik erover nadenk, hoe zekerder ik ervan ben.'

Verbeeldt hij het zich, of hoort hij een lichte aarzeling in de stem van zijn schoonvader?

'Wij horen hier steeds halve beweringen, meneer de voorzitter. "Misschien." "Ik dacht het." "Zou kunnen." "Het was donker." Meneer Couwenberg: bent u er nu wel of niet zeker van dat mijn cliënt dat heeft gezegd?'

Willem fixeert zijn ogen op het gezicht van Huub, wiens kaak ongecontroleerd beweegt. Tegen beter weten in hoopt hij dat alles zich nog ten goede zal keren.

Maar het gezicht van Couwenberg verhardt. 'Ik ben er zeker van,' zegt hij.

3

Op het moment dat Iris haar sleutel in het slot van de voordeur steekt, duikt een gestalte naast haar op. Even schrikt ze, dan ziet ze dat het Wim Holtrop is. Hij stamelt van alles waar ze geen touw aan kan vastknopen. Ze vangt de woorden 'proces' en 'snipperdag' op, en iets over afgetapte gesprekken tussen advocaten en hun cliënten. Dat die moeten worden vernietigd. Aangezien ze dat al weet, vraagt ze zich af wat de reden van zijn bezoek is. Hij lijkt overstuur. Hoop laait in haar op.

'Komt u even binnen.'

Terwijl hij haar het huis in volgt, blijft hij maar ratelen. Ze kan hem nog steeds niet helemaal volgen. 'Wilt u iets drinken?' onderbreekt ze de woordenstroom.

Hij knikt. 'Water.'

Ze lopen naar de keuken, waar ze een glas vult onder de kraan.

'Ik lever een verslag op schrift en op verzoek een geluidsopname aan de zaakofficieren,' zegt hij, het water aanpakkend. 'Die dragen dan zelf zorg voor de vernietiging van hun materiaal.'

Ze leunt met een heup tegen het aanrecht. 'Goed, dus meneer De Ruiter heeft gehoord of gelezen dat...'

'Nee, niet De Ruiter. Pepijn.'

Haar armen vallen slap langs haar lichaam. Heeft ze het goed verstaan? Zei hij Pepijn? Ze strijkt een lok haar uit haar gezicht. 'Bedoel je dat Pepijn weet dat ik...'

Hij knikt. 'Als je zoveel hoort, zoals ik, dan combineer je dingen, je herkent patronen, mechanismes. Hele levens van mensen krijg ik door mijn koptelefoon.'

Woede borrelt in haar op. Ze krijgt de woorden van Wim Holtrop nog maar half mee.

'Ik ben al zo lang gedetacheerd op het parket, jij kwam wel eens langs, en toen op die opening van je...' Hij valt stil. Doet een stap in haar richting. 'Ik heb gevoelens voor jou,' zegt hij schor. 'Al een hele tijd.'

Wacht even. Dat heeft ze vast verkeerd verstaan. Zei hij dat echt: ik heb gevoelens voor jou?

Hij praat maar door, alsof hij zo snel mogelijk van een last af wil. Zijn hoofd is purper aangelopen. 'Ik zou je dit in geen honderd miljoen jaar verteld hebben, ware het niet dat... weet je, iedereen noemt me Wim. Maar eigenlijk heet ik Willem. En de avond van de zestiende mei had ik zelf dienst. Ik had meteen door wat er aan de hand was, en ik hoorde jou: "Willem, je weet dat ik van je hou" zeggen. Dus die opname heb ik bewaard.' Nauwelijks hoorbaar voegt hij eraan toe: 'Voor mezelf.'

Hij staat nu zo dichtbij dat ze de vlekjes in zijn vale irissen kan tellen. Ze deinst achteruit, de rand van het aanrecht drukt hard in haar heup. Wat is hij in godsnaam van plan? Zijn dunne lippen trillen, hij buigt zich naar haar toe. Is hij van plan haar te kussen? En wat doet die hand plotseling in zijn jaszak?

Een gesmoord geluid ontsnapt aan haar keel. Als ze om hulp zou schreeuwen, is er niemand die haar hoort. Goedgeïsoleerde woningen. Hij komt steeds dichterbij. Ze staat op het punt haar knie naar zijn kruis te brengen, als de hand opnieuw verschijnt en iets roods voor haar gezicht houdt.

Hij mompelt iets wat ze niet verstaat. Zijn adem strijkt over haar wangen. Seconden gaan voorbij. Dan knippert hij plotseling met zijn ogen en doet een stap achteruit. Pas als hij het rode voorwerp op het aanrecht heeft gelegd, en zich met een verontschuldiging de keuken uit haast, beseft ze dat het een USB-stick is.

Met een klap valt de voordeur dicht.

De eerste die Marit ziet als ze met Victor de rechtbank binnenloopt, is haar broer, die tegen een pilaar in de centrale hal leunt. Verontrust kijkt hij haar aan. 'Wat ga je doen?'

'Wat denk je?' vraagt ze.

Hij trekt wit weg. 'Marit, hoe kun je!'

Ze moet iets wegslikken. 'Vic,' zegt ze, 'ga maar vast, ik kom er zo aan.'

Haar vriend loopt door. Ze draait zich weer naar haar broer om. 'Het kan zo niet doorgaan,' zegt ze met verstikte stem.

'Maar moet papa daarvoor...'

In een impuls trekt ze zijn T-shirt omhoog, en ontbloot daarbij de nog lang niet geheelde wond. 'Kijk, eens,' roept ze met een vreugdeloze lach, 'de familiehandtekening.'

'Dat heeft niets met papa te maken.'

'Jawel. Opa, papa, en jij nu ook. Het moet stoppen.'

Wild schudt hij met zijn hoofd. 'Je weet niet wat je zegt! Weet je wel hoe oud hij is als hij eruit komt? Boven de vijftig. En wij zijn dan dertig. Dertig!' Het huilen staat hem nader dan het lachen. 'Kan je het niet terugnemen?'

Ze slikt. Nu niet wachten tot haar broer gaat huilen, dan geeft ze het misschien alsnog op. Ze vermant zich en draait zich om.

De dubbele deuren worden gesloten. Marits knieën beginnen te knikken als ze haar moeder tussen tante Beppie en een zeer bleke Marco op de publieke tribune ziet zitten. Gelukkig bevindt Victor zich een paar meter verderop, en tot haar verrassing is ook Rosie aanwezig. Dat is nog eens iets om moed uit te putten. Er is maar één plek die ze met haar ogen mijdt: de beklaagdenbank, waar haar vader zich bevindt.

'Dag Marit,' zegt de rechter zodra ze in het getuigenbankje

heeft plaatsgenomen. 'Is jouw volledige naam: Marit Huberta Steenhouwer, geboren 9 februari 1994 te Amsterdam?'

'Ja.'

Nadat ze de belofte heeft afgelegd, zegt hij: 'Dank je wel. Aangezien de gedaagde hier vandaag jouw vader is, mág je wel op vragen antwoorden, maar je hóéft het niet. Dat is het verschoningsrecht. Snap je dat?'

'Ja.'

'Wil je vertellen wat je hebt gevonden in de kamer van je vader?'

'Een... papier. Een verklaring.' Hulp zoekend kijkt ze naar de officier van justitie, die haar toeknikt, de verklaring tevoorschijn haalt en voorleest: 'Ontvangen door Willem Steenhouwer van H.C.C. Couwenberg, 150 000 euro. Voor speciaal advies.' Hij fronst zijn voorhoofd en voegt eraan toe: 'Gedateerd 4 mei jongstleden. Dat is twee dagen na de dood van Louis Karelse. Is dit de verklaring die je in de werkkamer van je vader hebt gevonden, Marit?'

'Ja,' fluistert ze. 'Gaat u...' Ze stokt.

'Wat zeg je?'

Ze vat moed. 'Gaat u mijn opa ook aanpakken?'

Een golf van geroezemoes stijgt op.

'Eh... het gaat vandaag over je vader, Marit.'

'Want die is net zo erg,' zegt ze. 'Erger nog. Mijn opa is een crimineel en mijn vader helpt hem. En ze gaan over lijken.'

Een paar mensen ademen hoorbaar in. Daar. Ze heeft het gezegd. Haar oren beginnen te suizen.

De rechter trekt zijn wenkbrauwen op. 'Alsjeblieft antwoord geven op vragen, verder niet.'

Met pijn in zijn buik luistert Willem naar de verklaring van zijn dochter. Daar zit zijn kind, dat hij eindeloos heeft voorgelezen en heeft leren fietsen. Had ooit iemand hem verteld dat er een dag zou komen waarop zijn dochter hem als een misdadiger zou beschouwen tegen wie de maatschappij beschermd moest worden, hij zou die persoon vierkant hebben uitgelachen. En zie wat er van hem geworden is. Hoe heeft het zover met hem kunnen komen?

Als de zaak een uur geschorst wordt, en hij met Bachman in een overlegruimte zit, vertelt hij: 'Marit zat vroeger op ballet. Ze was een prinsesje, een groot talent. Ze zou een topdanseres worden. Er werd al over Nationaal Ballet en Muziektheater gesproken. En op haar twaalfde had ze ineens geen zin meer. Van de ene dag op de andere. Met geen stok meer te bewegen. Alsof ze een knop had omgezet.'

Lichtjaren is Bachman verwijderd met zijn gedachten. Afwezig antwoordt hij: 'Je was er vroeg bij, met die kinderen.'

'Wij dachten,' gaat Willem verder, 'dat het vanzelf wel weer goed zou komen. Maar al een dag later vonden we haar balletpakjes. In de vuilnisbak. Een dag later.'

Bachman zwijgt.

'Wat zal ik eens gaan doen, de komende twintig jaar?' probeert Willem een luchtige toon aan te slaan. 'Een studie, patience spelen, eindelijk alle Russen lezen? Veel bezoek zal er wel niet komen.'

'Zover is het nog niet,' antwoordt Bachman. 'Het enige wat we tot nog toe hebben gehoord is vaag gelul en niet te bewijzen beweringen.'

Willem zucht. 'Maak je geen illusies. We hebben de champagnefles nog niet gehad.'

Met opgestoken zeil komt Beppie Karelse op Pepijn af. Hij ziet de bui bijtijds hangen en onderbreekt snel zijn gesprek met De Ruiter, zodat hij haar tegemoet kan lopen.

'Mevrouw Karelse,' zegt hij, zijn aangenaamste glimlach tentoonspreidend.

Ze slaat de plichtplegingen over en kijkt hem ontstemd aan. 'En ik maar lullen tegen die camera. Ik hoor de hele tijd van alles over een alibi voor Björn, maar die heb ik nog niet in het bankje zien zitten. En z'n vader ook niet.'

'U heeft een brief van mij gekregen. We hadden helaas te weinig bewijs.'

'Dat is toch idioot?' vaart ze uit. 'En dat nep-alibi dan?'

'Je moet bewijzen hebben,' sust hij. 'Genoeg bewijzen. En dat is ons helaas niet gelukt.' Schichtig kijkt hij over zijn schouder om er zeker van te kunnen zijn dat De Ruiter het gesprek niet opvangt. Tot zijn opluchting klinkt de bel die het einde van de schorsing aankondigt.

De vrouw tegenover hem vernauwt haar ogen tot spleetjes. 'U ziet er heel fatsoenlijk uit,' zegt ze, 'maar eigenlijk deugt u niet, weet u dat? U deugt niet.'

Pepijn voelt het bloed uit zijn gezicht wegtrekken. Hij geeft haar een stijf knikje, draait zich om en loopt weg.

4

Op naar België. Björn heeft één hand aan het stuur en in de andere een worstenbroodje. Net als Couwenberg wil zeggen dat hij beter even aan de kant kan gaan staan om het broodje rustig op te eten, gaat de telefoon.

Joachim. 'Ik heb iets stoms gedaan, denk ik.' En voor Couwenberg kan reageren, gaat hij verder: ' Elsie. Ik heb haar iets geleverd. Het is al een hele tijd geleden dat ze belde en ik zei natuurlijk meteen nee. Maar ze bleef maar vragen en aandringen...'

'Wat lul je nou?' zegt Couwenberg. 'Waar gaat dit over?'

'Die dochter van jou, je weet hoe ze is...'

Hij verliest zijn geduld. 'Wát heb je d'r geleverd?'

'Ik heb honderd keer *nee* gezegd, echt. Maar uiteindelijk riep ze: "Als ik 't niet van jou krijg ga ik 't in de binnenstad ergens halen", en dat leek me nog veel linker. En jij zou overal buiten blijven.'

Björn stopt met kauwen. 'Wat is er, pap?'

'Wil je nou zeggen wat er aan de hand is of niet?' buldert Couwenberg. Dat verdomde tappen van zijn telefoon ook. Het lijkt soms net een spelletje hints.

'Ze wou alleen maar iemand bang maken, zei ze.' Joachims stem slaat over. 'Ik had het niet moeten doen, Huub. Ik heb zo'n raar idee dat ze het heeft meegenomen.'

Kreunend laat Couwenberg zich in de kussens zakken als hij

beseft dat Joachim het over een pistool heeft. Hij slaat zich met de vlakke hand tegen het voorhoofd. 'Je was toch net in die rechtszaal?' roept hij woedend. 'Wat zegt ze dan?'

'Dat ze het niet bij zich heeft. Maar ik heb zo mijn vermoedens.'

'Christusnogaantoe!' Getergd drukt hij Joachim weg en denkt een moment na. 'Oké,' snauwt hij tegen zijn zoon. 'Omdraaien.'

'Wat!?' roept Björn verward.

'Terug naar huis!' brult Couwenberg.

Het lichaam van de jonge prostituee die zich Mireille noemde ligt roerloos op de grond, haar dode ogen wijd geopend. De bolgeföhnde pony doet haar er jonger uitzien dan ze in werkelijkheid was. Officier van justitie De Ruiter klikt naar de volgende foto, waarop een champagnefles – *de* champagnefles – en een glas op tafel staan. Van het lijk is nu alleen een deel van de arm te zien.

'Natalia Korzatsjenko was illegaal in Nederland,' verklaart De Ruiter. 'Ze stond bekend als vriendelijk, hardwerkend. Ook was bekend dat ze wel eens xtc gebruikte. En dat ze bedragen naar huis stuurde en daardoor altijd geld tekortkwam. Willem Steenhouwer was zijn boekje als advocaat ver te buiten gegaan. Met het organiseren van een alibi heeft hij zijn hele professionele carrière op het spel gezet. Maar hij had niet op de inhaligheid van Natalia gerekend. Ze wilde meer, steeds meer geld. Er bleef Willem Steenhouwer maar één mogelijkheid over.' Hij klikt door naar een opname die verder inzoomt op de champagnefles. 'Op 16 mei om ongeveer halfnegen 's avonds heeft hij Natalia bezocht. Met een fles champagne. Wat er besproken is zullen we waarschijnlijk nooit weten. Maar wat we wel weten is dat in Natalia's maag resten van de champagne zijn gevonden alsmede de vergiftigde xtc die tot haar dood heeft geleid. Willem Steenhouwer heeft de fles zorgvuldig afgeveegd om die van zijn vingerafdrukken te ontdoen. Maar helaas voor hem, was hij niet zorgvuldig genoeg. Er zijn er een paar achtergebleven. Zíjn vingerafdrukken, en geen andere. Dit kan maar tot één conclusie leiden, namelijk dat hiermee wettig en overtuigend bewezen is dat hij doelbewust en met voorbedachten rade het slachtoffer van het leven heeft beroofd.'

Ongedurig kijkt Couwenberg op zijn horloge. Het is maar goed dat Björn rijdt, zelf zou hij als een gek al die voortijdig losgelaten zondagsrijders passeren, desnoods over de vluchtstrook. Neem nou die Volvo vóór hen, die blijft maar links rijden met een slakkengangetje van honderddertig. Wat zit er eigenlijk achter het stuur, een man of een vrouw? Het zou sommige mensen toch verboden moeten worden om...

'Hoeven we nou niet naar België?' onderbreekt Björn zijn gedachten. Het gezicht van zijn zoon staat uitgesproken opgewekt.

'België, België,' snauwt Couwenberg, 'hou toch op over dat België, man...'

Hoewel zich weinig mensen in de hal van de rechtbank bevinden, staat het klamme zweet Iris op de rug. Misschien niet zo vreemd voor iemand die van plan is haar huwelijk voorgoed op te blazen. Om nog maar te zwijgen over eventuele consequenties met betrekking tot Menno. Niet aan denken nu, anders maakt ze alsnog rechtsomkeert.

Ze identificeert zich aan de balie en vertelt wat ze komt doen. De vrouw achter de balie heeft een vermoeide oogopslag en begint een betoog over gangbare procedures. Uit een ooghoek ziet Iris een bode door de gang lopen. Ze haast zich naar hem toe, de vrouw midden in een ambtelijke formulering aan haar lot overlatend. Goddank, hij neemt haar relaas serieus.

Een bode die met een briefje naar de griffier loopt. Pepijn, die tevreden achteroverleunend naar de getuigenis van Meerdink luistert, veert verontrust overeind. Wat heeft dit te betekenen? Ineens wordt er fluisterend overlegd; het briefje wordt doorgegeven en even later richt de rechter zich tot de zaal: 'De zitting wordt enkele minuten geschorst. Iedereen mag blijven zitten.'

Bijna niemand neemt het advies ter harte.

'Dames en heren,' zegt de rechter enkele minuten later, nadat iedereen zijn plaats weer heeft ingenomen. 'Te elfder ure heeft zich iemand gemeld die alsnog een verklaring wil afleggen. Dit is zeer ongebruikelijk. De rechtbank heeft gewogen of deze verklaring van wezenlijk belang zou kunnen zijn voor de waarheidsvinding. Na overleg is de rechtbank tot het oordeel gekomen dat zulks het geval is. De getuige mag binnenkomen, een verklaring afleggen en vervolgens zullen de officier en de raadsman in de gelegenheid zijn vragen te stellen.'

Geroezemoes in de zaal. Willem kijkt naar zijn advocaat, en vervolgens naar de officier van justitie, die beiden minstens zo verbouwereerd lijken te zijn als hij.

De bode houdt de deur naar de rechtszaal open. 'Mevrouw Hoegaarde,' zegt hij, 'u mag binnenkomen.'

Ze staat als aan de grond genageld. Het ademen valt haar zwaar.

'Mevrouw Hoegaarde?'

Al die gezichten, al die in hun stoelen omgedraaide mensen. Adem in, adem uit. En weer in. Wat maakt ze zich druk over al die mensen? Over een paar minuten staat haar hele leven op z'n kop. Niet aan Menno denken nu.

'Mevrouw Hoegaarde?'

De neiging zich om te draaien en weg te rennen is overweldigend. Het bloed bonst in haar oren: weg, weg, weg... Ja, moet je doen, het op een lopen zetten, bijt ze zichzelf toe. Dan weet je wie gewonnen heeft: de demofobie. Willem twintig jaar de gevangenis in en zij de rest van haar leven gegijzeld door haar angsten. Genoeg. Het is genoeg geweest. Ze heft haar hoofd, kijkt recht voor zich uit. Kom op, je kunt het: linkervoet, rechtervoet, linkervoet, gewoon rechtdoor lopen. Er wordt gefluisterd, een enkele uitroep klinkt. Zonder te weten waar hij zit, voelt ze de blik van Pepijn wel degelijk. Zijn ogen branden dwars door haar ziel. Er is geen weg terug.

De rechter richt het woord tot haar. 'U bent mevrouw Iris Hoegaarde, geboren te Haarlem 18 juni 1983, woonachtig op het Entrepotdok 112 te Amsterdam? U wilt een verklaring afleggen die van cruciale betekenis kan zijn voor deze zaak.'

Ze concentreert zich op het puntje van een lege stoel en herhaalt mechanisch de woorden van de rechter; de belofte.

'Mevrouw Hoegaarde. Wat kunt u ons vertellen aangaande de moord op Natalia Korzatsjenko?'

'Iris!' Pepijn schreeuwt het uit.

Een schok gaat door de zaal. Ze durft hem niet aan te kijken. Als ze hem aankijkt, verandert ze in een zoutpilaar, of erger nog: slaat ze op de vlucht. Met alles wat ze in zich heeft concentreert ze zich op haar taak.

'Mag het stil zijn, alstublieft!' roept de rechter.

Net als het er een beetje op lijkt dat zijn verzoek vruchten begint af te werpen, herhaalt Pepijn zijn hartenkreet: 'Iris, niet doen!'

Haar oogleden zijn van lood. Toch slaat ze ze op, en kijkt naar Willem, die zijn hoofd schudt. Doe het niet.

'Stilte, graag!' herhaalt de rechter, terwijl parketwachten in Pepijns richting lopen. 'Mevrouw, ga uw gang.' Van het ene moment op het andere is het stil. Iedereen lijkt de adem in te houden.

'Ik was,' stamelt Iris, 'ik was op 16 mei om halfnegen 's avonds bij Willem Steenhouwer. Op zijn kantoor. En ik kan het bewijzen.' Ze haalt een palmtop uit haar tas en stopt er de USB-stick in die ze van Wim Holtrop heeft gekregen. 'Willem is gebeld op dat moment. Daar is een opname van.'

'Voorzitter,' zegt De Ruiter, 'ik moet protesteren tegen deze gang van zaken.'

'Ik wil mevrouw de kans geven haar woord te doen,' antwoordt de rechter. 'Mevrouw, ga door.'

'Er is iemand die om bepaalde redenen een kopie voor zichzelf heeft gemaakt. Het is een kopie van... nou ja...' Ze doet er verder het zwijgen toe en speelt het telefoongesprek af. Luid en duidelijk is Willem op de tape te horen. Hij zegt: 'Ik ben onderweg.'

'Effe snel graag.' De stem van Couwenberg.

'Tien minuten.'

En dan is daar haar eigen stem, verder weg, maar toch duidelijk hoorbaar: 'Willem, je weet dat ik van je hou...'

Plotseling gebeurt er een heleboel tegelijk. Een beweging bij de deur trekt haar aandacht. Couwenberg, ze kent hem van krantenfoto's, komt binnen en dringt zich tussen het onrustige publiek, zijn ogen strak gericht op een donkerharige vrouw, van wie Iris vermoedt dat het Willems echtgenote is. De vrouw gaat staan. Steekt een arm uit en lijkt met iets te wijzen naar Willem. Maar dat is... het is een pistool. Sprakeloos staart ze naar de vrouw, die met een ruk haar blik van Willem afwendt. De arm zwenkt en ineens kijkt Iris recht in de loop van het pistool.

Er klinken geschokte uitroepen, mensen op de publieke tribune springen op, maar boven alles uit is er dat geluid. Een doordringende knal, alsof iemand vuurwerk afsteekt. Het gekke is, ze voelt de pijn pas als ze mensen met een geschokt gezicht op zich af ziet komen. Daarna is het alsof ze geen lucht meer krijgt. Even ziet ze alle kleuren van de regenboog, dan wordt alles zwart.

Epiloog

Somber kijkt Willem uit over de Amstel. Alles heeft hij verspeeld. Mede door zijn toedoen zijn zoveel mensen ongelukkig, hij weet niet of hij in staat zal zijn zichzelf ooit te vergeven. Toch moet hij zijn rug rechthouden, al is het maar voor zijn kinderen. Marco en Marit hebben hem nodig, al weet hij niet of hij zijn dochter daarvan nog kan overtuigen. Mocht ze besluiten hem voorgoed de rug toe te keren, dan is dat te begrijpen, maar het feit dat ze niet onmiddellijk de verbinding verbrak toen hij haar belde en zelfs met hem heeft willen afspreken, geeft hem moed. Daar komt ze aan, in haar groene jas. Ze loopt voor de molen langs. Zijn mooie, dappere dochter, die zich zo goed staande heeft weten te houden, ondanks alle inspanningen die hij zich heeft getroost het slechte voorbeeld te geven. Haar glimlach is droevig, maar vastberaden.

Voorzichtig legt hij een hand op haar schouder, een gebaar dat ze tot zijn opluchting beantwoordt door op haar beurt haar armen om hem heen te slaan. Wat zeg je tegen je kind, zo vlak na een rampzalige rechtszaak? 'Hoe is het met Victor?' Zijn stem klinkt schor.

'Goed,' antwoordt ze. En na een korte stilte: 'Zijn ouders zijn heel aardig. Ik mag daar vaak blijven slapen.'

'Slapen?'

Ze verwaardigt zich geen antwoord. Terecht.

Zwijgend wandelen ze langs de Amstel. Na een tijdje begint ze te praten.

'Het is wel heel raar om te vertellen tegen mensen dat eerst mijn vader de gevangenis in zou gaan, maar o nee, het werd toch mijn moeder…'

'In elk geval niet saai.'

'Jezus, pap!'

'Sorry.'

Van opzij kijkt ze hem aan. 'Ik ben blij dat je niemand vermoord hebt,' zegt ze uiteindelijk.

'Heb je dat echt serieus geloofd?' Haar aarzeling raakt hem recht in het hart.

'Nou ja, die champagnefles,' zegt ze. 'Het blijft vreemd dat jouw vingerafdrukken daarop zaten.'

'Ja, het is nog steeds een raadsel hoe die daar terecht is gekomen,' antwoordt Willem knarsetandend, terwijl hij eraan denkt hoe hij jarenlang de kelder van zijn schoonvader bevoorraad heeft met die vervloekte champagne. Hoe verleidelijk het ook is zijn dochter te vertellen waar die fles vandaan kwam, hij doet het niet. Het blijft tenslotte haar opa. Er zijn genoeg andere zaken die ze haar familie kwalijk kan nemen. Meer dan genoeg.

Hij slaat een arm om haar schouder. 'Alles wordt anders,' zegt hij schor. 'Het houdt nu allemaal op, lieve schat.'

Niemand zegt iets. Lamgeslagen zit Björn tegenover zijn vader en een grimmig kijkende Elsie aan haar keukentafel. Marco leunt tegen de koelkast en neemt, in de verte starend, af en toe een slok cola.

Uiteindelijk verbreekt Björns vader de ongemakkelijke stilte en vraagt aan Elsie: 'Heb je Willem nog gezien?'

Ze schudt haar hoofd.

Hij knikt naar Marco. 'En de jongen? Heb je hem verteld… weet hij…'

Marco snuift luidruchtig. 'Ik weet alles, opa.'

Björns vader haalt nerveus een hand door zijn haar en kijkt naar de oproep die op tafel ligt, waarin te lezen is dat Elsie zich in de penitentiaire inrichting in Amsterdam moet melden om haar straf uit te zitten. 'En wat gaat er nou gebeuren met de kinderen als jij straks...?' vraagt hij.

'Als ik moet zitten? We zien wel. Misschien komt Willem hier.'

Een vastberaden uitdrukking verschijnt op zijn gezicht. 'Is dat wel verstandig? Ik zou ze ook kunnen opvangen.'

Elsie slaat haar armen over elkaar. 'O, nee. Wanneer ga je nou naar België?'

Björn glimlacht. 'We gaan niet.'

Zijn schouders rechtend beaamt zijn vader: 'Ik heb alles teruggedraaid. Ik wil hier in de buurt zijn als jij straks moet zitten.'

'Jammer,' zegt ze toonloos. 'Jammer dat je niet gaat. Ik wil namelijk dat je uit mijn leven verdwijnt, en zeker uit dat van mijn kinderen. We willen je niet meer zien. En dan bedoel ik: nooit meer.'

Geschokt kijkt hij haar aan. Als ze kil terugstaart, slaat hij zijn ogen neer.

Björn houdt zijn adem in. Na een hele tijd staat zijn vader op. Het is alsof de plooien die van zijn neus naar zijn mond lopen dieper zijn dan ooit.

'Ik begrijp het,' zegt zijn vader zacht. 'Kom, Björn. We gaan.'

Als versteend zit Björn in zijn stoel, tranen in zijn ogen. Zo mag het niet gaan. Hij heeft dit allemaal heel anders voor zich gezien. Natuurlijk, er is van alles gebeurd, maar juist dan moet je elkaar als familie bijstaan. Wat doe je, pap, wil hij roepen, kom terug. We moeten een feest geven, met de tafel vol schotels met kaas, leverworst en Amsterdamse uien. En slingers aan het plafond, omdat we nu niet naar België hoeven. Maar ineens wordt het hem duidelijk: er zou niemand op dat feest komen. Zijn vader en hij zouden de hele avond in hun eentje bij die volle tafel staan.

Radeloos kijkt hij zijn vader na, die de deur uit loopt. Uiteindelijk lukt het hem zich aan zijn verstarring te ontworstelen en op te staan. Hij is al op weg naar de deur als hij zich bedenkt en op zijn schreden terugkeert. Hij omhelst zijn onverbiddelijke zus, die hem een moment tegen zich aan drukt voor ze hem weer loslaat. Pas daarna volgt hij zijn vader.

Met gebogen hoofd loopt Pepijn naar de studio van Iris, Menno's hand in de zijne. Hun voetstappen klinken hol op het steigerhout. Iets verderop, aan de waterkant, spelen kinderen met een geïmproviseerde hengel. De zon schittert op het water en de bootjes in de verte, maar Pepijn heeft er geen oog voor.

Bij de studio aangekomen haalt hij diep adem, waarna hij aanbelt. Hij kan zich nog zo voorgenomen hebben niets meer te voelen, zodra Iris opendoet vliegt de hele situatie hem weer naar de keel. Daar staat ze, haar arm nog altijd in een mitella, maar verder ongeschonden en pijnlijk aantrekkelijk. En dan dat medelijden in haar ogen. Onverdraaglijk.

De uitnodiging een kop koffie te blijven drinken slaat hij af. Terwijl Menno naar binnen rent, zet hij defensief een hand tegen de muur in de hal van de studio. Hij peinst er niet over aan tafel te gaan zitten bij de vrouw die verantwoordelijk is voor zijn ongeluk. Laat staan dat hij er behoefte aan heeft ook maar één blik te werpen op haar overspelige bed.

'Hoe gaat het?' vraagt ze.

'Kut,' antwoordt hij, een blik op de mitella rond haar arm werpend. 'Verder gaat het wel goed.' Als ze nu denkt dat hij op zijn beurt naar haar welzijn informeert, heeft ze het mis. Er valt een lange stilte, waarin hij uitgebreid de haken aan de kapstok bestudeert.

'Heb je al ander werk?' vraagt ze.

'Geschorst,' zegt hij, 'ik ben geschorst. Niet ontslagen. Er loopt een onderzoek. Misschien dat ik alleen een aantekening krijg, en dat ik toch op een of andere manier nog… maar wat kan jou dat eigenlijk allemaal schelen?'

'Je gelooft me toch niet,' zegt ze, 'maar ik heb je dit allemaal nooit willen aandoen.' Haar lip trilt.

'Spaar me je gelul, mens,' snauwt hij. 'De advocaten zijn bezig. Binnenkort komt er een voorstel voor een regeling. Ik trek zolang bij Ben Mengeling in, hij heeft een kamer over nu zijn kinderen de deur uit zijn, en dan kunnen jij en Menno in het huis blijven wonen.'

'We hebben een kind. We moeten samen een of andere manier vinden om hiermee om te gaan.'

'Hou alsjeblieft op,' onderbreekt hij haar. 'Door jouw leugenachtige gedrag gaat mijn zoon getraumatiseerd opgroeien.'

Er verandert iets aan haar houding. 'Nemen de advocaten ook mee dat jij hebt geprobeerd iemand twintig jaar te laten krijgen voor iets wat hij niet gedaan heeft?'

Pepijn maakt zich los van de muur. 'Zeg, heel veel geluk verder. Ik stuur Menno voortaan wel met Tess.' Hij beent langs haar heen en bukt zich naar zijn zoon, die aan tafel een strip zit te lezen. 'Dag mannetje,' zegt hij zacht. 'Tot volgende week.'

Menno kijkt nauwelijks op van zijn strip. 'Dag, pap.'

Pas als hij in zijn auto stapt, laat Pepijn zijn tranen de vrije loop.

Iris zit op een bankje aan het water. Vertederd kijkt ze toe hoe Menno onvermoeibaar brood voor de eendjes in het water blijft werpen.

'Op!' zegt hij, nadat hij de laatste kruimels uit de plastic zak heeft geschud.

'In de broodtrommel is nog meer,' antwoordt ze, hem de sleutels van hun huis aanreikend. Hij rent de straat over en gaat naar binnen.

Het alleen zijn valt haar alleszins mee. Ze blijkt uitstekend in staat te zijn voor zichzelf te zorgen en ook Menno lijkt al een beetje te wennen aan de nieuwe situatie. Ooit, als Willem tot een mooie herinnering is verbleekt, zal er ook wel weer een man in haar leven komen, daarvan is ze overtuigd. Maar wat haar betreft hoeft die man geen haast te maken. Hij kan toch niet in Willems schaduw staan.

De herfst is nu definitief overgegaan in de winter. Na drie dagen regen heeft een stevige wind alles weer droog geblazen. De bomen aan de kade staan erbij alsof ze als ze dit van tevoren hadden geweten, een dikkere schors hadden aangetrokken.

Een stem klinkt achter haar.

'Rustig hier.'

Ze vergeet te ademen.

Willem gaat naast haar zitten, dicht tegen haar aan. Het is alsof zijn warmte rechtstreeks haar lichaam in stroomt.